Jeanette Gilge

Ich will ja nur dein Bestes

VLM

Verlag der
Liebenzeller Mission
Lahr

Die amerikanische Originalausgabe erschien unter dem Titel
»Best of Intentions« bei David C. Cook Publishing Co., Elgin, Illinois/USA
© Copyright der amerikanischen Ausgabe 1990 by Jeanette Gilge
Aus dem Amerikanischen durch Rudolf Reichert

ISBN 3-88002-497-9

© Copyright der deutschen Ausgabe 1992 by Edition VLM
im Verlag der St.-Johannis-Druckerei, Lahr
Umschlagillustration: Ben Wohlberg
Umschlaggestaltung: Grafisches Atelier Arnold, Dettingen/Erms
Gesamtherstellung:
St.-Johannis-Druckerei C. Schweickhardt, 7630 Lahr-Dinglingen
Printed in Germany 11030/1992

Inhaltsverzeichnis

Oma Frieda und ihre Enkeltochter Jenny

Mucksmäuschenstill – von unten ist kein Laut zu hören.

In Jennys Zimmer im oberen Stockwerk des Farmhauses befindet sich im Fußboden ein kleiner Gitterrost. Er deckt den Schacht ab, durch den etwas Wärme von unten aus der geheizten Wohnküche hochsteigen soll. Aber Jenny kann durch diese Verbindung auch gut hören und riechen, was unten in der Küche geschieht.

Vorhin hörte sie »ritsch, ratsch« und roch den Duft des Schwefels von Zündhölzern. Also hat Oma Frieda das Feuer im Küchenherd angezündet. Wenig später roch es nach frischem Kaffee. Nun ist es aber da unten mucksmäuschenstill.

Wahrscheinlich ist Oma Frieda draußen im Stall und hilft Onkel Roy beim Füttern und Ausmisten.

Jenny denkt: Wie schön ist es doch, ganz still im kuschlig-warmen Bett zu bleiben und sich auf seinen Tagträumen davonschweben zu lassen. Oh, wie mag Jenny solche Minuten! Aber was wird sie dann zu hören bekommen, wenn Oma Frieda zurückkommt. »Na ja, das müßte ich halt für das Vergnügen in Kauf nehmen«, spricht Jenny sich selber zu.

Sie überlegt dann aber weiter: Es wäre aber auch ganz schön, eine kurze, stille Zeit allein in der warmen Küche zu verweilen, ehe Oma Frieda wieder zurückkehrt und, wie gewöhnlich, unaufhörlich vom Wetter und ihren Kindern und Enkeln zu erzählen weiß.

Bei solch zahlreicher Nachkommenschaft gibt es immer ebenso zahlreiche klitzekleine Neuigkeiten, die eine Vierzehnjährige, die gerade im Begriff steht, in die Oberschule zu wechseln, nur wenig interessant findet.

Diesmal entschließt sich Jenny, schnell aus dem warmen Bett zu schlüpfen und die steile Stiege hinunter in die Küche zu springen.

Diese Wohnküche ist Oma Friedas und Jennys gemeinsamer Aufenthaltsraum in dem großen Farmhaus von Onkel Roy und

Tante Helen. Die beiden bewohnen die Nordseite und Oma Frieda mit Jenny die Südseite des Hauses.

Jenny genießt es, allein zu sein. Kein Ton – nur das Knistern des Feuers im großen Küchenherd. Wie wohl es tut, wenn niemand spricht.

Jenny stellt sich mitten in der Küche auf; dann bückt sie sich, hält dabei aber die Knie fest durchgedrückt und versucht, mit ihren Fingerspitzen die Zehenspitzen zu berühren. Ach wie gern möchte sie es bei dieser Übung fertigkriegen, mit der ganzen Handfläche den Boden zu erreichen!

Oma Frieda findet solche Anstrengung albern, ja beinahe unsinnig. Aber wer kann sich vorstellen, daß Oma Frieda auch einmal vierzehn Jahre alt war und sich über den Umfang ihrer Taille Sorgen gemacht hat?

Im Wassereimer ist zwar noch reichlich Wasser; aber Jenny gießt es in die Waschschüssel und nimmt den Eimer, um ihn an der Pumpe hinter dem Haus zu füllen. Dazu muß sie durch die Küche von Tante Helen gehen, und heute gelingt es ihr hindurchzuhuschen, ohne in ein Gespräch verwickelt zu werden.

Nicht immer hat Jenny es so eilig. Manchmal mag sie es sogar sehr, lange Gespräche zu führen und verschiedene Ansichten zu diskutieren; heute aber möchte sie über die kommenden Tage nachdenken, und zwar möglichst ungestört und ganz allein.

Draußen vor der Tür blinzelt Jenny in die helle Morgensonne und atmet tief die frische Luft ein.

Zwei Hennen laufen wie zwei schwatzende alte Damen gakkernd über den Hof, bis der Schäferhund Skipper sich ein Vergnügen daraus macht, die beiden zu jagen. Empört gackernd stieben sie in einer Staubwolke den Hügel hinauf und verlieren dabei ein paar Federn.

Den linken Arm zum Balancieren weit ausgestreckt, trägt Jenny den bis zum Rand gefüllten Wassereimer durch Tante Helens Küche in Oma Friedas Wohnküche – ohne daß auch nur ein Tropfen überschwappt. Oft versucht, selten gelungen! Jenny gratuliert sich selbst und belohnt sich mit einem Becher frischen Wassers.

Während Jenny das kalte Wasser wohltuend die Kehle hinunterlaufen läßt, schaut sie zugleich auf Oma Friedas Kalender, der neben der Schlafzimmertür an der Wand hängt: »1. August 1938!«

Gerade will sie den Tag durchstreichen, da hört sie Oma Frieda hereinkommen und zögert etwas. Jenny weiß genau, was Oma Frieda sagen wird, wenn sie den durchgestrichenen Tag sieht: »Solch eine Dummheit! Wer wird denn die Tage zählen!« Jenny streicht ihn trotzdem durch, wie sie es auch mit allen anderen Tagen vorher getan hat.

Jenny hört hinter sich Oma Friedas schweren Atem, als sie sich gerade ihr Kopftuch abnimmt und es an den Haken hinter dem Ofen aufhängt.

Oma Frieda gießt etwas heißes Wasser in die Waschschüssel und schöpft dann kaltes Wasser aus dem Wassereimer dazu.

Prompt kommt dann die erwartete Rede: »Solch eine Dummheit, die Tage bis zum Schulanfang zu zählen! Ich hätte mir gewünscht, du wärst als kleines Mädchen auch so scharf darauf gewesen, in die Schule zu gehen!«

Jenny will die lange Geschichte nicht schon wieder hören, wie sie jeden Morgen fast mit Gewalt aus dem Bett gezogen werden mußte, weil sie solche Angst hatte, in die Schule zu gehen, damals in der ersten Klasse, als sie sechs Jahre alt war. Dabei war es gar nicht die Schule, vor der sie sich so sehr gefürchtet hätte. Sie hatte um ihr Zuhause gebangt: Was konnte Oma Frieda während einer solch »langen« Abwesenheit alles zustoßen!

Jenny hat sich diese Geschichte schon so oft anhören müssen, daß sie kurz entschlossen ganz dicht an die schwerhörige Oma Frieda herangeht und ihr ins Ohr ruft: »Ich gehe nach oben, um meine schmutzige Wäsche zu holen.«

Oma Frieda gießt das Wasser aus der Waschschüssel in den Schmutzwasserkübel und riskiert dabei einen Blick auf den Wandkalender.

»Oberschule!« – allein das Wort dreht ihr schon fast den Magen rum. Keins ihrer eigenen dreizehn Kinder ist zur Oberschule gegangen. Emmi, Jennys Mutter, hatte außer der Volksschule eine Ausbildung als Lehrerin gehabt. Das war schon so etwas wie ein Studium. Aber damals hatten die jungen Menschen ein bestimmtes Ziel vor Augen. Heutzutage dagegen: Was wollen denn diese jungen Dinger mit ihrer Oberschulbildung anfangen?

Und obendrein: Wer weiß denn, mit wem Jenny in dieser Oberschule alles zusammentrifft?

Verdrießlich gießt sich Oma Frieda eine Tasse Kaffee ein und streicht sich ein Butterbrot. Sie seufzt tief. Man hat zwar davon gesprochen, daß vielleicht ein Schulbus eingesetzt wird, der dann auch hier in die Nähe käme, um die Schüler zur Oberschule in die Stadt Rippensee zu bringen; aber bis heute ist noch nichts beschlossen worden. Und wenn es mit dem Schulbus nichts wird, hat sich Gerti, eine von Oma Friedas Töchtern, bereit erklärt, Jenny bei ihr in Ogema wohnen zu lassen. Sie könnte dann mit ihren beiden Cousins zur Oberschule in Ogema gehen.

Oma Frieda denkt dabei auch daran, daß es für Jenny vielleicht ganz gut wäre, einmal eine Zeitlang in einer richtigen Familie zu leben.

Sie zieht sich eine Haarnadel aus ihrem Dutt und steckt eine vorwitzige graue Locke fest. Es sei, wie es will, sie kann sich mit dem Gedanken nicht anfreunden, daß Jenny zur Nacht nicht nach Hause kommt. Wie soll sie es aushalten, wenn Jenny fünf Tage in der Woche abwesend ist? Was kann da nicht alles passieren! Es ist jetzt schon schwer genug mitzuerleben, was für krause Gedanken in Jennys Kopf herumspuken, wenn sie hier bei ihr ist.

Natürlich kann Oma Frieda gut verstehen, daß Jenny gern einmal mit jemand »normal« sprechen würde. Es ist für das Kind bestimmt nicht einfach, nie ein vertrauliches Gespräch mit ihrer Oma-Frieda-Mama führen zu können, weil sie dabei so laut schreien muß, daß es im ganzen Haus zu hören ist. Oma Frieda kann es nicht ändern, sie ist nun mal so schwerhörig. Und damit wird es bestimmt nicht mehr besser werden.

Jenny war drei Jahre alt, als Oma Friedas Sohn Roy das schwedische Mädchen Helen heiratete. Damals hat man die große Küche in Oma Friedas großem Farmhaus geteilt und für Oma Frieda und die kleine Jenny eine hübsche Wohnküche eingerichtet.

Roy stellte Oma Friedas schönen, schwarzen Küchenherd darin auf und baute einen Wandschrank für das Geschirr und die Lebensmittel. Einen großen Küchen- und Eßtisch stellten sie in die Mitte des Raumes, Küchenstühle mit hohen Lehnen drum herum, dann zwei Schaukelstühle, die in keiner amerikanischen Stube fehlen dürfen. In die eine Ecke kam ein hübscher Ecktisch, so daß das Zimmer wohnlich und ganz gemütlich aussah.

Oma Frieda wäscht ihre Kaffeetasse ab und stellt sie in den Schrank. Dann schaut sie auf den kleinen weißen Wecker auf dem

Wandregal und wischt hastig den Tisch ab. Dabei brummt sie vor sich hin: »Ich möchte bloß wissen, was das Mädchen da oben so lange treibt!«

Oma Frieda möchte heute Wäsche waschen, und zwar möglichst bald, weil ihre persönliche Wettervorhersage für heute einen glühendheißen Augusttag verheißt. Sie legt im Küchenherd noch einmal Holz nach, damit das Wasser zum Waschen ordentlich heiß wird.

***

Während dessen liegt Jenny auf ihrem Bett und blättert eifrig im Jahrbuch der Oberschule von Rippensee. Sie hat es sich von ihrer Cousine Myrtle ausgeliehen. Mit besonderem Interesse betrachtet sie das Klassenbild der Juniorklasse, liest die Namen darunter und versucht, sich das Gesicht jedes einzelnen Schülers einzuprägen. In einer verhältnismäßig kleinen Oberschule mit etwa 200 Schülern beginnt der Unterricht jeden Tag noch gemeinsam in der Aula. Da hat auch ein Neuling noch eine gewisse Chance, jeden Mitschüler persönlich kennenzulernen.

Oma Frieda ruft durchs »Haustelefon«, das Gitter in der Decke der Wohnküche, direkt über dem Küchenherd: »Jenny, wo bleibst du denn! Spute dich! Komm endlich runter!«

Jenny weiß sehr wohl, daß es keinen Zweck hat, eine Antwort hinunterzuschreien. Oma Frieda würde es bestimmt nicht hören. So antwortet Jenny mit dem vereinbarten Zeichen: Sie stampft dreimal derb mit dem Fuß auf den Boden. Das heißt: »Ich habe es gehört!« Oma Frieda hört zwar auch das Trampeln nicht, aber sie kann die Erschütterung der Decke irgendwie spüren. Und so funktioniert auch das »Haustelefon« von oben nach unten.

Nur widerwillig legt Jenny das aufgeschlagene Jahrbuch beiseite, schnappt sich schnell ihren Korb mit der Schmutzwäsche und rennt die Stiege hinunter.

Als Jenny unten ankommt, sagt Oma Frieda, ohne sich umzuwenden: »Ich mache dir einen Vorschlag. Ich kümmere mich ums heiße Wasser, während du die Wannen mit kaltem Spülwasser füllst.« Dabei rührt sie weiter mit einem Holzlöffel in dem großen Topf auf dem Herd mit der Wäschestärke.

Jenny denkt: Das ist genau derselbe Spruch, den Oma Frieda

wortwörtlich jedesmal beim Wäschewaschen sagt. Ich kenne das auswendig und mag es schon nicht mehr hören!

Sie verdreht die Augen, nimmt den Wassereimer und läuft wortlos hinaus zur Pumpe.

Jennys Mißstimmung schwimmt davon – wie weggeblasen, als sie beim Pumpen zum Himmel schaut und die herrlichen weißen Haufenwolken wahrnimmt.

Von der Pumpe bis zu den Wannen, die zum Spülen der Wäsche auf der rückwärtigen Veranda des Hauses stehen, ist es nicht allzu weit. Jenny arbeitet flott. Eimer um Eimer trägt sie von der Pumpe zu den Wannen. Eigentlich ist das eine langweilige Arbeit; aber heute kommt es Jenny geradezu passend vor. Da hat sie Raum und Zeit zum Überlegen und Träumen, wie es wohl mit der neuen Schule werden wird. Nur noch ein Monat! Egal ob Rippensee oder Ogema, in jedem Fall beginnt dann das neue Schulleben.

Durchs Küchenfenster sieht Jenny beim Wasserschleppen, wie ihre Tante Helen den Frühstückstisch abdeckt. Sie sieht, wie ihre beiden kleinen Cousinen Marilyn und Mary sich im Kreislauf um den Tisch jagen.

Draußen sieht sie auch ihren zehnjährigen Cousin Ronni mit dem Shetlandpony aus dem Stall kommen. Als Ronni zur Welt kam, war Jenny fünf Jahre alt. Sie haben viel miteinander gespielt. Auch heute noch hat Jenny zu ihm eine besondere Beziehung. Aber im Augenblick ist alles andere für Jenny unwichtig. Es zählt nur noch eins: Die Oberschule!

Der Gedanke daran läßt Jenny erschauern. Wieviel hat ihr ihre Cousine Myrtle schon erzählt! Jenny meint, schon jetzt Lehrer und Lehrerinnen, obendrein einige Schüler und Schülerinnen zu kennen.

»Herrn Wege hat jeder gern. Er biedert sich bei den Schülern nicht an; aber es macht einfach Spaß, ihm zuzuhören«, hat Myrtle eines Tages berichtet. »Es kann sogar sein, daß er dein Lehrer in zwei Fächern wird. Aber erst Frau Fischer! Die wird dir bestimmt gefallen. Sie unterrichtet nicht nur Englisch, sondern dirigiert auch den Schulchor.«

Jenny kennt Chorgesang nur vom Hörensagen. Aber im Jahrbuch hat sie sich das Bild vom Schulchor schon oft angesehen. Und im Geist ist sie schon selbst eine Sängerin. Hoffentlich nimmt man mich. Ob ich gut genug dafür bin? grübelt sie beim Wassertragen.

Als Jenny die beiden großen Wannen mit dem Spülwasser gefüllt hat, findet sie Oma Frieda schon beim Schrubben der Bettlaken, und im Geiste klingt es Jenny schon in den Ohren, was Oma Frieda gleich sagen wird: »Weil ich das heiße Wasser besser vertrage, werde ich die weiße Wäsche waschen, und nachher, wenn ich sie aufhänge, kannst du im abgekühlten Wasser die bunten Handtücher waschen.«

Als Jenny bei ihr ankommt, füttert Oma Frieda gerade mit einer Hand ein Bettlaken zwischen die beiden Walzen der Wringmaschine, während sie mit der anderen Hand die Kurbel dreht. Jenny übernimmt sofort das Drehen der Kurbel, und schon tönt es ihr erwartungsgemäß entgegen: »Weil ich das heiße Wasser . . .« Jenny schließt die Augen und formt mit ihrem Mund die ganze bekannte Rede mit. Innerlich seufzt sie: »Warum muß sie bloß immer dasselbe sagen!«

Eine Zeitlang macht es Jenny richtig Spaß, die Handtücher auf dem Waschbrett zu rubbeln. Sie macht es im gleichen Rhythmus, wie sie es oft bei Oma Frieda gesehen hat: »Rubbeldibum – rubbeldibum – rubbeldibum – eintauchen!«

Aber als sie einmal ausrutscht – autsch – oh weh – sind ihre Fingerknöchel aufgeschrammt. Das findet Jenny dann nicht mehr lustig. Dazu kommen dann noch Blasen, die sich allmählich durch das ständige Rubbeln bilden.

Richtig Spaß macht ihr dann wieder das Auswaschen der bedruckten Mehlsäcke. Zuerst wird das Waschwasser rosa, dann blau und zuletzt verschwimmt es zu einem undefinierbaren Violett – ein ganz phantastischer Anblick! Dazu kommt, daß Oma Frieda Jenny versprochen hat, daß sie den Stoff des nächsten Mehlsacks bekommt. Sie will Servietten daraus machen. Nach dem Zuschneiden kann sie sie auf der Nähmaschine von Tante Helen umsäumen. Dann wird ein Bildchen in die Ecke gemalt und ausgestickt. So könnte sie Weihnachtsgeschenke für ihre Tanten und Cousinen selbst anfertigen. Oder?

Jenny öffnet den Mund zu einem kleinen schlauen Lächeln: Vielleicht verschenke ich die Servietten auch nicht, sondern lege sie in die Holztruhe als Anfang meiner Aussteuer. Diese Aussteuer-Holztruhe hatte einst Jennys Mutter gehört.

Jenny ist sich jedoch ziemlich sicher, daß solche Verwendung des Mehlsackstoffes Oma Frieda gar nicht gefallen würde, weil sie meint, daß Jenny dafür noch viel zu jung sei. Dann wird sie einfach ihre Oma-Frieda-Mama einmal daran erinnern, daß sie immerhin demnächst fünfzehn Jahre alt wird!

Als Jenny mit dem Aufhängen der Handtücher fertig ist, hat Oma Frieda inzwischen die Kleider und Schürzen gewaschen. Sie legt das Waschbrett quer über eine Wanne und stellt den Topf mit der Stärke drauf. Jedes Stück wird in die Stärke getaucht und dann durch die Wringmaschine gedreht. Jenny fängt die Wäschestücke auf der anderen Seite auf, flach und steif, wie sie zwischen den Walzen herauskommen.

Dabei erklärt ihr Oma Frieda, daß sie doch wohl am Mittwoch, wenn sie mit dem Bügeln fertig ist, Tante Ellen besuchen wird.

Aber Jenny hört nur halb hin, weil sie sich mit ihren Gedanken wieder intensiv mit der Oberschule befaßt. Wie mag es wohl sein, wenn man 200 Mitschüler hat anstatt nur 25, wie bisher?

Weil es in letzter Zeit so wenig Regen gab, schlägt Oma Frieda vor, das Spülwasser eimerweise auf der Auffahrt zum Hof auszuschütten.

Als die Wanne schon ziemlich leer ist, meint Jenny, jetzt könne sie jeder an einem Griff anfassen und die Wanne hinaustragen.

»Meinst du, wir beide schaffen das?« fragt Oma Frieda, faßt aber sogleich an. Jenny wankt rückwärts durch die Tür, und ein Schwapp Wasser macht sie gleich gründlich naß. Beide müssen herzlich lachen.

Am nächsten Morgen stellt Jenny das Plättbrett auf und die beiden eisernen Bügeleisen auf die Herdplatte, um sie zu erhitzen.

Als Oma Frieda von der Stallarbeit ins Haus kommt, um erst einmal eine Tasse Kaffee zu trinken, bügelt Jenny schon ihren Stoff vom Mehlsack.

Die Bettlaken werden nur glattgestrichen und zusammengelegt. Oma Frieda sieht darin keinen Sinn, Kraft und Zeit zum Bügeln der Bettwäsche aufzuwenden. Ansonsten legt sie großen Wert auf peinlich genaue Bügelarbeit, besonders bei den Blusen und Kleidern. Da kann es schon einmal vorkommen, daß sie ein Stück, das Jenny gebügelt hat, mit Wasser einsprengt, zusammenrollt und dann erneut bügelt.

Nachdem die Bügelarbeit erledigt ist, erinnert Oma Frieda

Jenny daran, daß sie am nächsten Tag Tante Ellen besuchen wollen. Ihre Tochter Ellen ist Oma Friedas vertraute Ratgeberin. Nun soll sie in Sachen »Oberschule« befragt werden. Da Ellen eine reiche Bohnenernte hat und Hilfe gebrauchen kann, kann man gut beides miteinander verbinden.

Ellens älteste Tochter Myrtle geht in Rippensee zur Oberschule. Sie mußte sich dort ein Zimmer mieten, weil es keine Verkehrsverbindung nach Rippensee gibt. Aber nach Oma Friedas Ansicht ist Myrtle auch ganz anders als Jenny. Sie ist umsichtig und von Kindheit an gewöhnt, gewisse Verantwortlichkeiten zu übernehmen.

Jenny dagegen! O weh! Sie muß ihr doch jede kleinste Pflichterfüllung erst einmal vorsagen, dann ein paarmal anmahnen, ehe überhaupt etwas geschieht.

Als Oma Frieda am Mittwoch morgen vom Melken zum Wohnhaus zurückkehrt, ist sie schon wieder müde. Sie erinnert sich selber: »Nun ja, ich gehe schließlich auf die Siebzig zu! Vielleicht sollte ich heute doch nicht zu Fuß zu Ellen gehen? Roy kann mich mit seinem Auto hinbringen. Dann sagt sie sich aber: »Ach was, ich kann ja unterwegs bei Bertel und Marti eine Pause einlegen. Es wird schon gehen!«

Während Oma Frieda so überlegend vom Stall zum Haus zurückkehrt, überkommt sie doch eine große Dankbarkeit, daß fünf ihrer dreizehn Kinder hier in der Nähe wohnen. Mit Roy, mit dem sie unter einem Dach wohnt, sind es sogar sechs!

Im Haus angekommen, setzt sich Oma Frieda erst einmal zum Frühstück hin. Sie gießt sich eine Tasse Kaffee ein und streicht sich ein Butterbrot mit Marmelade. Sie muß sich selber eingestehen, daß sie froh ist, daß Jenny offenbar schon alleine gefrühstückt hat.

Nach dem Frühstück zieht sie sich um. Sie wechselt das ausgeblichene blaue Kleid gegen eins in frischem Blau mit weißen Blümchen. Dann faltet sie eine Schürze zusammen und legt sie in ihre Tasche.

Als Oma Frieda gerade die schwarzen Ausgehschuhe zuschnürt, springt Jenny in die Wohnküche. Sie trägt das einzige Paar Hosen, das sie besitzt.

Oma Frieda runzelt die Stirn und schaut Jenny mißbilligend an.

»Ich weiß schon«, sagt Jenny mit einer ungeduldigen Handbewegung, »Mama, heutzutage tragen alle Mädchen Hosen.«

»Ja, mein Kind, es ist schon in Ordnung; aber ich kann mich einfach nicht daran gewöhnen. Mädchen in Hosen sind für mich kein schöner Anblick. Ich werde es lernen müssen, mich damit abzufinden.«

Oma Frieda setzt ihren bewährten, aber schon etwas aus der Fasson geratenen Strohhut auf und befestigt ihn mit einer langen Nadel, den sie durch Hut und Dutt steckt, so daß Wind und Wetter ihn nicht bewegen können.

Es ist neun Uhr, als die beiden den ersten Hügel hinabgehen. Der Kies knirscht unter ihren Füßen.

Jenny rennt voraus. Sie beugt sich über die Zementmauer der Brücke und schaut in das fließende Wasser, bis Oma Frieda nachkommt.

Im Frühjahr dröhnte es unter dieser Brücke wie ein Donnerwetter. Jetzt ist nur ein leises friedliches Plätschern zu hören, aber die Sonnenstrahlen glitzern auf den sanften Wellen. Es ist zauberhaft schön.

Als sie auf der ersten Anhöhe angekommen sind, bleibt Oma Frieda seufzend stehen: »Was ist bloß heute mit mir los? Überall muß ich stehenbleiben.« Atemlos fährt sie fort: »Schau nur mal, Jenny, unser Stall braucht dringend einen neuen Anstrich.«

Jenny ist vielmehr danach, schnell weiterzugehen. Gelangweilt beginnt sie, Steine in den Straßengraben zu schießen.

»Laß das sein, Jenny! Du ruinierst deine Schuhe!« ruft Oma Frieda barsch.

Als sie wieder im Tal anlangen, rennt Jenny wieder bis zur eisernen Brücke voraus. Sie hängt sich über das Geländer, um bis auf den Grund des kupferfarbenen Wassers sehen zu können. Vielleicht kann man da irgendwelche Fische entdecken?

Als Oma Frieda endlich auch an der Brücke ankommt, lehnt auch sie sich ans Geländer und tut so, als ob sie der langsam dahinfließende Fluß interessiere. Ihr Puls rast bis in den Hals hinauf. Der Herzschlag stolpert. »Ich hätte doch besser Roys Angebot, mich zu Ellen mit dem Auto zu fahren, annehmen sollen«, muß sie unwillkürlich denken.

Oma Friedas jüngster Sohn Hank wohnt mit seiner Frau Berta und ihrer neunjährigen Tochter Novella nicht weit von hier.

Von der eisernen Brücke aus kann Oma Frieda ihre Schwiegertochter im Garten arbeiten sehen. Jetzt schaut sie herüber und winkt.

Ganz langsam beginnt Oma Frieda wieder weiterzugehen. Es hat volle zwei Jahre gedauert, bis Oma Frieda nach dem Herzinfarkt, den sie auf der Silberhochzeit ihrer Tochter Ellen erlitten hatte, diesen Weg wieder zu Fuß gehen konnte. Es sind ja nur drei Kilometer. Warum nur geht es heute wieder so schwer? Vielleicht ist die Hitze schuld?

Novella kommt ihnen entgegengerannt. Sie freut sich offensichtlich, daß sie Besuch bekommen.

»Wir sind auf dem Weg zu Tante Ellen!« ruft Jenny ihr zu.

Oma Frieda umarmt die Kleine herzlich und sagt: »Frag deine Mama, ob du ein Stück mit uns gehen darfst.«

Novella strahlt ihre Oma an: »Ich muß sowieso Wasser holen. Ich hole mir schnell einen Eimer, und dann gehe ich mit euch bis zur Quelle.«

Die Sonne brennt vom Himmel, die Luft zittert in der Hitze, und auf der Straße sieht es wie Wasser aus, das sich in der Niederung sammelt. Und es ist immer noch ein halber Kilometer bis zu der Quelle, von der Novella Wasser holen soll.

Nicht weit davon entfernt wohnen Bertel und Marti, bei denen sich Oma Frieda ja von vornherein einen Zwischenstopp verordnet hat. Und sie weiß auch, daß Jenny damit rechnet, mit ihrer Cousine Ruby ein paar Worte wechseln zu können. Daher fordert sie die beiden Mädchen auf, vorauszulaufen.

Als Jenny und Novella losrennen, ruft Oma Frieda noch hinterher: »Sagt Tante Marti, sie möchte schon mal das Kaffeewasser aufsetzen!«

Als die beiden Mädchen bei der Quelle ankommen, sagt Jenny »Auf Wiedersehen« zu Novella und wendet sich schnell der Einfahrt von Onkel Bertels Haus zu.

Ihre Cousine Ruby sieht sie schon kommen und rennt ihr entgegen. Ihr blonder Bubikopf wippt beim Rennen lustig auf und ab.

»Du, Jenny, wir fahren heute nach Tomahawk. Kommst du mit?« ruft Ruby ihr schon von weitem zu.

»Nein, leider nicht!« antwortet Jenny. »Oma Frieda kommt gleich. Wir sind auf dem Weg zu Tante Ellen.«

Als sie sich endlich in den Armen liegen, kichern beide wie gewöhnlich, ohne einen ersichtlichen Grund. Dann rennen sie gemeinsam los, um Rubys Mutter die Ankunft von Oma Frieda anzukündigen.

Tante Marti ist in ihrem Schlafzimmer dabei, sich für die Fahrt in die Stadt umzukleiden. Sie will gerade ihren Gürtel am marineblauen Ausgehkleid schließen, als die beiden Mädchen hereinstürmen.

Tante Marti lacht Jenny freundlich an und erklärt mit leicht norwegischem Akzent: »Wir haben es nicht eilig. Ihr könnt gerne eine Weile bei uns bleiben.«

»Oma Frieda sagt, du kannst schon mal das Kaffeewasser aufsetzen«, richtet Jenny auftragsgemäß Tante Marti aus. Dabei muß sie schuldbewußt kichern, weil Oma Frieda sich so kühn selbst einlädt.

Jenny wendet sich um, und sieht Onkel Bertel im Eßzimmer am Tisch sitzen. Er nickt Jenny zu und nimmt dann einen Schluck aus seiner Kaffeetasse. »Es ist ziemlich heiß für Mama, an solch einem Tag zu Fuß unterwegs zu sein«, stellt er lakonisch fest.

Jenny zuckt die Schultern. »Onkel Roy hat es ihr angeboten, sie mit dem Auto zu Tante Ellen zu fahren, aber Oma Frieda wollte lieber laufen.«

Onkel Bertel ist Oma Friedas ältester Sohn. Für Jenny ist es nicht so einfach, sich mit ihm zu unterhalten. Im Umgang mit den jüngeren Onkels hat sie weniger Hemmungen. Sie necken Jenny gerne und lachen oft selber herzlich.

Onkel Bertel dagegen sitzt gewöhnlich im Schaukelstuhl und liest oder hört Radio. Trotzdem weiß Jenny, daß auch Onkel Bertel sie mag. Sie erkennt es an seinem Augenzwinkern und auch daran, wie er sich das Lachen verkneift, wenn er Zeuge ihres Jungmädchengeschwätzes ist.

Die Art, wie sein Blick leuchtet, wenn er seine Tochter Ruby ansieht, weckt in Jenny den Wunsch, auch einen Vater zu haben.

Cousine Ruby und Tante Marti stellen eine Schale mit Plätzchen und einen Krug Milch auf ein Tablett. Ruby erklärt dazu: »Mama sagt, wir können das mit hinausnehmen und es uns unter dem großen Ahornbaum gemütlich machen.

Als die beiden Cousinen zur Tür herauskommen, sehen sie Oma Frieda ganz langsam die Einfahrt zum Haus hinaufgehen.

Ruby übergibt das Tablett sofort Jenny und rennt los, um ihre Oma zu begrüßen.

Jenny schaut ihr hinterdrein. Sie kann es nicht verhindern, daß es ihr innerlich einen Stich versetzt, daß Ruby immer das Richtige tut. Wie oft hat Jenny es schon hören müssen: »Wenn du dich doch einmal so benehmen würdest wie Ruby!« Sie mag Ruby; aber der Spruch hat sie schon manchmal bis zur Weißglut gereizt. Doch Jenny muß es sich eingestehen: Es ist wahr, Ruby flippt nie aus und weiß immer, im rechten Augenblick das Rechte zu tun.

Jenny läßt sich gemächlich im Gras unter dem großen Ahornbaum nieder und wartet auf ihre Cousine.

Als Ruby angesprungen kommt und sich neben ihr ins Gras setzt, greift sie gleich nach einem Plätzchen und erklärt strahlend: »Wir haben Glück gehabt, daß Paul und Artur die Plätzchen nicht gefunden haben. Mama und ich haben sie versteckt, damit wir etwas haben, wenn unerwartet Besuch kommt!«

Als Jenny ihr Plätzchen aufgegessen hat, beginnt sie zu berichten: »Ich werde mir das schönste Kleid schneidern, das du je gesehen hast. In einer Illustrierten sah ich ein Kleid, weißt du, wie es die Mädchen in der Schweiz oder in Bayern tragen, so eins mit Schnüren im Vorderteil.« Sie fährt mit dem Zeigefinger kreuzweise über ihren Körper, um anzuzeigen, wie es gemeint ist. »Oma hat versprochen, mir zu helfen, solch ein Kleid selber zu nähen.«

Ruby zieht die Augenbrauen hoch und ruft anerkennend aus: »Ja, das wird bestimmt etwas ganz Tolles!«

Jenny schwatzt weiter: »Aber du wirst erst Augen machen, Ruby, wenn du den Stoff siehst! Ich darf ihn bei einem Versandhaus bestellen. Oma Frieda hat mir erst nur einen Stoff unter 20 Cents pro Laufmeter erlaubt; aber dann haben wir uns doch gemeinsam für einen echten Dirndlstoff zu 23 Cents entschlossen.«

»Und wie wollt ihr die Schnur herstellen, um es vorn zusammenzubinden?« fragt Ruby interessiert.

»Oma Frieda sagt, daß sie mir zeigen wird, wie man die Schnur aus einzelnen Fäden zusammendreht. Es soll eine schwarze Schnur werden. Das wirkt auf dem weißen Grund des Vorderteils besonders vorteilhaft.«

»Ich hole schnell den Katalog. Da kannst du es mir zeigen. Und ich habe mir darin auch schon einen roten Mantel ausgesucht«, antwortet Ruby.

Die beiden Cousinen haben sich in dieser Weise unendlich viel zu erzählen.

Unterdessen hat sich Oma Frieda zu Bertel und Marti an den Tisch gesetzt. Es dauert ein Weilchen, bis sich ihre Augen auf das Licht im Raum umgestellt haben.

Sie bewundert immer wieder Bertels Haus. Ihr ältester Sohn ist in ihren Augen etwas Besonderes. Auch sein Haus hat er anders gebaut, als es allgemein üblich ist. Die Stämme des Blockhauses liegen bei ihm nicht waagerecht aufeinander, sondern stehen senkrecht nebeneinander. Später hat er dann innen alle Wände mit Brettern verkleidet.

Oma Frieda schaut sich wieder in dem gemütlichen Raum um. Bertels Sessel steht an einem runden Teakholz-Tischchen, das durch dunkelbraune Leisten als Verzierung besonders hübsch wirkt. Ganz in seiner Nähe steht ein Drehschemel vor einer reichverzierten Hausorgel.

Oma Frieda schaut in das freundliche Gesicht ihrer Schwiegertochter, die ihr eine Tasse Kaffee eingießt, und fragt sie: »Halten wir euch auch wirklich nicht auf?«

Marti versichert ihr, daß sie es nicht eilig haben.

So lehnt sich Oma Frieda gemütlich zurück, knabbert an einem Plätzchen und genießt in kleinen Schlückchen den frischgebrühten Kaffee. Sie ist so froh, daß die beiden Mädchen draußen sind. Wenn nicht so viele verschiedene Stimmen in unterschiedlichen Tonlagen durcheinanderschnattern, kann sie dem Gespräch am Tisch trotz der Schwerhörigkeit doch viel leichter folgen.

Bertel trägt seine Haare, die nun schon alle grau geworden sind, straff nach hinten gekämmt. Er beginnt ein Gespräch über Weltpolitik: »Wo soll das wohl noch hinaus mit dem Hitler in Deutschland? In diesem Frühjahr hat er Österreich eingenommen.«

Oma Frieda sagt: »Was kümmert uns die Politik in aller Welt? Es ist schon schwer genug zu verstehen, was bei uns hier in Amerika passiert. Da haben sie jetzt dieses neue Gesetz herausgebracht, das den Menschen mit vielen Millionen Dollar Hilfe geben soll. Ich frage mich nur, ob die Gelder auch wirklich dorthin gelangen, wofür sie bestimmt sind.«

»Oh, da gibt es sicherlich manches, das in falsche Kanäle

fließt«, antwortet Bertel, »aber es ist doch gut, daß etwas gegen die Depression und den wirtschaftlichen Niedergang getan wird.«

Marti fragt interessiert: »Ist eigentlich Roosevelt mit seinem Drei-Milliarden-Programm für öffentliche Ausgaben, das er im April beantragt hat, im Kongreß durchgekommen?«

Bertel zuckt die Schultern: »Ich weiß es wirklich nicht. Ich habe davon nichts mehr gelesen und gehört. Aber ich lese immer wieder davon, daß sie ein Gesetz machen wollen, das einen Mindestlohn für alle Arbeiter festschreiben soll. Sie sollen ein Anrecht auf 25 Cents für die Stunde bekommen.«

Oma Frieda schüttelt den Kopf. »Wo soll das enden? Vor einigen Jahren war ein Dollar pro Tag noch ein guter Lohn.«

»Ja«, bestätigt Marti, »und das war dann kein Acht-Stunden-Arbeitstag.«

Bertel rührt ruhig in seiner Kaffeetasse, schiebt dann die Daumen unter seine Hosenträger und lehnt sich zurück: »Denkt doch nicht, daß wir schon am Ende angelangt sind. Wir werden es erleben, daß die Leute eines Tages 10 Dollar als Stundenlohn erhalten.«

»Das ist doch nicht zu glauben!« zweifelt Oma Frieda.

Bertel bedauert seine Mama mit einem versteckten, kleinen Lächeln: »Mama, ich kann mich noch gut daran erinnern, daß du einmal sagtest: Gewöhnliche Sterbliche werden doch niemals ein eigenes Auto besitzen!«

Oma Frieda muß schlucken: »Ja, das stimmt. Du hast recht. Und ich erinnere mich noch an die Zeit, als wir uns nichts sehnlicher wünschten, als ein Gespann Pferde zu besitzen.«

Die Sonne steigt höher. Bertel und Marti wollen nach Tomahawk fahren. Aber Oma Frieda hat nicht die Absicht aufzustehen, bevor das besprochen ist, was zur Zeit in ihrem Kopf das Allerwichtigste ist: Jenny und die Oberschule.

Oma Frieda gibt viel auf Bertels Meinung. Sie hat sich schon oft gefragt, was wohl aus ihrem Ältesten geworden wäre, wenn er anstatt in einer armen Siedlerfamilie in den Wäldern von Wisconsin bei einer reichen Familie in einer großen Stadt aufgewachsen wäre. Bertel kann irgend etwas anfangen, es gelingt ihm. Er ist gelernter Schweißer und arbeitet als Brückenbauer, aber er spielt auch verschiedene Musikinstrumente und bildet sich selbst weiter, vor allem durch das Lesen vieler Bücher.

Oma Frieda hüstelt sich den Hals frei und startet dann ihr Anliegen: »Werdet ihr Ruby zur Oberschule gehen lassen, wenn die Behörde von Rippensee eine Schulbuslinie einrichtet?«

Bertel und Marti schauen sich gegenseitig an, zögern etwas, aber dann antwortet Bertel: »Ruby ist schon fast siebzehn Jahre alt, wie du weißt. So befürchten wir, daß sie sich unter den Vierzehn- und Fünfzehnjährigen etwas fehl am Platze vorkommen könnte. So haben wir darüber gesprochen, ob wir sie nicht für einige Spezialkurse in Englisch, Maschineschreiben und Buchhaltung anmelden sollten.«

Oma Frieda nickt. »Das klingt gut. Das mag der rechte Weg sein.« Dann seufzt sie: »Ich weiß wirklich über das ganze Oberschulwesen nicht genug Bescheid.«

Marti lacht sie beruhigend an: »Weißt du, Mama, wir wissen auch nicht viel davon. Aber schau dir doch die Mädchen an, sie sind in Ordnung und werden uns keinen Kummer machen.«

Oma Frieda steht auf: »Wo sind denn die beiden? Ich meine, wir sollten jetzt aufbrechen.«

Bertel schiebt seinen Stuhl zurück und steht auch auf. »Ich fahre euch zu Ellen. Das Auto muß ich sowieso aus der Garage holen.«

Und ehe Oma Frieda protestieren kann, ist er schon aus dem Haus verschwunden.

»Ja, Mama, er hat recht. Es ist heute wirklich zu heiß für dich, den Rest des Weges noch zu laufen«, sagt Marti. »Und Ellens Henry fährt euch dann sicherlich auch gerne nach Hause.«

Oma Frieda seufzt: »Ja, ich muß zugeben, daß ich heute etwas Schwierigkeiten habe. Wenn es wieder abkühlt, werde ich dann auch wieder zu Fuß gehen können.« Sie erhebt drohend ihren Zeigefinger: »Ihr dürft mich nicht verwöhnen, sonst werde ich schwach und verliere jede Kondition.«

Als sie dann in Bertels altes, aber großes Auto steigen, ist Oma Frieda doch sehr froh und erleichtert, daß sie nicht weiterlaufen muß.

Wie gewöhnlich riecht Ellens Haus nach frischgebackenem Brot.

»Oh, Mama!« ruft sie aus und stürmt durch die Küche, um ihre Mutter in die Arme zu nehmen. »Was bin ich froh, daß du da bist. Wie gut, daß Bertel euch hergefahren hat. Ich habe mir schon

Vorwürfe gemacht, daß ich Henry nicht geschickt habe, um euch abzuholen.«

Dann rennt sie schnell zum Backofen zurück, um das frischgebackene Brot herauszunehmen.

Jenny schaut interessiert zu, wie Tante Ellen das große, schwarze Backblech aus dem Ofen holt, das Brot auf ein sauberes Geschirrtuch auf den Tisch stürzt und dann die drei Brotlaibe auseinanderbricht.

Sie muß darüber nachdenken, wie unterschiedlich doch die beiden Tanten aussehen. Bei Tante Marti ist alles gerade und straff, während Tante Ellen überall weiche Rundungen hat. Sie ist ihrer Mutter in der Figur ähnlich, keine Spur von einer Taille, aber im Gesicht ist Tante Ellen voller und rundlicher als Oma Frieda. Ihre weichen Wangen ziehen sich in die Höhe, wenn sie lacht, so daß dabei die Brille nach oben geschoben wird. Manchmal, wenn sie sich bemüht, sich das Lachen über das Geschwätz der Kinder zu verkneifen, erscheinen in ihrem Kinn lauter kleine Grübchen.

Tante Ellen lacht Jenny verständnisvoll an und sagt ihr gleich, wo sie ihre Cousinen finden kann.

Jenny dankt und rennt hinaus.

Oma Frieda nimmt ihren Strohhut ab und hängt ihn an das Geweih, das im Vorraum als Garderobehaken dient. Als sie von dort aus auf der Veranda die Reihe der gehäuft vollen Körbe mit grünen Bohnen sieht, ruft sie:»Oh ja, das kann man eine gute Ernte nennen!«

Um Ellens Tisch sitzen aber auch eine Menge Esser. Ellen hat vier große Jungen, die meistens daheim essen, dann die beiden Mädchen Myrtle und Grace und schließlich noch den kleinen Jim, der fast elf Jahre alt ist.

Oma Frieda läßt sich gleich auf einem niedrigen Hocker nahe bei den Bohnenkörben nieder und holt ihr kleines Messer aus ihrer Handtasche. Sie hat es stets bei sich, gut in Papier eingewickelt. Durch das ständige Schärfen ist es schon erheblich kürzer geworden. Ihre Jungen necken sie gern, indem sie erklären, eines Tages wird es ganz in ihrer rechten Hand verschwunden sein, und sie wird dann mit den Fingern schneiden.

Ellen kommt aus der Küche, trocknet ihre Hände an der Schürze ab und sagt:»Aber Mama, erst kommst du rein und trinkst eine Tasse Kaffee!«

»Nein danke, Ellen, ich habe gerade bei Marti Kaffee getrunken. Bitte gib mir eine Schüssel oder einen Topf, damit ich gleich anfangen kann.«

Nachdem Ellen Schüsseln und Töpfe gebracht hat, setzt sie sich zu ihrer Mutter: »Ein paar Minuten kann ich noch mitmachen, dann muß ich mich sputen, das Abendessen zu richten.«

Oma Frieda denkt: Das ist der rechte Augenblick, um über die Oberschule mit Ellen zu sprechen. Sie überlegt gerade noch, wie sie anfangen soll, ohne daß gleich offenbar wird, welche Ängste sie umtreiben.

Aber ehe Oma Frieda ein Wort sagen kann, beginnt Ellen schon: »Wir haben gestern abend erfahren, daß die Behörde von Rippensee beschlossen hat, nur einen Schulbus fahren zu lassen.« Sie fuchtelt dabei mit ihrem Messer in der Luft herum. »Natürlich kommen dann zuerst die kleineren Kinder in der Nähe von Rippensee dafür in Betracht, und für uns hier draußen gibt es keine Hoffnung.«

»Und was werdet ihr dann mit euren Mädchen machen? Werden sie in der Stadt wohnen?« fragt Oma Frieda ganz entsetzt und läßt ihre Hände auf dem Rand der Schüssel ruhen, die sie auf dem Schoß hat.

Ellen seufzt: »Wir haben uns noch nicht entschieden. Myrtle sagt, sie halte es nicht mehr aus, noch ein ganzes Jahr allein in der Stadt zu wohnen. Ich kann mich aber nicht mit dem Gedanken anfreunden, beide Mädchen die ganze Woche über zu entbehren. Ich weiß wirklich nicht, was wir machen sollen.«

»Gerti möchte gerne, daß Jenny bei ihr wohnt und mit ihren Jungen zur Oberschule in Ogema geht«, berichtet Oma Frieda.

Ellen nickt: »Ja, ich weiß. Sie hat auch mir viel davon erzählt. Du weißt ja, sie will doch schon immer ein Mädchen haben.«

»Das wäre soweit auch in Ordnung. Aber Gerti ist in ihrem Haushalt eine Perfektionistin, und Jenny ist so liederlich. Wie soll das gutgehen?«

»Deswegen würde ich mir keine Sorgen machen, Mama. Das wäre vielleicht sogar für beide ganz heilsam. Aber wie steht es mit dir, Mama? Bist du bereit, Jenny ziehen zu lassen?«

Oma Frieda spürt, wie ihr die Tränen kommen.

»Mama!« ruft Myrtle von draußen vor der Verandatür mit einem weiteren großen Korb, gefüllt mit grünen Bohnen. »Kannst du mir bitte die Tür aufmachen.«

So kann sich Oma Frieda wenigstens wieder einigermaßen fassen, ehe sich Ellen wieder zu ihr setzt.

Währenddessen findet Jenny draußen Grace beim Milchkannenwaschen. Sie steht einige Augenblicke still da und schaut ihrer Cousine zu. Selbst in der alten, abgeschabten, blauen Arbeitskleidung sieht Grace einfach hübsch aus.

Beide Schwestern, Grace und Myrtle, haben dunkelbraune Haare, hohe Wangenknochen und ein immerwährendes, natürlich-freundliches Lächeln. Da endet aber auch ihre Ähnlichkeit. Myrtle hat stets einen rosigen Schimmer auf den Wangen, sie ist hochgewachsen, schlank und größer als ihre Schwester. Grace hat blitzende, kristallblaue, klare Augen.

Grace läßt Wasser in eine Milchkanne laufen, schüttelt es gründlich und gießt es dann aus. Als sie die Kanne mit Schwung zum Trocknen auf das Regal stülpt, entdeckt sie Jenny. »Oh, Jenny, grüß dich!« Sie streicht sich das feuchte Haar mit dem Handrücken aus dem Gesicht. »Es ist ziemlich heiß – hier und heute! Komm mit, wir gehen etwas in den Wald, ehe Mama ruft, um ihr zu helfen, das Abendessen fertigzumachen.«

Gemeinsam traben sie die Einfahrt entlang, überqueren die Straße und verschwinden im schattigen Wald. Jenny findet einen passenden Sitz auf einem bemoosten Baumstamm. Grace setzt sich ihr gegenüber auf den Boden und lehnt sich dabei gegen einen Baum.

Als sie sich einigermaßen ausgepustet haben, fragt Jenny gleich: »Hast du irgend etwas über den Schulbus gehört?«

Grace brummt: »Ja, sie werden nur einen Bus kaufen anstatt zwei, wie es erst geplant war. Und das bedeutet, daß hier keiner hinkommt!«

»Oh nein! Das darf nicht wahr sein! Ich habe fest damit gerechnet«, erklärt Jenny enttäuscht.

»Ich schätze, du wirst bei Tante Gerti wohnen und in Ogema zur Oberschule gehen.«

Jenny zuckt die Schultern. »Das kann schon sein.«

»Du scheinst davon nicht sehr begeistert zu sein, Jenny?«

»Ich kenne dort niemand, außer Claus und Erich natürlich.«

»Das ist doch für dich kein Problem, Jenny, du findest überall schnell Freunde.«

Jenny wird rot und lächelt Grace dankbar zu. Sie denkt: Wenn ich nur ein paar Worte finden könnte, um Grace zu sagen, wie hilfreich es für mich ist, einmal so etwas zu hören.

»Und wie wird es mit euch beiden? Werden du und Myrtle in der Stadt wohnen?«

»Ich weiß es noch nicht. Ich denke schon, es würde wirklich Spaß machen; aber unsere Mama kann sich mit dem Gedanken nicht befreunden, uns beide die ganze Woche über nicht im Hause zu haben.« Grace richtet sich entschlossen auf: »Ich weiß nur soviel, daß ich keine Lust habe, noch ein weiteres Schuljahr alleine zu büffeln. Ich möchte zusammen mit anderen etwas erleben.«

»Genauso geht es mir! Ich bin schon total genervt!«

Grace nimmt einen Zweig und zerpflückt ihn in kleine Teile: »Vielleicht können wir zu dritt ein Zimmer in Rippensee mieten. Wir hätten bestimmt eine tollgute Zeit miteinander.«

Jenny schüttelt den Kopf: »Oma sagt, das würde sie nie erlauben. Sie sagt, ich sei zu jung und hätte zu viele Flausen im Kopf.« Jenny seufzt und fährt dann fort: »Du kannst von Glück reden, daß du schon sechzehn Jahre alt bist.«

Grace kichert: »Und ich kann es nicht erwarten, daß ich endlich achtzehn werde, so wie Myrtle, daß ich endlich auch einmal ohne einen Anstandswauwau ausgehen kann.«

Der Tag vergeht wie im Flug. Jenny faßt überall helfend mit an und tut hier und heute manche Dinge gern, um die sie sich zu Hause gewöhnlich drückt, wie Bettenmachen, Dosen zum Einmachen ausspülen, Tischdecken, Abwaschen, Bohnenabziehen, Kartoffelnschälen. Jenny schafft an diesem Tag soviel wie sonst nicht einmal in einer Woche. Und es macht ihr dabei noch Spaß, weil immer jemand dabei ist, mit dem man sich unterhalten kann und der auch einmal ordentlich lacht.

***

In dieser Nacht denkt Jenny über sich selber nach. Sie kommt sich so nutzlos, dumm und fürchterlich einsam vor. Sie ist weder hübsch noch gescheit wie Ruby. Sie hat auch keine Ahnung von der Haus- und Landwirtschaft wie ihre Cousinen Myrtle und Grace. Sie fühlt sich wie eine kleine, häßliche, graue Maus, dazu mit einer krummen Nase.

Als Jenny neun Jahre alt war, hatte sie einen Unfall. Sie war ausgerutscht und mit der Nase auf einen Schlitten aufgeschlagen. Die Nase war blau und geschwollen; aber deswegen ging man noch nicht gleich zum Arzt. Später stellte sie fest, daß ihre Nase einen Rechtsdrall hat und daß obendrauf ein kleiner Höcker zurückgeblieben war.

Jenny selber hat deswegen keinerlei Aufhebens gemacht, bis eines Tages Onkel Hank, Oma Friedas jüngster Sohn, sagte: »Schau mal, Mama, guck dir mal Jennys Nase an. Sie sieht schon fast so aus wie Tante Hulda!«

Tante Hulda! Sie sah einer Hexe ähnlich! Jenny war in ihr Zimmer gerannt, hatte den Spiegel von der Wand gerissen, um das Aussehen ihrer Nase von allen Seiten zu überprüfen.

Von da an begann sie, Tag für Tag ihre Nase zurückzuformen. Auch nachts im Bett versuchte sie, ihre Nase in die richtige Richtung zu biegen. Aber sie konnte einfach nicht lange genug wach bleiben, um damit Erfolg zu haben.

So ist Jenny nur noch eine Hoffnung geblieben: Sie muß etwas anderes zum Ausgleich schaffen. So hat es ihre Klassenlehrerin in der achten Klasse öfter mal zum Ausdruck gebracht.

»Ausgleich!« Das ist von nun an Jennys Überzeugungs-Ziel. So turnt sie fleißig, um die schmalste Taille zu haben, die es geben kann. Sie pflegt ihre Haut, so daß Oma Frieda erklärt, sie habe einen »Pfirsichhaut-Komplex«! Auch die Haarpflege gehört zu diesem Ausgleich. Sie trägt schulterlanges Haar, und das soll immer duftig sauber und natürlich glänzend sein. Dafür scheut Jenny keine Mühe.

Ein leichter Abendwind bläst durchs offene Fenster und in ihre krausen Gedanken hinein. Jenny zieht die Bettdecke höher. Dann hört sie ein Auto über die eiserne Brücke rumpeln. Es kommt die Steigung zu ihrem Haus empor und fährt dann weiter auf der Geraden nach Westen.

Jenny seufzt. Dann flüstert sie ein Gebet, das sie als kleines Mädchen einmal gelernt hat: »Himmlischer Vater, ich übergebe meinen Körper, meine Seele und alle Dinge in deine Hände. Laß deine heiligen Engel bei mir sein, damit der böse Feind keine Macht über mich hat. In Jesu Namen – Amen.«

***

Währenddessen sitzt Oma Frieda auf der Kante ihres Bettes und versucht, ihre Gedanken über den heutigen Tag einigermaßen in die Reihe zu bekommen. Sie weiß genau, sie sollte Jenny in Gottes Obhut übergeben und sich nicht den Kopf mit Sorgen zergrübeln, wohin das Mädchen zur Oberschule gehen soll. Aber sie kann die Gedanken, die sie die ganze Woche über bewegt haben, einfach nicht abschütteln.

»Oh, Gott, ich bin noch nicht bereit, sie ziehen zu lassen«, flüstert sie leise. »Ich weiß, daß ich sie in vier Jahren ihre eigenen Wege gehen lassen muß, aber jetzt noch nicht. Ich bitte dich, laß doch die Schulbehörde von Rippensee irgend etwas unternehmen, daß sie einen Schulbus hierherschicken, damit Jenny diese Oberschule von zu Hause aus besuchen kann.«

Oma Frieda setzt ihr inständiges Gebet noch einige Minuten fort, wird allmählich stiller und schläft in Gottes Frieden ein.

Jenny in der Oberschule

Jenny schiebt den alten Handrasenmäher klappernd über den Rasen. Noch ist das Gras grün. In ihrem Kopf wirbeln die Gedanken so herum, wie sich der Rasenmäher dreht. Alles dreht sich um die Frage: Was wird das neue Schuljahr bringen? Wird es halten, was es verspricht?

Rippensee ist vielversprechend. Und von dieser Oberschule weiß Jenny schon viel mehr als von der Oberschule in Ogema. Andererseits hätte das Wohnen bei Tante Gerti ja auch seine Vorzüge. Vor allem ist Tante Gerti eine ganz lustige Person. Sie hat solch ein perlendes Lachen, das von tief innen kommt. Vielleicht könnte sie bei ihr Kochen und Backen lernen; denn Tante Gerti ist eine perfekte Hausfrau.

Wenn Jenny nur daran denkt, wie Tante Gertis Plätzchen schmecken, läuft ihr schon das Wasser im Munde zusammen. Jenny verzieht das Gesicht zu einer Grimasse und gibt dem Rasenmäher einen extraharten Stoß. Dabei denkt sie an Oma Friedas Plätzchen. Sie kann nur eine einzige Sorte backen. Ihr Hauptargument dafür ist, daß man nur ein Ei dazu braucht.

Jeden Monat, wenn der Frauenverein ihrer Kirche zu einer öffentlichen Veranstaltung einlädt, werden die Frauen aufgefordert, Kuchen oder Plätzchen dafür zu spenden. Oma Frieda verkündet dann zu Hause: »Oh, ich denke, wir backen unsere bewährten Ein-Ei-Plätzchen!«

»Und nicht noch einen richtigen Kuchen dazu?« brummt dann Jenny fragend.

Es kommt aber nie eine Antwort.

Dann schaut Jenny zu, wie Oma Frieda den Teig in der grauen Steingutschüssel anrührt. Wenn die Plätzchen fertiggebacken sind, mischt sie etwas Puderzucker mit Kakao und Milch und streicht die Plätzchen damit ein.

In der Gemeindehalle kreisen dann die jungen Mädchen in der Pause mit ihrem Teller an dem mit Kuchen und Plätzchen beladenem Tisch vorbei, und bestimmt kommt dann jemand auf Jenny zu und fragt sie, wo Oma Friedas Kuchenspende steht. Und dann muß sie auf die häßlichen Dinger weisen. Gewöhnlich stehen sie

dann auch noch ausgerechnet neben dem leckeren, weißen Engel-
kuchen von Frau Anderson. Und Jenny nimmt sich vor, daß sie nie
im Leben solch häßliche »Ein-Ei-Plätzchen« backen wird.

Als Oma Frieda an diesem Abend vom Melken hereinkommt,
strahlt ein Lächeln in ihrem Gesicht. Sie sagt zu Jenny, während
sie sich die Hände wäscht: »Ja, mein Kind, es sieht ganz so aus,
als ob es mit der Oberschule in Rippensee klappt.« Sie trocknet
sich die Hände ab und gießt sich eine Tasse Kaffee ein.

Jenny läßt sich auf den nächstbesten Stuhl fallen und ruft: »Was
ist passiert?« Ungeduldig trommelt sie auf den Tisch.

»Der Schulleiter hat heute nachmittag Onkel Roy angerufen und
erklärt, die Schulbehörde fragt an, ob etliche Leute willig seien,
mit Privatautos Schüler von den weit entfernten Wohnplätzen zu
einer Bushaltestelle zu fahren. Man könne so Fahrzeit einsparen
und vielleicht doch mit einem Bus auskommen.«

Oma Frieda nimmt einen Schluck Kaffee, und Jenny hält die
Luft an.

»Onkel Roy hat es mit Tante Helen durchgesprochen, und sie
ist einverstanden, daß er Myrtle und Grace, Ruby, ferner Donald
und Alma Johnson – und dich natürlich auch – bis zur Ecke der
Landstraße 102 fährt. Dort wartet dann der Bus auf euch.«

Jenny springt hoch, dreht sich um sich selbst und umarmt dann
Oma Frieda ganz heftig.

»Setz dich hin!« sagt Oma Frieda streng. »Da gibt es noch
einiges, was du beherzigen mußt. Ihr werdet frühzeitig abfahren
müssen – so etwa 7.00 Uhr. Onkel Roy muß vor der Abfahrt mit
dem Melken fertig sein. Ich werde aufstehen und ihm helfen. Das
bedeutet, daß du dich fertig machen mußt, während ich im Stall
bin. Hast du das verstanden?«

»Oh ja, Mama!« ruft Jenny strahlend aus, fällt Oma Frieda noch
einmal um den Hals, drückt sie heftig ab und tanzt dann in der
Küche umher.

Dann rennt Jenny hinaus, um mit Tante Helen über das Ereignis
zu sprechen.

Oma Frieda geht zum Telefon, um ihre Tochter Gerti anzurufen.
Auf dem Weg dorthin sendet sie ein kurzes Gebet zum Himmel:
»Vielen Dank, himmlischer Vater. Das war eine schnelle Antwort
von dir.«

Der hölzerne Telefonkasten hängt an der Wand im Wohnzimmer

von Roy und Helen. Dreizehn andere Familien sind an dieselbe Leitung angeschlossen. Man muß sich von der Zentrale verbinden lassen, wenn man jemand anrufen will. Hält man beim Wählen den Knopf nicht gedrückt, können die anderen Teilnehmer ein Klicken hören. Das bringt manch einen Mitteilnehmer der gemeinsamen Telefonleitung in Versuchung, den eigenen Hörer aufzunehmen, um mitzuhören, was es beim anderen Teilnehmer für Neuigkeiten gibt.

Aber Oma Frieda hält den Knopf fest gedrückt, bis sich die Zentrale meldet: »Welche Nummer bitte?«

»Achtundfünfzig«, antwortet Oma Frieda und wartet. Sie hört, daß es dreimal klingelt.

Dann meldet sich laut und deutlich Gertis Stimme: »Hallo!«

Nachdem Gerti die Neuigkeiten betreffs des Zufahrens zum Schulbus gehört hat, antwortet sie: »Ja, Mama, ich kann nicht gerade behaupten, daß ich begeistert bin. Für mich ist es schon eine große Enttäuschung. Ich hatte so sehr gehofft, daß ich wenigstens für eine Weile einmal ein Mädchen haben würde. Nun ja, es wär' zu schön gewesen, es hat nicht sollen sein! – Aber, Mama, für dich bin ich doch froh. Ich meine, du bist noch nicht fertig, Jenny jetzt schon loszulassen? Oder?«

***

Die wenigen noch verbliebenen Wochen bis zum Schulanfang vergehen wie im Fluge.

Jenny hat sich im Laufe der Zeit ein »Schönheitspflege-Album« angelegt. In ein großes Zeichenheft hat sie aus alten Illustrierten ausgeschnittene Artikel mit Tips zur Schönheitspflege eingeklebt. Im Hinblick auf den Schulanfang beginnt Jenny nun eine ganz neue Methode, ihr Gesicht zu waschen. Und die Haare werden nun täglich mit hundert Strichen gebürstet. Dann zieht Jenny sich auch die neuen braunen Halbschuhe an, um sie etwas einzutreten.

Die meisten Namen der Lehrer und Lehrerinnen kann sie schon auswendig, und sie kann sich auch zu jedem Namen ein Gesicht vorstellen. Auch die künftigen Mitschülerinnen und Mitschüler hat sie nach Myrtles Jahrbuch der Oberschule von Rippensee gründlich studiert.

Nach vielen Stunden Näharbeit, einschließlich Auftrennen und Wiederzusammennähen, hängt ihr grünes Dirndlkleid mit den schwarzen Miederschnüren im Schrank.

Endlich ist der Tag des Schulanfangs da! Es regnet in Strömen.

Oma Frieda kommt von der Stallarbeit ins Haus zurück. Ihr klatschnasses Kopftuch hängt sie über den Küchenherd zum Trocknen auf.

Jenny steht in ihrem neuen, grünen Dirndlkleid vor dem Spiegel und müht sich redlich, die linke Seite ihrer Frisur genauso einzurollen wie die rechte. Es will ihr einfach nicht gelingen.

»Oh, Jenny, dieses Kleid kannst du heute unmöglich anziehen. Das ist bei diesem Wetter zu sommerlich!«

Jenny kommen die Tränen: »Aber Mama, du weißt doch, daß wir es extra für den ersten Schultag fertiggemacht haben.«

Oma Frieda winkt ärgerlich ab: »Ich weiß, ich weiß doch! Aber für den heutigen, kalten Regentag ist es einfach unmöglich. Jetzt geh dich schnell umziehen. Du ziehst deinen braunen Rock an und dazu die orangefarbene Bluse mit dem karierten Schottenmuster. Das sieht dann auch wirklich aus wie Herbst.«

Jenny bleibt trotzig stehen und ballt die Fäuste: »Ich will aber heute dieses Kleid tragen!«

Oma Frieda packt sie bei den Schultern: »Horch, Onkel Roy fährt schon, die anderen abholen. Du hast keine Zeit zu verlieren. Mach daß du hochkommst und dich umziehst, jetzt sofort und auf der Stelle!«

Empört stampft Jenny die Stiege hoch in ihr Zimmer. Dabei brummt sie ununterbrochen leise vor sich hin. Sie kann die Welt nicht mehr verstehen. Das neue Kleid ist doch wirklich wichtiger als der Herbst.

Als sie mit dem Umkleiden fertig ist, bleibt sie am Ostfenster stehen, bis Onkel Roys Auto auf dem Hügel vor dem Haus erscheint, dann rennt sie schnell hinunter, verabschiedet sich mit einem winzigen Küßchen auf Oma Friedas Wange und rennt los.

Oma Frieda fällt in ihren Schaukelstuhl. Ihr schlägt das Herz bis zum Hals. Sie meint zu ahnen, daß dies nicht der letzte Kampf zwischen ihnen beiden sein wird: »Was wird da wohl noch alles mit dieser Oberschule auf mich zukommen?« Dann betet sie: »Oh

Gott, hilf Jenny, ihren Verstand zu gebrauchen, bewahre sie davor, am heutigen Tag lauter Dummheiten zu machen.«

Dann steht sie auf und macht sich an die Tagesarbeit.

***

Der Schulbus kommt heute am ersten Schultag mit Verspätung an der Schule an. So müssen sich die Neuankömmlinge sehr beeilen. Sie legen schnell die Mäntel ab und rennen zur Aula, in der die anderen Schüler und das Lehrerkollegium schon versammelt sind.

Der Schulleiter, Herr Ingli, steht schon vorn am Pult und ruft der Busladung seiner jüngsten Schüler zu, sich schnell hinzusetzen.

Jenny beeilt sich, rutscht mit ihren nassen Schuhsohlen auf dem glatten Fußboden aus und landet mit einem Plumps auf dem erstbesten Sitz.

»So etwas nennt man Gehorsam!« kommentiert Herr Ingli die Notlandung und lacht.

Jennys Herz schlägt schneller, ihre Wangen brennen wie Feuer, sie macht sich in ihrem Sitz ganz klein und versucht, das verhaltene, schadenfrohe Gekicher ihrer Mitschüler zu ignorieren. Dann zwingt sie sich zuzuhören, was der Schulleiter zu sagen hat. Sie ist sich ganz sicher, daß alle Augen nur auf sie gerichtet sind.

***

Als Jenny am Abend nach Hause kommt, weiß sie, daß Oma Frieda schon unruhig auf sie wartet.

»Na, Jenny, wie ist es dir ergangen?« fragt Oma Frieda auch gleich, und läßt ihr Strickzeug im Schoß ruhen.

»Gut, aber ich bin gleich zu Beginn in eine peinliche Verlegenheit geraten.« Und dann erzählt Jenny von ihrem »Rein«-Fall in den erstbesten Sitz.

Oma Frieda lacht herzlich darüber.

Jenny erzählt noch ein bißchen über die Lehrer; aber sie hat es eilig, nach oben zu kommen, um erst einmal mit sich selber über ihre ersten Eindrücke klarzukommen.

Einige Jungen haben mit ihr gesprochen und sie recht interessiert angeschaut. Das ist wichtig, und Jenny hat Mühe, es richtig einzuordnen.

Das aufregendste Erlebnis des Tages war aber Alan Mason. Er geht in eine der oberen Klassen, hat wunderschöne braune Augen und spricht so leicht und langsam wie ein Mann. Er überholte sie im Schulgang, lächelte sie freundlich an und fragte: »Ich habe gehört, du bist Myrtles Cousine? Stimmt doch? Klar, muß ja so sein. Es ist halt eine Familie mit lauter Vollblütern!«

Jenny wußte darauf nichts zu antworten.

»Ich werde morgen früh auf dich warten und begleite dich dann zu deiner Klasse«, versprach Alan Mason noch, ehe sich ihre Wege trennten.

Am nächsten Morgen kommt strahlender Sonnenschein durch Jennys Fenster und weckt sie auf. Hurra! Heute kann ich mein neues Dirndlkleid anziehen! ist ihr erster Gedanke!

Im Schulbus versucht sie dann, Grace zuzuhören, aber ihre Gedanken schweifen immer ab – hin zu Alan Mason.

In der Aula, als Herr Ingli seine Morgenrede hält, kämpft Jenny einen harten Kampf mit sich selbst. Sie möchte sich so gerne ein bißchen umschauen, um zu sehen, ob Alan Mason sie beachtet oder nicht; aber sie wagt es dann doch nicht.

Als sie sich auf den Weg in ihre Klasse macht, sitzt er immer noch in der Aula. Aber dann steht er auf und winkt ihr zu. Jenny werden die Knie weich. Hätte sie jemals davon geträumt, daß ein Schüler der obersten Klasse sich mit ihr abgeben würde!

»Na, Jenny, hast du alle Hausaufgaben geschafft?« fragt er sie mit seiner tiefen Samtstimme, die von oben herabkommt, denn Alan Mason ist ziemlich groß.

Jenny bringt kein Wort über die Lippen. Sie kann nur nicken, weil sie so schrecklich aufgeregt ist.

Nach dem Abendessen versucht Jenny, Oma Frieda während des Geschirrabtrocknens etwas von der Schule zu erzählen. Aber Jenny weiß, daß das meiste, was ihr wichtig ist, und was sie gern berichten würde, in Oma Friedas Augen ziemlich unsinnig und überflüssig ist. So hört sie bald auf und holt ihre Hausaufgaben heraus, um sie zu erledigen.

Abends betrachtet sie sich wieder lange im Spiegel; aber ihre Nase ist immer noch so krumm wie eh und je. Also wird sie weiterhin ihre Haut, ihr Haar und was sonst noch möglich ist, pflegen – zum Ausgleich, – wie sie meint.

Dann erinnert sie sich an etwas, das ihr Myrtle erzählt hat. Da ist ein Mädchen in der Schule in einer der oberen Klassen. Sie ist bestimmt nicht hübsch; aber das merkt niemand, weil sie jederzeit ausgeglichen und zu jedermann stets freundlich ist.

Wie dumm von mir, denkt Jenny, daß ich mir einbilde, daß das Aussehen das einzigste sei, das zählt.

Ehe sie unter ihre Bettdecke kriecht, kniet Jenny heute abend an ihrem Bett nieder und betet: »Lieber Gott, hilf mir doch, daß ich immer freundlich sein kann und auch innerlich gute Gedanken habe. Ich möchte nicht mehr so viel über mein Äußeres nachdenken. Amen.«

***

Jenny erwacht am anderen Morgen mit einem Schreck: Heute ist Sonnabend. Das heißt schulfrei! Sie gähnt und dreht sich noch einmal auf die andere Seite. Es lohnt sich nicht, so früh aufzustehen. Schultag wäre ihr schon lieber als Putztag.

Durch den Wärmeschacht hört sie, daß Oma Frieda vom Stall hereinkommt, Holz im Küchenherd nachlegt, sich die Hände wäscht und die Waschschüssel in den Schmutzwasserkübel ausleert.

Jenny bleibt eingekuschelt in ihrem warmen Bett liegen. Im Geiste schaut Alan Mason mit seinen braunen Augen tief in ihre Augen, und sie hört sich selbst ernste Fragen an ihn richten; denn er ist ja in der obersten Klasse. Und darüber sinkt sie noch einmal in einen süßen Halbschlaf.

»Jenny, steh jetzt aber endlich auf!« tönt es auf einmal laut von unten, »es ist schon fast zehn Uhr!«

Jenny lächelt ihren kleinen Wecker auf dem Nachttisch an. Es ist genau eine Minute nach halb zehn. Sie streckt sich und gähnt. Aber sie hat freundliche Gedanken an ihre »Mama« dort unten. Ja, für Oma Frieda ist halb zehn ganz bestimmt schon sehr spät.

Nach dem Frühstück hilft Jenny Oma Frieda beim Möbelrücken, damit der Fußboden gründlich geputzt werden kann. Sie kriecht hinter den Küchenherd und wischt dort auf. Dann kommen die Stühle dran. Sie muß mit einem Lappen über den Finger gestülpt in jede kleinste Ritze hinein und jede Strebe abwischen. Es scheinen ihr unendlich viele zu sein.

Aber Jenny läßt bei der langweiligen Arbeit ihre Gedanken wandern. Von ihrem roten Kleid möchte sie gerne die weißen Manschetten und den weißen Kragen abtrennen, sie waschen und wieder annähen. Das ist dann wie ein neues Kleid. Sie möchte auch gern wieder einmal am Flußufer spazierengehen – oder mit ihrer kleinen Cousine Mary im Haus spielen – oder einfach auf dem Bett liegen und die neuste Ausgabe vom »Amerikanischen Mädchen« lesen.

***

Am Sonntag sitzt Jenny in der Kirche neben Grace und Ruby. Oma Frieda sitzt zusammen mit Tante Ellen in der Bank hinter den Mädchen.

So sehr sie sich auch anstrengt, Jenny kann sich einfach nicht auf die Predigt konzentrieren. Der Pastor spricht so langsam und salbungsvoll. Ehe er einen einzigen Satz beendet hat, sind Jennys Gedanken schon in etlichen Richtungen davongelaufen. Etwa in einer Stunde ist er endlich fertig.

Als Jenny auf die Nummer des Schlußliedes schaut, kann sie es sich nicht verkneifen, Grace mit dem Ellbogen anzustoßen und mit dem Kopf auf Frau Kuhlmann zu weisen. Beide Mädchen müssen kichern, weil Frau Kuhlmann der Melodie zusätzliche Schleifen verpaßt und das »th« laut und deutlich falsch ausspricht.

Die beiden Mädchen stehen kurz vor einer Explosion, und Jenny versucht, krampfhaft und fest entschlossen, sich auf den Inhalt des Liedes zu konzentrieren. Aber als Frau Kuhlmann wieder an eine kritische Stelle des Textes kommt, können sich beide Mädchen nicht mehr halten. Tränen laufen ihnen die Wangen hinunter, und selbst Oma Friedas scharfer Stups auf Jennys Schulter kann ihr Kichern nicht mehr verhindern. Noch während des Schlußsegens müssen die Mädchen schlucken, schnaufen und die Tränen verkneifen.

Stirnrunzeln erwartet beide am Ausgang: »Was ist bloß mit euch beiden los?« beschwert sich Oma Frieda empört.

Auch Tante Ellen versucht, die beiden Sonntagsfriedensstörer streng anzuschauen; aber in ihrem Kinn sind wieder die vielen

Grübchen zu sehen, die anzeigen, daß·sie Mühe hat, nicht selbst mitzulachen.

Tante Marti sagt: »Ruby, wir werden zu Hause ein Wort miteinander reden.« Aber auch in ihren Augen tanzen die heimlichen Lacher.

An diesem Sonntag nachmittag kommt ein anderer Sohn von Oma Frieda mit seiner Familie zu Besuch: Carl, seine Frau Olga und die Kinder.

Tante Helen kocht Kaffee und deckt den Tisch. Sie legt ihr schönstes Tischtuch auf. Es hat einen blauen Rand und gelbe Ringelblümchen in den Ecken. Dazu stellt Tante Helen die blaugoldenen Tassen auf. Sie sind aus so dünnem Porzellan, daß man hindurchschauen kann.

Jenny fragt sich, wie wohl Tante Helen es anstellen wird, Tante Olga wissen zu lassen, daß sie noch alle um den Tod von dem Baby Rosalie trauern, das vor drei Monaten gestorben ist.

Jenny sitzt diesmal mit bei den Erwachsenen. Sie trinkt zwar keinen Kaffee, sondern Milch und knabbert Plätzchen.

Die Kinder von Tante Olga und Onkel Carl toben durch das Zimmer. Sie sind unbeschwert froh und ziemlich laut.

Jenny überfallen die Erinnerungen an den Tod der kleinen Rosalie. Sie steht leise auf, steigt die Stiege hinauf und geht in ihr Zimmer. Dort legt sie sich aufs Bett. Dann denkt sie zurück: Rosalie war im letzten Mai zur Welt gekommen. Als Jenny sie zum ersten Mal sah, lehnte sie sich über das Baby-Körbchen und verbrachte lange Zeit damit, die Kleine zu betrachten. Später gab man sie ihr auf den Arm, und sie hat sie oftmals glückselig halten dürfen. Sie konnte sich an dem kleinen rosigen Gesichtchen nicht sattsehen und beobachtete genau, wie die Kleine, ohne etwas ausdrücken zu können, doch fortlaufend ihren Gesichtsausdruck änderte.

Rosalie war erst fünf Wochen alt, als Onkel Carl kurz bei ihnen anhielt, um zu berichten, daß ihr Baby nichts mehr essen kann. Sie waren auf dem Weg zu Dr. McKinnon.

Später telefonierte Onkel Carl vom Krankenhaus aus und sagte, daß wohl keine Hoffnung wäre, daß die kleine Rosalie überleben würde.

Jenny traf diese Nachricht wie ein Keulenschlag. Sie war zu

schockiert, um zu fragen, woran die Kleine litt. Vielleicht wußten es auch selbst die Ärzte nicht genau.

Wie hat Jenny damals gebetet und geweint; aber am nächsten Morgen rief Onkel Carl an: Rosalie ist tot.

Nun liegt Jenny auf ihrem Bett und weint wieder in ihr Kopfkissen. Sie erinnert sich an das Begräbnis. Auf dem Friedhof gingen alle so leise zum kleinen offenen Grab. Keine Stimme war zu hören, nur die Fußtritte im Gras oder auf dem Weg, und ein paar Vöglein tschilpten zart.

Dann standen sie alle um den kleinen weißen Sarg, der auf zwei Balken über dem rotlehmigen Loch stand. Jenny getraute sich nicht, zu Onkel Carl und Tante Olga hinüberzuschauen.

Während der Pastor sprach, sah sie einen kleinen, grünen Wurm über eine gelbe Blume kriechen. Sie mußte einen tiefen Seufzer hinunterschlucken.

Plötzlich überfiel Jenny der Gedanke: So war es auch damals beim Begräbnis meiner Mutter. Oma Frieda und alle die anderen fühlten genauso, wie ich heute fühle, als sie den Sarg meiner Mutter auf diesen Platz brachten.

Zum ersten Mal in ihrem Leben ergriff Jenny tiefe Trauer über den Tod ihrer jungen Mutter, die sie niemals kennenlernte. Oh, arme Oma!

Oh, mein armer Vater! Obwohl es für ihn sicherlich schwer gewesen wäre, ein Baby allein aufzuziehen, war es für ihn auch hart, sein Baby seiner Schwiegermutter zu übergeben. Aber das war der letzte Wunsch seiner Frau. Den hat ihr Vater respektiert.

Jenny hat nie über ihren Vater getrauert. Sie hat ihn ja gar nicht recht gekannt. Sie war zehn Jahre alt, als er starb, und sie hatte ihn in ihrem Leben nur viermal flüchtig gesehen.

Damals auf dem Begräbnis von der kleinen Rosalie hat Jenny ihren Strauß mit den gelben Blumen, auf denen der grüne kleine Wurm krabbelte, auf den Sarg gelegt und war zurück zum Auto mehr getaumelt als gegangen.

An jenem Abend nach dem Begräbnis war Oma Frieda zu ihr ins Zimmer gekommen. Sie hat sich auf die Bettkante gesetzt und gesagt: »Liebchen, ich weiß ja wie sehr du dieses Baby geliebt hast, wie sehr du alle Babys gerne hast, aber . . .«, da brach ihre Stimme, »auch ich hatte es lieb, genauso wie du; aber weißt du was? Die kleine Rosalie wird niemals Ziegenpeter bekommen oder Masern, sie wird nie hinfallen und sich die Knie aufschlagen. Sie wird auch nie trauern müssen, wenn eins ihrer Lieben stirbt, wie wir es jetzt durchmachen müssen. Die kleine Rosalie ist sicher in Jesu Armen.« Oma Frieda hatte tief geseufzt und noch hinzugefügt: »Aber es wird lange dauern, bis es uns nicht mehr weh tut, wenn wir an sie denken.«

Dann hat Oma Frieda ihre Tränen getrocknet, sich einmal tüchtig die Nase geschneuzt, war aufgestanden und hatte sich in Jennys Zimmer umgesehen. Und dann kam ihre Anweisung: »Wenn es diese Woche nicht zu heiß wird, werden wir hier einmal Großputz machen. Diese Gardinen haben es wirklich nötig, gewaschen zu werden, und das ganze Bettzeug muß einmal gründlich frische Luft schnappen!«

So liegt nun Jenny auf ihrem Bett, starrt auf diese Gardinen und kann es immer noch nicht begreifen, wie Oma Frieda ihre Gefühle so schnell wenden kann: Von der Trauer zum Putzen!

Plötzlich steht Jenny auf, schüttelt das Kopfkissen auf und streicht die Bettdecke glatt. Sie muß einfach immer wieder daran denken, wie sehr Tante Olga ihre kleine Rosalie vermissen muß.

Jenny trocknet sich die Tränen, schneuzt sich die Nase und wartet still noch ein paar Minuten, bis sie sich entschließt, nach unten zu den Gästen zu gehen.

Onkel Carl und Tante Olga sind gerade dabei, sich und die Kinder zur Heimfahrt fertigzumachen. Und im Aufbruchstrubel scheint niemand Jennys rotgeweinten Augen zu bemerken.

***

Am Montag morgen springt Jenny aus dem Bett, sobald sie aufwacht. Sie denkt sogleich an Alans braune Augen und hört im Geiste schon, wie er sie fragt: »Na, Jenny, wie war dein Wochenende?« Seine Stimme ließ ihr Herz stets schneller schlagen.

Er hat sie schon einmal eingeladen, mit ihm auszugehen; aber sie hat absagen müssen, weil Oma Frieda es bestimmt nicht erlauben würde. Sobald sie fünfzehn Jahre alt war, würde sie Oma Frieda bitten, sich mit einem jungen Mann treffen zu dürfen. Ab fünfzehn war es üblich, daß man zusammen mit einem »Anstandswauwau«, einer Begleitperson, die auf sie beide aufpassen würde, ausgehen durfte. Da war sich Jenny sicher. Das durfte ihr Oma Frieda auch nicht abschlagen.

Als die Glocke läutet, ist Jenny noch so sehr mit ihren Notizen beschäftigt, daß sie sich nicht nach Alan Mason umschauen kann. Aber er hat bisher jeden Morgen auf sie gewartet, und am Freitag hat er sie auf dem Weg zu ihrem Klassenzimmer umfaßt.

Als Jenny endlich aufschaut und sich umsieht, kann sie Alan Mason nirgends entdecken. Eine tiefe Enttäuschung durchzuckt sie. Er muß an ihr vorbeigegangen sein, ohne sie zu beachten. Nach der dritten Stunde entdeckt sie ihn im Schulgang einige Schritte vor ihr mit Gloria, einer hübschen Blondine aus einer der oberen Klassen. Er hält sie beim langsamen Laufen herzlich umschlungen.

Jenny ist fest entschlossen, niemand ihre bittere Enttäuschung merken zu lassen, so lacht und albert sie mit den anderen Mädchen herum.

Als sie dann aber in der Klasse sitzen, fällt es ihr doch schwer, dem Unterricht zu folgen. Wie ist so etwas möglich? Alan hat sie immer so liebevoll angeschaut, als ob sie für ihn ein ganz besonderes Mädchen sei. Und einfach so im Handumdrehen schmust er mit einer anderen in aller Öffentlichkeit. Jennys Hals beginnt zu schmerzen, weil sie sich das Weinen verkneifen muß.

Als sie dann draußen vor der Tür auf den Schulbus warten, kommt Myrtle zu ihr und schaut sie forschend an. »Oh, Jenny, entschuldige, ich hätte dich warnen sollen. Alan und Gloria gehen schon über ein Jahr fest miteinander. Wahrscheinlich hatten sie nur wieder einmal eine Meinungsverschiedenheit, und Alan wollte Gloria mit einem kleinen Flirt ärgern.«

Jenny hat Mühe, die Tränen zurückzuhalten und fragt: »Aber warum?«

Myrtle zieht die Schultern hoch. Dann klettern beide Mädchen in den Schulbus.

Nach einer Weile lächelt Myrtle Jenny mitleidig zu: »Weißt du, Jenny, das ist nun mal nicht anders. Eines Tages finden sich zwei zusammen, und am nächsten Tag findet einer von beiden einen anderen Partner, der ihm besser gefällt.« Und als sie Jennys erschrockenes Gesicht sieht, fügt sie hinzu: »Auch du wirst dich daran gewöhnen.«

***

Oma Frieda sieht sogleich, daß da etwas schiefgelaufen ist, als Jenny nach Hause kommt. Das strahlende Lächeln der letzten Tage ist verschwunden und hat einem nachdenklichen, beinahe traurigem Gesichtsausdruck Platz gemacht. Auf Jennys Stirn stehen einige Sorgenfalten. Aber Oma Frieda will sie nicht gleich mit Fragen bestürmen. Sie tut so, als ob sie nichts bemerkt habe und wartet, daß Jenny von selbst zu reden beginnt. Aber von da kommt nichts!

Schließlich legt Oma Frieda beim Abendessen ihre Hand liebevoll auf Jennys Arm: »Stimmt etwas nicht, Jenny?«

Jenny schüttelt den Kopf und versucht zu lächeln: »Wieso denkst du, daß etwas nicht in Ordnung sein soll?«

Dann ißt sie hastig, hilft schnell das Geschirr abwaschen und rennt nach oben in ihr Zimmer.

Oma Frieda nimmt ihr Strickzeug und setzt sich in den Schaukelstuhl, aber ihre Hände ruhen auf den Lehnen, sie strickt nicht. Dann lehnt sie sich zurück und brummt: »Ja, Frieda, du bist einfach zu alt dafür. Eine junge Mutter wüßte, was man jetzt tun müßte.« Das war der altbekannte Reim, den sich Oma Frieda schon so viele Male hergesagt hatte, ohne einen Ausweg zu wissen.

Oma Frieda schmerzt es, als sie am nächsten Morgen sieht, daß Jennys Gesicht immer noch so tieftraurig dreinblickt. Hat sie in der Schule eine Dummheit gemacht? Steht sie vor einer Zwischenprüfung? Hat sie jemand gemein behandelt? Wenn sie nur etwas sagen würde!

»Vater im Himmel«, flüstert Oma Frieda leise, »bitte hilf ihr. Was immer es sein mag, was sie quält. Ich habe keine Ahnung, was ich für sie tun könnte.«

Am Mittwoch hat Jenny Probesingen für den Schulchor und wird angenommen. Sie freut sich wieder. Und lächelt noch mehr, als sie erfährt, daß ihre Klassenarbeit in Naturwissenschaft mit »ausgezeichnet« benotet wurde.

Als sie aus der Schule heimkommt, ist Onkel Carl da und hilft Oma Frieda Kraut schneiden, um Sauerkraut herzustellen. Jenny schaut zu, wie Oma Frieda von dem großen Krautkopf die Blätter von außen her abschält. Onkel Carl legt sie flach in die Schneidemaschine, die in der Mitte mehrere Klingen hat. Wenn die Schüssel im hölzernen Schneider voll ist, nimmt Oma Frieda sie heraus, schiebt eine leere Schüssel ein, packt das geschnittene Weißkraut in einen großen Tontopf und streut Salz zwischen jede Lage Kraut.

Onkel Carl trägt dann den vollen Tontopf in den Keller. Auf das Kraut kommt zuoberst ein Holzdeckel und ein Feldstein zum Beschweren.

Jenny knabbert an einem knusprigen Stück Weißkraut und überlegt, woher wohl das Sauerkraut im Laufe der Zeit seinen besonderen Geschmack bekommt. Wenn sie an ein Sauerkrautgericht mit Schweinefleisch denkt, läuft ihr das Wasser im Munde zusammen. Manchmal hat Oma Frieda auch Kartoffelklöße dazu bereitet, dann die Sauerkrautbrühe darüber gegossen und ein Stück Butter auf dem heißen Kloß zergehen lassen. Jenny wünscht sich, das Gericht wäre jetzt gerade fertig geworden.

**

Am nächsten Tag sagt Herr Ingli an, daß Schüler, die Interesse haben, in der Musikkapelle ein Instrument zu spielen, sich bei Herrn Speidel, dem Kapellmeister, melden sollen.

Jenny malt es sich aus, wieviel Freude es ihr machen würde, die rot-graue Uniform zu tragen, Musik zu machen und zu den Festtagen öffentlich in der Rippensee-Band aufzutreten. Sie kann es fast nicht abwarten, Oma Frieda zu fragen, ob sie eine Zugposaune bekommen kann. Das hat Herr Speidel ihr vorgeschlagen.

Als Oma Frieda heute abend vom Melken zurückkommt, erklärt sie, daß es auch Onkel Roy fein findet, wenn Jenny Posaunenblasen lernt. Sie könne Herrn Speidel sagen, daß Onkel Roy ein Instrument aus einem Katalog zum herabgesetzten Preis von $36,00 plus $1,00 für Gleitöl und $1,00 für ein Lehrbuch bestellen würde.

Jenny weiß, daß auf ihrem eigenen Konto auf der Bank genug Geld für das alles vorhanden ist. Seit dem Tode ihres Vaters bekommt sie jeden Monat $15,33 als Waisenrente. Onkel Roy ist der Verwalter ihres Kontos. Jeden Monat schreibt er einen Barscheck über $5,00 aus. Dies Geld gibt Oma Frieda sparsam aus, zum Beispiel für Kleider, Geschenke und die Kollekte in der Kirche. Manchmal gibt es eine größere Ausgabe, wenn bei einem der Versandhäuser etwas bestellt wird, deren Kataloge in jedem

Farmhaus zu finden sind. Aber Oma Frieda wacht gewissenhaft darüber, daß immer etwas übrigbleibt.

Als das Paket mit der Posaune ankommt und Jenny am nächsten Tag das Instrument zur Schule mitnimmt, zeigt ihr Herr Speidel erst einmal wie man den Zug ölt, und dann spielt er ihr eine Tonleiter vor.

Jenny bleibt vor Staunen der Mund offen. Das wäre ihr nicht einmal im Traume eingefallen, daß eine Posaune so wundervolle Klänge erzeugen kann.

Sie hat natürlich auch noch keine Vorstellung, wie schwierig es ist, auch nur einen einzigen klaren Ton, der dann auch noch der rechten Note entsprechen soll, durchs Blasen zustande zu bringen.

Von nun an übt Jenny unermüdlich jeden Abend, damit sie die aufgegebene Lektion auch perfekt beherrscht, wenn sie ihre Posaune in die Schule mitnimmt, um bei Herrn Speidel vorzuspielen.

Die Posaune ist nun Jennys kostbarster Besitz. Sie nimmt jetzt den ersten Platz in ihrem Leben ein.

Die Musikbegeisterung tut allerdings ihrem Interesse an Jungenbekanntschaften in der Schule keinen Abbruch. Ein schlaksiger, hoch aufgeschossener Junge mit ebensolch braunen Augen wie Alan Mason fängt eines Tages an, für Jenny einen Platz im Schulbus zu reservieren. Zwei Wochen lang wird sie deswegen von einem halben Dutzend oder mehr Mitschülerinnen schwärmend bewundert und sogar beneidet.

Dann findet Jenny eines Tages ihren Platz von einer niedlichen kleinen Blondine mit einer zierlichen Stupsnase besetzt.

Jenny merkt nach einiger Zeit, daß diese Schulfreundschaften zwischen Schülern und Schülerinnen längst nicht so schön und wohltuend sind, wie sie es sich einst erträumt hat. Es ist ein Spiel mit Glück und Unglück. Der Erfolg macht froh und tut wohl. Aber am Ende bleiben doch immer Verletzungen zurück, die arg weh tun können.

***

Oma Frieda hat im Herbst immer viel Umtrieb. Der Garten verlangt dann besonders viel Arbeit. Die erfrorenen Tomatenstauden und Gurkenranken reißt sie raus. Die letzten Mohrrüben und Rettiche werden geerntet. Sie bringt sie in den Keller und verwahrt sie für den Winter in Kästen, die mit feinem Sand gefüllt sind. Die letzten Krautköpfe, die nicht zu Sauerkraut verarbeitet worden sind, werden hereingeholt. Und so gibt es noch mancherlei, was noch vor dem Einbruch des Winters getan werden muß.

Dazu kommt, daß die Gartenarbeit für Oma Frieda immer beschwerlicher wird. Ihre Knie sind arg steif geworden, so daß sie viel mehr im Bücken erledigen muß als früher, als sie sich hinhocken oder hinknien konnte. Aber gerade das Bücken macht ihr besonders viel Beschwerden. Da steigt das Blut in den Kopf und der Rücken schmerzt. So geht alles viel langsamer und braucht doch besonders viel Kraft.

Trotzdem kommt es Oma Frieda durchaus nicht in den Sinn, daß man im nächsten Frühjahr die Anbaufläche im Garten etwas verringern könnte.

Sobald man draußen nichts mehr machen kann, holt Oma Frieda ihr Spinnrad hervor. Sie will genug Wollgarn spinnen, um ihren Lieben zu Weihnachten Handschuhe, Socken und dergleichen zu stricken.

***

Heute gibt es Zeugnisse in der Schule! »Giftblätter« sagen die Kinder.

Als Jenny den Umschlag mit ihrem Zeugnis in Händen hält, zittern ihre Finger. Sie schaut hinein und seufzt dann erleichtert.

Oma Frieda hat zu Jennys Schulzeugnissen noch nie ein Wort gesagt, nicht einmal damals, als sie in der vierten Klasse in allen Fächern die Note »ausgezeichnet« bekommen hatte.

Aber diesmal ist es etwas anderes: Es ist das erste Oberschulzeugnis! Jenny stellt sich im Geiste vor, wie es heute sein wird, wenn sie nach Hause kommt. Oma Frieda wird mit dem Kopf nicken und lächeln. Und dann wird sie wohl zum ersten Mal auch etwas zum Zeugnis sagen, vielleicht: »Recht so, Jenny, mein Kind, ich bin zufrieden mit dir. Das hast du wirklich gut gemacht.«

Oma Frieda ist wie gewöhnlich beim Stricken, als Jenny hereinkommt. Strahlend ruft Jenny: »Mama, hier ist mein Oberschulzeugnis!« und legt ihr den Umschlag auf den Schoß.

Oma Frieda liest es gründlich, nickt kurz mit dem Kopf und

sagt: »Geh, leg es Onkel Roy und Tante Helen auf den Tisch. Ich denke, sie haben noch nicht gegessen.«

»Ist das wirklich alles, was sie mir zu sagen hat? Das kann doch nicht wahr sein?« fragt sich Jenny, geht still ins Wohnzimmer nebenan und legt das Zeugnis dort auf den Eßtisch.

Jenny denkt an Ruby und ihre Eltern, Onkel Bertel und Tante Marti. Und sie stellt sich vor, wie sie wohl ihre Tochter anstrahlen und anerkennende und aufmunternde Worte zu ihrem Zeugnis sagen.

Langsam geht Jenny wieder zurück und hofft im stillen, daß Oma Frieda ihr doch noch irgendein Wort über das Zeugnis zu sagen hat.

Ja, sie hat etwas zu sagen, aber es ist etwas ganz anderes: »Zieh dir eine Schürze an und hol einen Eimer Wasser!« Jenny überhört den Befehl, rennt blindlings die Stiege hoch in ihr Zimmer, wirft sich aufs Bett und heult los: »Ich weiß, ich werde niemals so werden wie meine Mutter. Sie muß vollkommen gewesen sein. Ich tue doch alles, was ich kann. Ich weiß ja, daß ich zuviel schwatze, daß ich dauernd kichern muß; aber kann sie nicht ein einziges Wort sagen, wenn ich ein gutes Zeugnis nach Hause bringe?«

Und Oma Frieda sitzt unten in ihrer Wohnküche im Schaukelstuhl und lächelt still vor sich hin. Sie denkt, Jenny ist schnell gegangen, irgend etwas zu holen. Ja, diese Oberschule! Aber das Mädchen hat wirklich etwas geleistet. Das hätte ich nicht erwartet; aber nun muß ich aufpassen, daß ich sie nicht noch dazu lobe, sonst wird sie stolz und aufgeblasen.

Und sie sinniert weiter über ihre Jenny und ihr Wesen und Auftreten: Jenny ist selbstbewußt. Ihre Körperhaltung, der aufrechte Gang und ihr Gesichtsausdruck erinnern sehr an ihren Vater. Ihre Mutter, meine liebe kleine Emmi, war dagegen von ganz anderer Art. Das ist gefährlich für Jenny: Wie leicht entsteht aus gesundem Selbstbewußtsein ein widerlicher Hochmut!

Oma Frieda denkt auch an ihre Lieben, die in der Nähe wohnen. Auch da werden jetzt die Zeugnisse und Zensuren begutachtet.

Ellen wird wahrscheinlich schon gut aufpassen, daß ihren beiden Mädchen nicht »der Kamm schwillt« und sie hochnäsig werden.

Aber Marti? Wer weiß? Ob sie ihre Ruby nicht direkt ins Gesicht hinein lobt, wenn sie ein gutes Zeugnis nach Hause bringt. Noch ist Ruby ja wirklich ein liebes, demütiges Mädchen. Aber Bertel und Marti haben bestimmt das Zeug dazu, sie gründlich zu verziehen.

Oma Frieda seufzt tief. Dann steht sie auf, wendet das Fleisch in der Pfanne und deckt den Tisch. Sie schaut zur Decke und zieht die Stirn kraus und fragt sich, was das Mädchen wohl so lange dort oben macht. »Jenny, was treibst du denn dort oben so lange?« ruft sie ins Gitter über dem Herd. »Das Abendessen wartet schon auf dich!«

Oma Frieda grübelt vor sich hin: Jeder Tag verläuft eigentlich nach dem gleichen Schnittmuster; aber man kann nicht sagen, daß dabei ein schönes Bild herauskommt. Dafür gibt es zuviel Hektik. An den Schultagen muß Oma Frieda sich beeilen, damit sie morgens vom Melken wieder ins Haus kommt, weil sie weiß, daß Roy gleich losfahren muß, um die Schulkinder einzusammeln. Wenn er zurückkommt, sollte Jenny fertig angezogen sein und gefrühstückt haben; aber sie hat immer noch etwas, was ihr an ihren Haaren oder ihren Kleidern nicht gefällt und noch schnell verbessert werden muß. Überall muß Oma Frieda hinter ihr her sein. Mit einem Auge schaut sie zur Uhr und mit dem anderen Auge zum Ostfenster. Dort kann sie sehen, ob Roys Auto über den Hügel kommt. Regelmäßig muß sie dann Jenny antreiben: »Komm endlich runter, in fünf Minuten ist Onkel Roy da!« Und wenn das Auto schon wartet, rennt Jenny immer noch umher, weil sie das und jenes nicht finden kann, was sie mitnehmen muß. Oma Frieda steht dann in der offenen Tür mit der Posaune und Jennys Schultasche in der Hand.

Dieser Zustand macht Oma Frieda nervös, ärgerlich und mißmutig. Sie hat schon mehr als einmal gesagt: »Warum kannst du nicht wenigstens einmal draußen vor der Tür auf Onkel Roys Auto warten, anstatt daß er jedesmal auf dich warten muß?«

Aber anscheinend macht es Jenny absolut nichts aus, wenn andere auf sie warten. Oma Frieda kann sich nicht erinnern, daß sie jemals Mühe damit hatte, ihre eigenen Kinder morgens aus dem Bett zu bekommen. So fragt sie sich immer wieder: Was ist wohl mit diesem Mädchen los, daß ihr das Aufstehen so schwerfällt?

Nach solch einem besonders kritischen Morgengerenne vor der Abfahrt zur Schule setzt sich Oma Frieda noch einmal an den Tisch, gießt sich eine Tasse Kaffee ein und grübelt schlechtgelaunt darüber nach, was sie noch tun könne, um diesen Zustand zu ändern.

Helen kommt herein und setzt sich ihr gegenüber an den Tisch. Ohne Einleitung sagt sie gerade heraus: »Warum läßt du sie nicht morgens einfach einmal in Ruhe? Wenn sie dann zu spät kommt, wird Roy schon mit ihr fertig werden.«

Oma Frieda weiß, daß Helen das allmorgendliche Theater mitkriegt. Es ist zu hören, das braucht ihr niemand zu erzählen. Aber innerlich protestiert sie gegen Helens Vorschlag: »Ich kann doch meine Verantwortung nicht Roy aufbürden. Wie denkst du dir das? Ich bin ihm so dankbar, daß er jeden Morgen die Fahrt übernimmt. Meine Pflicht ist es, dafür zu sorgen, daß Jenny zur Abfahrtszeit fertig ist.«

Helen macht eine wegwerfende Handbewegung: »Du kannst es so machen, wie du willst und magst; aber ich meine, es würde allen helfen.« Helen steht auf und geht.

Oma Friedas Gedanken kommen im Laufe des Tages immer wieder auf Helens Vorschlag zurück. Vielleicht hat sie recht? Aber Oma Frieda ist es zuwider, wenn Jenny in Anwesenheit der anderen Kinder ausgescholten wird.

Vielleicht sollte sie einmal mit Roy darüber sprechen und ihm vorschlagen, mit Jenny unter vier Augen über ihr Verhalten zu reden.

***

Als Jenny an diesem Abend um die Ecke des Hauses kommt, ist Onkel Roy gerade hinter dem Haus beim Holzspalten.

»Hallo, Onkel Roy«, grüßt Jenny und geht auf ihn zu.

»Hallo Jenny, gut daß du kommst, du bist gerade die Person, die ich gern einmal gesprochen hätte«, sagt Onkel Roy zu ihr. Er setzt einen Fuß auf den Hackstock und stützt sich mit dem Ellbogen auf sein Knie. »Weißt du, Jenny, ich habe jeden Tag eine ziemliche Hatz, um euch alle rechtzeitig zum Schulbus zu bugsieren. Da zählt jede Minute. Nun wollte ich dich bitten, mir ein bißchen zu helfen.«

Jenny schaut in Onkel Roys blaue Augen und nickt verständnisvoll. Sie hat für diesen freundlichen Onkel eine besondere Vorliebe.

Onkel Roy reibt sich am Kinn, so daß man hören kann, wie es über die Bartstoppeln kratzt. »Du könntest eventuell einmal mit den anderen Mädchen sprechen und ihnen sagen, wie hilfreich es wäre, wenn sie alle auf mich warten würden, anstatt daß ich warten muß, bis jedes von ihnen angerannt kommt? Donald steht immer schon da, wenn ich komme, aber die Mädchen ... !« Er schüttelt den Kopf. »Letzte Woche mußte der Schulbus meinetwegen dreimal später abfahren.«

Jenny läßt den Kopf hängen: »Ich kann nicht gut mit den anderen Mädchen darüber sprechen, bevor ich nicht selbst immer rechtzeitig bereitstehe, nicht wahr, Onkel Roy?«

»Ja, Jenny, ich denke, das stimmt.« Onkel Roy nimmt den nächsten Holzklotz, um ihn zu spalten.

Jenny sammelt die Scheite in ihre Schürze und trägt sie zum Holzschuppen. Über die Schulter ruft sie zurück: »Gut, Onkel Roy, ich werde von nun an immer draußen stehen und auf dich warten.«

Am nächsten Morgen ist der ganze Schulbus in Aufruhr. Alles spricht über die Radiosendung von Orson Welles' »Weltuntergang«.

Ein Junge sagt: »Sogar mein Vater hat es mit der Angst zu tun bekommen!«

Ein anderer: »Unsere ganze Familie dachte, es sei Wirklichkeit, weil wir später eingeschaltet hatten.«

Jemand anderes: »Die sind ja auch gemein. Sie hätten doch zwischendurch einmal ansagen können, daß es nur eine Sendung ist. So haben sie viele Leute verrückt gemacht!«

Jenny hat keine Ahnung, wovon die Kinder sprechen. Sie fühlt sich aus der Gemeinschaft ausgeschlossen. Wie sehr wünscht sie sich schon lange Zeit ein Radio. Als Onkel Hank noch bei ihnen wohnte, hatte Jenny öfter Gelegenheit gehabt, sein Radio zu hören. Aber als er ausgezogen ist, hat er es natürlich mitgenommen. Und Oma Frieda hat erklärt, daß es keinen Sinn habe, jetzt ein Batterieradio anzuschaffen. Die Elektrizitätsgesellschaft hat versprochen, daß bald alle abgelegenen Farmhäuser Stromanschluß bekommen. Dann würden sie sich ein Radio kaufen, das man direkt ans Stromnetz anschließen kann.

Ihren Beleuchtungsstrom erzeugten sie zur Zeit mit einem Generator. Aber er spendet nur Strom mit 32 Volt Spannung. Das reicht nicht für ein Radio.

So vergeht Monat um Monat. Sie warten weiter auf die Überlandleitung und wissen nicht, was in der Welt geschieht, wenn sie es nicht von anderen erfahren.

Jenny ist sauer.

Als sie am Nachmittag aus dem Auto steigt, klettert sie die Böschung hoch, rennt quer über den Rasen vor dem Haus und schimpft laut schon von weitem: »Ich könnte wetten, daß ich das einzige Kind in der ganzen Schule bin, das nicht weiß, was alle aufregt, bloß weil wir kein Radio haben!«

Oma Frieda antwortet gelassen: »Solch ein Quatsch! In zwei Tagen haben sie vergessen, wovon sie heute aufgeregt schwatzen! Geh, Jenny, zieh dir deine Schürze an.«

Jenny und Kenny

Als der November ins Land zieht, fragt sich Oma Frieda grübelnd: »Weshalb habe ich mir eigentlich wegen der Oberschule so viele Sorgen gemacht? Es geht doch mit Jenny alles glatt und gut!« Sie erfährt zwar von dem Mädchen wirklich arg wenig; aber sie sieht es doch, daß Jenny ausgeglichen und glücklich ist, seit sie zur Oberschule geht.

In dem Augenblick stürmt der Gegenstand ihrer grübelnden Betrachtung gerade zur Tür herein. Noch ehe Jenny ihren Mantel abgelegt hat, ruft sie ganz aufgeregt: »Myrtle und Grace fahren heute abend zum Korbballwettkampf unserer Schule. Darf ich mitfahren? Bitte, bitte, Mama!«

»Wie bitte? Ich habe nichts verstanden!« antwortet Oma Frieda.

Jenny wiederholt ihre Bitte mit lauter Stimme.

Oma Frieda schaut sie ganz verwirrt an und fragt schließlich: »Wie wollt ihr denn dorthin kommen?«

»Harvey fährt uns hin. Er fährt zum Theater. So läßt er uns auf dem Hinweg bei der Schule raus und holt uns dann auch hinterher wieder ab.«

Harvey ist einer von Ellens Jungen, ein gutmütiger und sehr ordentlicher junger Mann.

Jenny hüpft wie ein Gummiball und legt die Hände bittend zusammen: »Bitte, bitte, Mama, ich habe noch nie in meinem Leben ein richtiges Korbballspiel gesehen.«

»Ja, warum eigentlich nicht«, sagt Oma Frieda bedächtig, »aber zieh dich warm an, Jenny, und . . .«

Jenny hört schon nichts mehr. Sie rennt nur schnell ans Telefon, um ihrer Cousine Grace die gute Nachricht weiterzusagen.

Die Veranstaltung ist ein ziemliches Tohuwabohu! Da wird nicht nur Korbball gespielt, sondern auch lautstark angefeuert, gepfiffen, in kleine Trompeten geblasen und noch vieles andere mehr, was in der Begeisterung erfunden wird.

Es dauert nicht lange, da kreischt auch Jenny mit den anderen, um dadurch der Rippensee-Mannschaft zum Sieg zu verhelfen.

Nachdem der Abpfiff ertönt ist, leert sich die Turnhalle schnell. Auch die Mädchen gehen zum Ausgang, um draußen auf Harvey zu warten. Als er nach einigen Minuten noch nicht erschienen ist, schlägt Myrtle vor, bis zum Theater zu laufen und dort auf ihn zu warten.

Da kommen auch die Sportler aus den Umkleideräumen. Grace kennt einige von ihnen: »Hallo Bill! Hallo Kenny! Wollt ihr uns nicht begleiten, wir gehen hinunter zur Innenstadt?«

»Wieso das? Habt ihr Angst vor dem großen Bär?« sagt Kenny und zwinkert mit einem Auge.

»Bär? Was für ein Bär?« fragt Jenny begriffsstutzig zurück.

»So, so, das weißt du noch nicht. Zwischen der Schule und der Stadt lungert er überall herum und versucht, alle Schülerinnen der ersten Oberschulklasse aufzufressen.«

Jenny kichert, und dann läßt sie sich etwas zögernd von Kenny bei der Hand nehmen. Sie erinnert sich an sein Bild aus dem Jahrbuch. Aber da sah er so mickrig aus, daß sie von ihm nicht gerade beeindruckt war. Er ist inzwischen zwar immer noch nicht viel gewachsen; aber trotzdem sieht er jetzt im wahren Leben ganz anders aus als auf dem Jahrbuchbild. Er ist zwar ein kleiner, aber sehr netter junger Mann. Vor allem hat er solch ein herzliches Lachen, das auf Jenny ansteckend wirkt.

Als Jenny am nächsten Morgen vom Schulbus springt, prallt sie fast mit Kenny zusammen. Ihr erster Gedanke ist: »Hat der Mensch aber blitzendblaue Augen!« Das war ihr am Abend vorher überhaupt nicht aufgefallen.

Er strahlt sie an, als ob sie ihm gerade etwas Lustiges erzählt hätte. Dann fragt er: »Kann ich helfen?« und greift nach ihrem Posaunenkasten.

»Ich muß mit der Posaune zum Musikzimmer. Wartest du bitte einen Augenblick, bis ich meinen Mantel ausgezogen habe«, sagt Jenny mit klopfendem Herzen. Sie rennt zur Garderobe und kann es fast nicht fassen: »Er hat auf mich gewartet!«

Als Jenny zurückkommt, dreht Kenny sich vom Fenster zu ihr hin und schaut sie mit einem Lächeln an, daß ihr fast der Atem stockt.

Hand in Hand rennen sie die Treppen hinunter und durch die Unterführung bis ins Musikzimmer. Auf dem ganzen Weg sprechen beide kein Wort miteinander. Aber Jenny mustert Kenny von der Seite aus den Augenwinkeln heraus. Sie sieht, wie sein brauner Haarschopf wippt, sie erkennt, daß er auffallend starke

Augenbrauen hat, ein hervorstehendes Kinn und sehr saubere Haut.

Kenny ist eindeutig kleiner als Jenny . . . aber er kann ja noch wachsen!

Im Musikzimmer setzt er die Posaune ab, läßt ihre Hand los, lehnt sich mit dem Rücken ans Fenster, hält den Kopf etwas schräg und lächelt Jenny wieder so eigentümlich an. Dann fragt er: »Sag mal, wo habe ich dich vorher schon einmal gesehen?«

Jenny zieht die Schultern hoch: »Keine Ahnung! Wo sitzt du morgens in der Aula?«

»Ganz hinten.«

»Und ich ganz vorn. So gehst du an mir vorbei.«

»Wohnst du in der Nähe von Myrtle und Grace?«

Jenny nickt: »Sie sind meine Cousinen.«

»Meine Schwester Viktoria und Myrtle sind befreundet.«

»Sind sie eng miteinander befreundet?«

Kenny lacht: »Ich denke zur Zeit noch! Viktoria hat schon voriges Jahr die Schule verlassen. – Sag mal, kennst du meinen Bruder Ray?«

»Ich kann mich an sein Bild im Jahrbuch erinnern, habe ihn aber noch nie gesprochen.« Jenny dreht mit ihrem rechten Fuß kleine Kreise auf dem Fußboden. »Auch dein Bild habe ich im Jahrbuch gesehen.«

»Woher hast du denn das Jahrbuch? Letztes Jahr warst du doch nicht in dieser Schule?«

Verlegen schaut Jenny ihn an: »Ich habe es mir von Myrtle geborgt.«

Jenny stellt fest, daß es nicht schwierig ist, Kenny direkt in die Augen zu schauen. Aber er weicht ihrem Blick auch nicht aus, wie es viele Jungen tun. Ganz locker lehnt sich Jenny auch an den Fensterrahmen. Es kommt ihr so vor, als ob sie beide sich schon eine lange Zeit kennen.

Sobald der Schulbus auf dem Schulhof eintrifft, schaut nun Jenny während der nächsten zwei Wochen jeden Morgen nach Kennys blau-schwarzem Parka aus.

»Es sieht fast so aus, als ob sich bei dir und Klein-Kenny etwas Beständiges anspinnt«, sagt Grace eines Morgens, als sie die beiden beobachtet.

Jenny zuckt die Schultern: »Grace, du weißt doch, wie es hier in der Schule geht. Vielleicht wartet er schon nächste Woche auf eine andere!«

Jenny sagt es leichthin, aber im stillen erhofft sie sich doch das Gegenteil. Kenny ist ganz anders als alle Jungen, die sie vorher kennengelernt hat. Vor allem geht bei Jenny und Kenny der Stoff zum Erzählen nie aus.

Kennys Vater arbeitet in der Sägemühle und seine Mutter aushilfsweise in einem Café. Seine Schwester Viktoria arbeitet jetzt in Chikago und beabsichtigt, bald zu heiraten.

Jenny erzählt Kenny auch ihre Geschichte. Sie berichtet, daß ihre Mutter starb, als sie erst ein paar Wochen alt war und daß sie bei ihrer Großmutter wohnt. Dann sagt sie ihm, daß sie mehr Tanten, Onkels, Cousins und Cousinen hat, als sie zählen kann. Für Jenny ist es ein einmaliges Gefühl, einem jungen Mann so vertrauen zu können. Er ist für sie ein echter Ansprechpartner und in seiner Nähe fühlt sie sich geborgen. Für Jenny ist Kenny etwas ganz anderes als nur ein Schulflirt.

Manchmal grübelt sie nachts in ihrem Bett: Was wird mit mir geschehen, wenn Kenny mich eines Tages für eine andere Schülerin stehenläßt? Ist das nicht unvermeidlich? Muß er nicht auch andere Mädchen attraktiver finden, wie es ihr mit den anderen kurzen Bekanntschaften mit Jungen aus der Schule ergangen ist?

»Aber wie steht es andererseits mit mir?« fragt sie sich auch. Wenn nur Kenny etwas größer wäre! Und eigentlich stehe ich ja auf seelenvolle braune Augen . . .

**

Oma Frieda wirft einen kurzen Blick auf den Kalender in der Wohnküche an der Wand neben ihrer Schlafzimmertür. Weniger als drei Wochen bis Weihnachten! Jetzt wird es höchste Zeit, daß der Schürzenstoff eintrifft, den sie laut Katalog bei einem Versandhaus bestellt hat. Ihre »Mädchen« sollen neue Schürzen bekommen. Jedes Jahr bestellt sie einige Laufmeter Schürzenstoff und dazu einige Packungen Zickzackbänder für die Verzierungen. Olga und Helen tragen nur moderne Schürzen mit breiten Trägern, die man über den Kopf stülpt, die anderen bekommen Kittelschürzen zum Knöpfen.

Es sind keine großen Geschenke, meint Oma Frieda, aber die Hauptsache sei doch, daß man einander gedenkt.

Ein besonderes Geschenk hat sie allerdings mit Hilfe von Helen bei einem Versandhaus bestellt und inzwischen bereits, als Geschenk hübsch verpackt, in der untersten Schublade ihres Wäscheschranks versteckt. Sie hatte Jenny beobachtet, wie sie es wiederholt im Katalog bestaunt hatte. Es ist ein Medaillon, in das sechs Bildchen passen. Es hat eine ovale Form, ein goldenes Kettchen und jedes Bild hat einen zarten Goldrahmen. Oma Frieda rechnet fest damit, daß sich Jenny darüber besonders freut.

Für ihre jüngsten Söhne, Roy, Carl und Hank, hat sie warme wollene Socken gestrickt. Sie hat es inzwischen aufgegeben, für alle neun Söhne handgearbeitete Geschenke anzufertigen.

Für die Kleinen im Hause, Roys und Helens Kinder, möchte sie noch warme Hausschuhchen stricken. Dann ist sie für dieses Jahr endgültig fertig.

In der Winterzeit, wenn man nicht aus dem Haus kommt, vermißt auch Oma Frieda Hanks Radio. Das altersschwache Ding hat zwar immer geknattert, und wenn ein Sturm in der Luft war, hat es gequietscht wie ein Schwein, das abgestochen wird. Aber ab und zu konnte man auch etwas verstehen, und Oma Frieda hört in der Weihnachtszeit gern Musik. So hofft sie noch immer, daß die Elektrizitätsgesellschaft bald die Stromanschlüsse für die Farmen installiert, damit sie sich ein elektrisches Radio anschaffen können.

***

Wenn Jenny in diesen Dezembertagen aus der Schule nach Hause kommt, ist es bereits dunkel. Aber sie wird immer von einem glitzernden Punkt mitten in der Dunkelheit begrüßt: Ein elektrisch beleuchteter Weihnachtsbaum, den Onkel Roy auf der Veranda aufgestellt hat. Er hat Glühbirnen mit 24 Volt Spannung gefunden, die man dafür verwenden kann, auch wenn der Strom von ihrem Generator kommt.

Wenn der Bus auf dem Gipfel des Hügels ankommt, kann Jenny die Lichter schon aus 500 Meter Entfernung erkennen.

Dieser einsame kleine Weihnachtsbaum verkündet die Weihnachtsfreude im ganzen Umkreis, denn in jeder Richtung ist er für viele Kilometer der einzige beleuchtete Weihnachtsbaum.

Heiligabend bringt Onkel Roy eine herrliche Fichte in Oma Friedas Wohnküche. Und sie läßt es sich nicht nehmen – wie alle Jahre – gleich einen Zweig abzubrechen und ihn auf den Herd zu legen, so daß der weihnachtliche Duft durchs ganze Haus zieht.

Jenny steckt grüne Kiefernzweige an die Bilder ihrer Eltern.

Nach dem Abendessen und der abendlichen Stallarbeit, drängen sich alle in Onkel Roys Auto, um zur Weihnachtsfeier zu fahren.

Jenny kommt es ganz komisch vor, diesmal in der Kirche bei den Erwachsenen zu sitzen anstatt in einer der vorderen Reihen bei den Kindern. Aber es ist auch einmal ganz schön, nicht gespannt und zapplig auf den eigenen Einsatz zu warten, sondern sich ruhig und gelassen alle Beiträge der Kinder anzuhören. Für Jenny ist es auch das erste Mal, daß sie ohne die obligatorische braune Tüte mit Nüssen, Plätzchen, Äpfeln und Bonbons nach Hause geht.

Oma Friedas Weihnachtsbaum steht auf dem Ecktischchen und reicht von da aus auch bis zur Decke. Onkel Roy hat für seine Familie einen Weihnachtsbaum hereingebracht, der vom Fußboden bis an die Decke reicht.

Oma Frieda hat schon früh am Tag die Dekoration für den Weihnachtsbaum hervorgeholt. Sie kommt jetzt mit dem Karton aus ihrem Schlafzimmer und bringt auch einen Karton mit neuen Kerzen mit.

Jenny schnuppert an ihnen und genießt den Wachsgeruch.

Oma Frieda gibt ihre Anweisungen und Warnungen: »Paß gut auf, Jenny, daß du die Kerzenhalter nur an gute, starke Zweige befestigst, und achte darauf, daß nichts über der Flamme hängt, was anbrennen kann. Hast du mich verstanden?«

Oma Frieda ermahnt sie in gleicher Weise alle Jahre wieder; aber Jenny stört sich heute nicht daran. Es macht ihr heute gar nichts aus. Anders ist es mit den alltäglichen Ermahnungen und Befehlen, die sie in ihrer ständigen, gleichbleibenden Wiederholung schrecklich nerven.

»Ich vermisse Hank!« schreit Jenny in Oma Friedas Ohr.

Oma Frieda nickt und lächelt. »Ich auch, aber ich bin so froh, daß er nun sein eigenes Heim hat.«

Am Heiligabend ist Hank früher nie mit seinen Freunden ausgegangen. Er kam mit zur Kirche und half den Weihnachtsbaum schmücken. Dabei war er stets fleißig mit Reden und Lachen.

Jenny versuchte, ihn bei guter Laune zu halten, weil er ihr so viel besser gefiel, als wenn er die Stirn kraus zog und und über alles und jedes nörgelte und brummte. Er war in ihren Augen der hübscheste von ihren neun Onkeln. Er hatte eine schöne, gerade Nase und ein starkes Kinn mit einem kleinen Grübchen in der Mitte.

Aber heute abend sind Oma Frieda und Jenny allein beim Schmücken des Weihnachtsbaums.

Jenny nimmt die kleinen rosa Kügelchen aus dem Karton. Die hat einmal ihre Mutter gekauft, um den Schulweihnachtsbaum zu schmücken. Das war das letzte Jahr, in dem sie in der Schule unterrichtet hat.

Als Oma Frieda den altbewährten Weihnachtsschmuck sieht, ruft sie aus: »Die werden dieses Jahr fünfzehn Jahre alt!«

Als der Weihnachtsbaum fertig geschmückt ist, fragt Jenny: »Darf ich die Kerzen einmal kurz anstecken? Nur für ein paar Minuten, ehe wir zu Bett gehen?«

Als Oma Frieda nickt, zündet Jenny die Kerzen an und knipst das elektrische Licht aus. Dann schiebt sie sich einen Stuhl zurecht, setzt sich und staunt in das Kerzenlicht und die blinkenden kleinen Lichter, die sich in den Silberfäden des Eislamettas widerspiegeln.

»Ist das wunderschön!« flüstert Jenny, so daß Oma Frieda es unmöglich hören kann. Aber sie nickt und lächelt.

Dann stimmt Jenny leise an: »Stille Nacht, heilige Nacht . . .«

Oma Frieda rückt näher und beobachtet Jennys Mundbewegungen, dann stimmt sie mit ein. Heute ruhen einmal ihre Hände ohne Arbeit in ihrem Schoß, und sie lächelt friedevoll. Das Kerzenlicht spiegelt sich in ihren Brillengläsern. Jenny schaut sie an und wird von einer Welle von Zuneigung zu ihr überflutet.

»Es ist besser, du löschst die Kerzen jetzt wieder aus, damit wir morgen früh auch noch etwas haben«, sagt Oma Frieda.

Jenny mag noch nicht; aber sie gehorcht. Als sie sich zu Oma Frieda herabbeugt, um ihr einen Gutenachtkuß auf die Wange zu geben, ehe sie nach oben in ihr Zimmer geht, sagt Oma Frieda: »Schlaf wohl, Liebchen.«

Jenny treten Tränen in die Augen. Dieses liebe Wort hat sie vor langer, langer Zeit das letzte Mal von Oma Frieda gehört.

Oben in ihrem Zimmer kann Jenny noch immer den Kerzenduft riechen. Sie hört auch noch, wie Oma Frieda Holz im Herd nachlegt.

Onkel Roy und Tante Helen unterhalten sich im Flüsterton, einmal unterbrochen durch ein verschlucktes Lachen.

Draußen singen die gefrorenen Telefondrähte im eisigen Wind.

Eigentlich kann sie glücklich sein, sagt sie sich selbst. Es ist Heiligabend. Alles ist so schön und friedlich. Aber in ihrem Innern ist irgendwie ein kleines, schwarzes Loch – ein trauriger Punkt. Jenny ist einsam. Sie hat Sehnsucht nach einem Menschen, zum Beispiel nach Onkel Hank; oder nach dem lächelnden Jungen mit den blitzendblauen Augen: Kenny.

***

Mit vor Kälte klappernden Zähnen zieht Jenny ihren alten Morgenrock fest zusammen, schlüpft in die Hausschuhe und tritt in den dunklen Vorraum.

Tante Helen kommt bereits fertig angezogen aus ihrem Schlafzimmer. Sie hat die kleine Mary auf dem Arm und grüßt mit »Frohe Weihnacht, Jenny!« und greift gleichzeitig nach Marilyn, die gerade die Treppe hinunterrennen will: »Du wartest, bis Papa ruft. Er muß erst noch mehr Holz auflegen, damit die Öfen schon warm sind, wenn wir runterkommen.«

Jenny hört, daß auch Oma Frieda unten in der Wohnküche Holz im Herd nachlegt. Und plötzlich überlagert der Geruch des brennenden Holzes den Duft von Tannenbaum und Kerzen.

»Alles fertig!« ruft Onkel Roy. »Ihr könnt kommen!«

Und schon trampeln die kleinen Füße die Treppe hinunter.

Jenny bleibt mit Oma Frieda im Hintergrund, sie schauen zu, wie die Kleinen zu ihren Geschenken rennen.

Ronni fährt seinen kleinen Lastwagen mit »brrr-brrr« über den Fußboden. Sein Papa kniet sich zu ihm hin und zeigt ihm, wie man einen kleinen Schalter am Auto anknipsen kann.

»Wau!« ruft Ronni aus. »Richtige Schlußleuchten! Das ist toll!«

Dann leuchtet er mit den Scheinwerfern seines kleinen Autos in die dunklen Ecken des Zimmers.

Jenny schaut erst in Ronnis begeistertes Gesicht und dann zu Onkel Roy und Tante Helen. Sie haben sich beide eingehenkelt und lächeln glücklich über die Freude der Kleinen.

Marilyn legt ihre neue Puppe in ein kleines Puppenbett mit rosa Kissen.

Mary knuddelt ihre weiche Stoffpuppe an ihr Herz.

Jenny möchte am liebsten in die Wohnküche hinübergehen; aber sie sagt sich, daß da doch keine Überraschung auf sie wartet, denn nun ist sie ja für eine Kinderbescherung doch schon zu alt.

Aber als die Kinder sich etwas beruhigt haben und still mit ihren neuen Spielsachen beschäftigt sind, sagt Onkel Roy: »Laßt uns jetzt erst einmal zuschauen, wie Mama und Jenny ihre Geschenke auspacken. Anschließend sind dann auch wir beide an der Reihe.«

Sie gehen hinüber, und Jenny findet, daß unter ihrem Weihnachtsbaum viel mehr Päckchen liegen, als sie erwartet hat. Immer dann, wenn Onkel und Tanten etwas für Jenny geschickt haben, hat es Oma Frieda rechtzeitig versteckt, damit es auch eine echte Überraschung am Weihnachtsmorgen gibt.

Als erstes packt Jenny einen prächtigen rosa Flanell-Schlafanzug aus, ein Geschenk von der Familie ihrer Tante Gerti.

Oma Frieda packt eine Dose Talkumpuder aus. Jenny hat es ihr eines Tages nach der Schule gekauft, weil sie weiß, daß Talkumpuder das einzige Kosmetika ist, das Oma Frieda benutzt. Sie tupft es sich auf die Nase, damit sie nicht glänzt und im Sommer auch zum Schutz gegen die brennende Sonne in den Nacken.

Dann kommt aus dem Geschenkpapier eine Briefpapiermappe für Jenny zum Vorschein. Sie ist von Tante Nora und Onkel Len.

Oma Frieda bekommt ein Nachthemd, weiche, gefütterte Hausschuhe, Strümpfe, schwarzen Tee, den sie so gerne trinkt, und Taschentücher.

Zum Schluß findet Jenny noch ein Päckchen für sich von Oma Frieda. Mit zitternden Fingern löst sie den roten Faden, mit dem es zugebunden ist.

»Oh Mama, das ist genau das, was ich mir immer gewünscht habe!« ruft Jenny begeistert aus. Sie strahlt und reicht das kleine Medaillon herum, damit jeder es bewundern kann. Für sechs kleine Bilder ist Raum in ihm.

Nun gehen alle ins Wohnzimmer von Onkel Roy und Tante Helen und setzen sich dort unter den großen Weihnachtsbaum, an dem die brennenden Kerzen strahlend leuchten.

Jenny löscht die Kerzenlichter am Weihnachtsbaum in Oma Friedas Wohnküche und schnuppert den Rauchfädchen nach, die dabei entstehen. Dann legt sie die Kette mit dem Medaillon um, schließt sie im Nacken und geht auch hinüber zu den anderen.

Jenny findet es einmalig schön, still bei den anderen zu sitzen, ohne daß irgend etwas Dringendes erledigt werden muß. Sie schaut zu gerne zu, wie Tante Helen und Onkel Roy sich zulächeln und hier und da ein paar leise Worte flüstern. Sie träumt, daß auch sie eines Tages einen Partner haben wird, der mit ihr solch ein besonderes Lächeln tauscht und Worte flüstert, deren Bedeutung nur sie beide kennen. Ja, eines Tages . . .

Dann fragt sie sich, was wohl Kenny an diesem Weihnachtsmorgen tun wird. Sie kann sich vorstellen, wie er lacht und vielleicht seine Schwester und seinen Bruder neckt. Auf einmal wünscht sie sich, die Weihnachtsferien würden nicht so lange dauern.

***

Grace und Myrtle haben dieses Jahr besonders aufregende Weihnachtsferien. Bei ihnen ist die Cousine Maxine zu Besuch. Sie studiert in einem College und will ihre Ferientage benutzen, um zu erfahren, wie die Leute auf den einsamen Farmen fernab der großen Städte Weihnachten feiern.

Jenny ist ganz verrückt darauf, die feine Dame kennenzulernen; denn sie hat in ihrem Leben noch nie eine wirkliche Collegestudentin mit eigenen Augen gesehen.

Aber Oma Frieda winkt ab und erklärt: »Du wartest, bis man dich einlädt.«

Am zweiten Feiertag kommt schon der ersehnte Anruf von Grace. Jenny wird eingeladen, auf ein paar Tage zu Tante Ellen auf Besuch zu kommen und dort wenigstens zweimal zu übernachten.

Oma Frieda hat sogleich einige gute Ratschläge mit auf den Weg zu geben: »Jenny, vor allem benimm dich ordentlich. Kichere nicht bei jeder Gelegenheit, besonders nicht bei Tisch. Mach dich nützlich, hilf Tante Ellen, wo du kannst; sie hat sowieso schon genug Arbeit.«

»Oh Mama, das werde ich alles beherzigen. Da kannst du sicher sein!« Schnell umarmt sie Oma Frieda und rennt los, um ihre Sachen zu packen.

Als Jenny ihren Schlitten mit dem Koffer den Hügel hinaufzieht, denkt sie über Maxine, die Collegestudentin, nach und versucht, sie sich vorzustellen: Sicher trägt sie extravagante Kleidung, die wir noch nie gesehen haben. Ihr Haar ist doch wohl ganz besonders frisiert. Sie wird wahrscheinlich immer Kaugummi im Mund haben. Dann wird sie uns laut und deutlich vom Collegeleben erzählen, lauter Dinge, von denen wir hier alle keinen blassen Dunst haben. Und ich, nimmt sich Jenny vor, werde ausnahmsweise nicht reden, sondern zuhören.

Mit von der Kälte geröteten Wangen und etwas außer Atem gelangt Jenny beim Haus von Tante Ellen an. Sie geht durch die Außentür und bleibt vor der Küchentür erst einmal stehen, holt tief Luft, dann klopft sie an. Niemand klopft normalerweise in den Farmhäusern an. Man öffnet einfach die Tür und fragt: »Ist da wer?« Aber Jenny hat Oma Friedas Ermahnungen im Kopf und will sich nun besonders anständig benehmen.

Jenny hört Tante Ellens Latschen über den Fußboden schlurfen, dann öffnet sie und sagt: »Komm doch rein, Jenny. Du bist ja ganz verfroren. Es ist am besten, du wärmst dich hier in der Küche erst einmal ein bißchen auf, ehe du zu den Mädchen nach oben gehst.«

Jenny hat tausend Fragen über Maxine auf dem Herzen und würde am liebsten bei Tante Ellen gleich damit anfangen. Aber ehe sie auch nur einen Satz herausbringt, hört sie schon die Mädchen die Treppe herunterkommen.

Grace kommt als erste herein und umarmt Jenny freudig. »Ich kann dir sagen, wir haben Spaß miteinander!«

Über die Schulter von Grace sieht Jenny ein schwarzhaariges Mädchen, etwas kleiner als Myrtle. Sie trägt eine schwarze, hochgeschlossene Bluse. Der einzige Schmuck ist eine Brosche in Form eines Ahornblattes. Ihr glattes, langes Haar ist straff zurückgekämmt und umrahmt ein weiches, beinahe naiv wirkendes Gesicht.

»Das ist unsere Cousine Jenny!« stellt Myrtle sie mit einem Lächeln vor.

Maxine schaut Jenny so warm und freundlich an, daß ihre Besorgnis, wie sie sich ihr gegenüber benehmen soll, dahinschmilzt wie der Schnee in der Frühlingssonne. So sieht also eine echte Collegestudentin aus!

»Ich habe über dich schon viel Gutes gehört«, sagt Maxine freundlich mit einer weichen, leisen Stimme.

Jenny beginnt zu stottern, wird rot bis zu den Haarwurzeln und sagt irgend etwas Zusammenhangloses.

»Wir wollen gerade anfangen, Puffmais zu machen«, verkündet Myrtle.

»Und heute abend wollen wir alle zusammen mit dem Pferdeschlitten ausfahren!« ergänzt Grace.

Jenny stöhnt innerlich: Was wird Maxine wohl von ihnen allen denken, wenn sie den Pferdegeruch in die Nase bekommt, und merkt, wie das Heu juckt, in das man sich einpackt, um nicht zu erfrieren. Trotzdem gibt es bestimmt kalte Füße – und man gleitet und gleitet, und es scheint ewigweit zu sein, ehe man wieder nach Hause kommt.

Als sich dann aber alle lustig und fröhlich zur Schlittenfahrt rüsten, sich ordentlich einmummen und für die Fahrt im Pferdeschlitten sammeln, findet Jenny es besser, auch etwas Begeisterung aufkommen zu lassen.

Als die Pferde in die weiße Winterwelt hinaustraben und die Glöcklein an ihren Geschirren zu klingen beginnen, jauchzt Maxine: »Oh, ist das schön! Ich habe noch nie vorher wirkliche Schlittenglöckchen gehört!«

Jenny wird sehr nachdenklich: Das klingt echt und gut.

»Und die Luft ist so rein und klar«, fährt Maxine fort, »ich kann gar nicht genug davon einatmen!«

Jenny holt tief Luft: Ja, die frische Luft tut innerlich so wohl.

Die beleuchteten Fenster von Tante Ellens Haus werden immer kleiner, bald sind es nur kleine Punkte hinter ihnen.

Jennys Cousin Harold springt vom Schlitten und rennt hinterher, um sich aufzuwärmen. Seine Schritte knirschen im gefrorenen Schnee, und sein Atem sieht aus wie weiße Schleier, die im Winde wehen.

Sie halten am Haus von Onkel Bertel an, um die Cousins Paul und Artur und die Cousine Ruby einzuladen. Das gibt eine Menge Gelächter und lustiges Gerede. Aber nach einiger Zeit werden allmählich alle ganz still. Jenny lauscht dem rhythmischen Takt der Pferdehufe, dem Schlittengeläut und fühlt sich trotz ihrer Vorbehalte jetzt pudelwohl.

Jenny hört, wie Maxine staunend zu Myrtle sagt: »Ich habe noch nie gewußt, daß es so viele Sterne gibt.«

Auch Jenny lehnt sich im Schlitten zurück und schaut zu den Millionen blinkenden Himmelslichtern empor. So wie jetzt hat sie schon lange nicht mehr zum Sternenhimmel geschaut.

Myrtle antwortet Maxine: »Kommt man sich bei solch einem Anblick nicht ganz winzigklein und bedeutungslos vor?«

»Ja, ich weiß, was du meinst, Myrtle«, antwortet Maxine. »Wie kann jemand an der Existenz Gottes zweifeln, wenn er sieht, was er Herrliches geschaffen hat?«

Jenny hat bisher immer die Vorstellung gehabt, daß Collegestudenten oder auch sonst studierte Personen nicht an Gott glauben. Sie weiß nicht, wieso sie so denkt oder woher ihr diese Vorstellung in den Sinn gekommen ist. Sie war sich auch nie sicher, ob es stimmt. Aber jetzt ist sie sich auf einmal ganz sicher, daß es jedenfalls wenigstens für eine Collegestudentin bestimmt nicht zutrifft: Maxine.

Sie gleiten auf dem Schlitten durch einen Winterwald. An beiden Seiten des Weges sind die Bäume über und über mit Schnee beladen.

Jenny hört, wie Maxine sagt: »Es ist wie eine lebendige Weihnachtskarte.«

»Ja, wirklich!« findet Jenny und beginnt auf einmal, ihre ganze Umgebung mit Maxines staunenden Augen zu sehen.

Als sie schließlich wieder in die Einfahrt von Tante Ellens Haus gleiten, ruft Maxine aus: »Oh das war wirklich wundervoll! Ich hätte mir nie im Leben träumen lassen, daß ich einmal eine solche Schlittenfahrt erleben würde. Ich danke euch allen vielmals.«

Auch Jenny möchte jetzt eigentlich gerne danken. Sie hätte gern Harvey und Harold für ihre Arbeit mit den Pferden gedankt. Da aber außer Maxine sonst niemand hier ans Danken denkt, sagt auch sie kein Wort, sondern geht zusammen mit den anderen in die warme Küche.

Nachdem sie den ersten Schock überwunden hat, daß Maxine das gerade Gegenteil von ihrem Bild einer Collegestudentin ist, fühlt Jenny sich schon bedeutend wohler und freier. Aber sie benimmt sich Maxine gegenüber trotzdem mit zurückhaltender Scheu. Das studierte Fräulein ist im tiefsten Innern so ganz anders als wir alle anderen hier. Sie hat eine gewisse Würde und Wärme zugleich.

Nachdem die Jungen zu Bett gegangen sind, setzen sich die Mädchen noch einmal um den Weihnachtsbaum, um miteinander zu plaudern.

Maxine entschuldigt sich, daß sie noch einige wichtige Briefe zu schreiben hat. Sie geht nach oben, um ihre Schreibmappe zu holen.

Später schaut ihr dann Jenny von der Seite beim Schreiben ehrfürchtig zu. Maxine hat blaues Briefpapier mit weißen Blumen am linken Rand. Obwohl Jenny nicht versucht zu lesen, was Maxine schreibt, erkennt sie doch die exakten Linien einer ausgesprochen zarten Handschrift. Welch ein Kontrast zu Jennys Briefen, die sie mit einem stumpfen Bleistift auf einen linierten Block kritzelt!

Aber Jenny erinnert sich, daß sie dieses Jahr zu Weihnachten von Onkel Len und Tante Nora richtiges Briefpapier bekommen hat. Das wird sie nächstes Mal benutzen und anstatt den Bleistift wird sie ihren Füllfederhalter gebrauchen und arg aufpassen, daß es keine Kleckse gibt.

So vergehen Jenny die Tage bei Tante Ellen in Gesellschaft mit Maxine und ihren beiden Cousinen wie im Flug. Als Jenny sich mit ihrem Schlitten wieder auf den Heimweg macht, gehen ihr allerhand Gedanken durch den Kopf. Und sie faßt eine Menge gute Vorsätze. Jenny hat vor allem festgestellt, daß die besonderen Werte von Maxine nicht in ihrer Bildung, sondern in ihrem Charakter liegen. Wenn sie egoistisch aufgetreten wäre, hätten alle anderen Vorzüge keine Bedeutung gehabt.

Am Ende ihres Fußmarsches, als Jenny in die Einfahrt des heimatlichen Anwesens einbiegt, drängt sich ihr ein wichtiger Gedanke auf: Maxine hat kein unnützes Zeug geschwatzt, nur weil es lustig ist. Alles, was sie sagte, war irgendwie wertvoll.

Jenny lehnt ihren Schlitten an die Hauswand und seufzt: »Mein Mundwerk hat es wohl am nötigsten, geändert zu werden!«

***

Als Jenny nach den Weihnachtsferien wieder zur Oberschule fährt, beginnt für Oma Frieda ein langer Winter. Zu tun gibt es zwar genug, zumal sie für alle Arbeiten viel mehr Zeit braucht als früher. Allein für die Wäsche braucht sie einen ganzen Vormittag. Sie muß sich jedes Mal, wenn sie hinausgeht, den Mantel anziehen und das Kopftuch umbinden. Da ist manch ein Gang nötig, um Wasser zu holen und nachher wieder, um die Wäsche aufzuhängen. Obwohl sie zum Spülen warmes Wasser nimmt und die Wäscheklammern im Backofen anwärmt, hat sie im Nu so klamme Finger, daß sie ihre Arbeit immer wieder unterbrechen muß. Wenn sie die Wäsche von der Leine abnimmt, sind die einzelnen Stücke steifgefroren. An den Waschtagen nimmt sie stets eine Aspirintablette gegen die Schmerzen in ihren Händen.

Nachdem dann das Bügeln für eine Woche erledigt ist, hat sie endlich einen Tag frei, um Ellen oder Olga zu helfen. Aber sie kann nur dorthin kommen, wenn das Wetter nicht zu schlecht zum Autofahren ist. Sie sieht ein, daß sie im Winter den weiten Weg nicht zu Fuß gehen kann.

Selbst in den Stall geht sie nicht mehr, wenn das Wetter zu schlimm ist. Roy steckt dann morgens seinen Kopf zur Tür herein und sagt:»Mama! Heute bleibst du besser drin!«

Sie gehorcht, zwar widerwillig:»Ich mag es einfach nicht, wenn ich nicht wenigstens beim Melken helfen kann. Ich muß es aber auch einsehen, daß wir alle größere Probleme bekommen, wenn ich hinfalle und mir einen meiner alten Knochen breche.«

Oma Frieda summt ein Lied vor sich hin, als sie die Geranien, den Weihnachtskaktus und die roten Begonien auf dem Fensterbrett des Westfensters in ihrem Schlafzimmer gießt. Von den Geranien sammelt sie die gelben Blättchen ein. Bei den Begonien knipst sie hier und da einen wilden Trieb ab, damit sie nicht am Boden in die Breite wachsen, anstatt in die Höhe.»Ja, wenn ich mit allen Problemen in der Welt so fertig werden könnte wie mit meinen Blumen!« sinniert sie still vor sich hin.

Dann nimmt Oma Frieda ihr Strickzeug und läßt sich mit einem Seufzer im Schaukelstuhl nieder. Sie grübelt weiter und wünscht sich: Könnte ich doch Jenny ein Bündel Zufriedenheit abgeben! Dann schüttelt sie den Kopf: Nein, Frieda, es geht nicht. So kann man es nicht machen. Mir hat auch keiner innere Ruhe schenken können. Es können nur die Jahre, die Kämpfe, die Erfahrungen der falschen Wege allmählich bringen. Auch Jenny muß ihre eigenen Wege gehen und ihre eigenen Freuden und Schmerzen erleiden. Niemand kann ihr erlebte Erfolge und Niederlagen ersparen. Ich kann nichts weiter tun, als sie Gottes treuen Vaterhänden anbefehlen.

Der erste Kuß

Am ersten Schultag nach den Weihnachtsferien springt Jenny sofort aus dem Bett, als Oma Frieda das erste Mal ruft. Sie freut sich riesig, ihre Freundinnen wiederzusehen. Aber auch die ganze Klasse, der Unterricht, die Lehrer und Lehrerinnen, der Schulchor, die Musikkapelle sind alle in die Vorfreude miteinbezogen. Am allermeisten kann sie es jedoch kaum erwarten, Kenny wiederzusehen.

Während der Busfahrt wird Jenny immer aufgeregter, und je mehr sie sich der Schule nähern, desto zappliger wird sie. Ob er wohl auf mich wartet? Ob er zum Bus kommt?

Der Schulbus hält auf dem Parkplatz der Oberschule von Rippensee, aber kein blau-schwarzer Parka ist weit und breit zu entdecken.

Wie maßlos traurig ist Jennys Herz auf einmal. Hat Kenny eine neue Freundin gefunden?

Jenny geht traurig den langen Schulkorridor entlang. Plötzlich zuckt sie zusammen: Was ist da vorne los? Jenny sieht, daß zwei ganz große Kerle aus der obersten Klasse Kenny an den Fußgelenken gepackt haben und ihn kopfunter durch den Gang schleppen. Seine Haare hängen nach unten, sie schleifen auf dem Fußboden des Korridors. Andere Kinder rennen hinterher und kreischen vor Vergnügen über die seltsame Vorführung.

Am Ende des Korridors lassen die beiden großen Schüler dann Kenny auf den Boden gleiten. Er springt mit einem Satz in die Höhe, streicht sich die Haare aus dem Gesicht und winkt seinen Peinigern freundlich zu, so, als ob sie ihm einen Gefallen getan haben. Dann rennt er grinsend auf Jenny zu, nimmt mit einer Hand ihre Posaune und mit der anderen ihren Arm.

»Diese verrückten Kerle!« protestiert Jenny lauthals. »Das sah ganz schrecklich aus!«

Kenny zuckt nur die Schultern und grinst. »Das ist gar nichts, verglichen mit dem, was sie letztes Jahr mit mir angestellt haben. Einmal haben sie mich in den Ventilator in der Aula gesetzt und das Klavier davor geschoben, so daß ich nicht herauskonnte.«

»Und was hast du da gemacht?« fragt Jenny entsetzt.

Kenny schluckt sein Lachen hinunter und sagt gelassen: »Rein gar nichts. Ich blieb einfach so lange sitzen, bis sie zurückkamen und mich rausließen. – Ein andermal haben sie mich aus dem obersten Stockwerk aus dem Fenster gehängt und Frau Fischer gedroht, daß sie mich bestimmt vor Schreck loslassen, wenn sie schreit.«

Jenny schnappt nach Luft: »Hast du nicht fürchterliche Angst gehabt?«

»Ach was! Wir sind ja befreundet. Sie werden nichts machen, was mir ernstlich schadet!«

Aber für Jenny gibt es nur einen Trost: Diese Kerle sind aus der obersten Klasse. Nächstes Jahr sind sie raus aus der Schule.

Als Jenny in der letzten Januarwoche zur Posaunenstunde zu Herrn Speidel kommt, sagt er zu ihr: »Du hast wirklich gute Fortschritte gemacht. Du kannst morgen zum Üben mit der Kapelle kommen.«

Oma Frieda ist von dieser Nachricht so überrascht, daß sie ihre Zufriedenheit mit Jennys Leistung nicht verstecken kann.

An diesem Abend übt Jenny besonders lange.

Als Jenny am nächsten Tag in den Übungsraum der Musikkapelle kommt, sind schon viele Spieler da, die ihre Instrumente stimmen. Sie entdeckt eine Mitschülerin aus ihrer Klasse und geht zu ihr. Betty zeigt ihr, wo sie sich hinsetzen kann. Dann verteilt Herr Speidel die Noten. Es wird allmählich still. Herr Speidel klopft mit dem Taktstock auf sein Notenpult, fordert auf, »Washington Post March« aufzulegen. Dann geht's los.

Jenny spielt fast keine einzige Note mit.

»Sei ohne Sorge«, tröstet sie Betty, »du bist nur ein bißchen zu aufgeregt. Beim nächsten Mal geht es bestimmt besser. Du kommst bestimmt bald mit!«

In dieser Nacht träumt Jenny, sie marschiere mit der Kapelle, aber es ist ihr unmöglich, beides zugleich zu tun: Marschieren und spielen. Es ist ein böser Alptraum.

Aber Betty hat recht, in wenigen Wochen kann Jenny ganz gut alles mitspielen.

Jenny ist in der Schule so froh, daß sie darüber sogar ihre krumme Nase vergißt. Aber daheim geht es ihr gar nicht gut. Es ist zu kalt, um sich in ihr Zimmer zu verkriechen. So muß sie ihre Hausaufgaben unten in der Wohnküche bei Oma Frieda erledigen, und Oma Frieda weiß bei jeder Sache genau, wie Jenny es machen muß. Dabei ist sie ungeduldig und meist mit dem Ergebnis unzufrieden. Das wiederum verunsichert Jenny derart, daß sie mehr und mehr Fehler macht. Ein Kreislauf – für beide unerquicklich, der sie gereizt und nervös macht.

»Wenn es doch nur bald Frühling wäre!« stöhnt Jenny leise und laut.

Wenn Jenny, Grace und Myrtle sich in diesem Winter treffen, gibt es nur ein Thema: Carls Hochzeit. Beide Schwestern sind von der Braut ihres Bruders hell begeistert. Elizabeth strahlt Herzenswärme aus und hat sich im Nu die Sympathien der ganzen Familie erworben.

Diese Wochen vor der Hochzeit sind beinahe so wie die Weihnachtsvorfreude. Die drei Mädchen sprechen nur noch von der geplanten Hochzeitsfeier, die in Elizabeths Elternhaus stattfinden soll. Anschließend soll es eine Tanzveranstaltung in Ogema geben.

Oma Frieda ist eine Gegnerin vom »Tanzboden«. Aber für diese Hochzeit hat sie es ausnahmsweise genehmigt, daß Jenny mit ihren Cousinen und Cousins teilnehmen darf.

Der 15. April 1939 ist warm und voller Sonnenschein. So können viele Gäste die meiste Zeit außerhalb des Hauses verbringen. Als es Zeit ist, das Vieh zu versorgen, machen sich die meisten Leute, auch Oma Frieda, auf den Heimweg.

Jenny bleibt bei der Hochzeitsfeier und fährt dann auch mit Ruby, Paul und Artur zum Hochzeitstanz nach Ogema. Diese Veranstaltung ist öffentlich, so daß Jenny hofft, daß auch Kenny dorthin kommt.

Dabei gibt es allerdings ein Problem, das Jenny jedesmal, wenn sie daran denkt, fast den Magen rumdreht: Sie hat keine Ahnung, wie man tanzt.

Kenny ist da! Sie erkennt sein lachendes Gesicht sofort, als sie den Saal betreten. Und er kommt gleich auf sie zu.

»Oh Jenny, ich habe schon auf dich gewartet. Wollen wir tanzen?«

Jenny zögert und schüttelt den Kopf: »Kenny, ich verstehe nichts davon.«

Kennys Lachen übertönt noch die Musik. »Da geht es dir so wie mir. Aber wer achtet schon auf uns? Schau dir nur einmal dieses

Gedränge an. Da kann sowieso keiner richtige Tanzschritte machen!«

Es ist das erste Mal, daß Kenny sie richtig im Arm hält, und Jenny findet, es ist noch viel schöner, als sie es sich je vorstellen konnte.

Kenny lehnt sich mit seiner Wange an Jennys Wange und sagt in einem Ton, den sie noch nie von ihm gehört hat: »Jenny, du bist schön!«

Jenny kann nicht mehr denken. Sie weiß nichts zu antworten. Sie kannte bisher nur den Kenny, der sie an der Hand hielt und die Treppen hinunterzog, daß sie fast fliegen mußte, oder der ihr seinen Schokoladenriegel zum Abbeißen hinhielt, und wenn sie den Mund weit offen hatte, schnell wegriß und sie schallend auslachte. Der Kenny jedoch, der sie jetzt in Armen hält, ist ein ganz anderer. Er atmet ganz warm in ihr Ohr und umschlingt sie so fest, das Jenny meint, schmelzen zu müssen.

Als Ruby sagt, es sei Zeit, nach Hause zu fahren, faßt Kenny schnell Jennys Hand, und sie rennen wie der Wirbelwind zum Auto.

Kenny sieht so aus, als habe er etwas Besonderes auf dem Herzen, was er ihr sagen will. Aber als sie die anderen kommen sehen, drückt er ihr nur ein schnelles Küßchen auf die Wange und rennt davon.

»Bis Montag!« ruft er ihr noch über die Schulter zu.

Zitternd vor innerer Erregung möchte Jenny am liebsten Ruby gleich alles erzählen. Dann ändert sie aber ihre Meinung und entschließt sich, diesen kostbaren Augenblick für sich zu behalten. Sie will ihn ganz fest im Herzen verschlossen halten und nur ganz allein immer und immer wieder hervorholen, um sich auf kommende Tage zu freuen: Mein erster Kuß.

***

Im Mai probiert die Musikkapelle das erste Mal einen Ausmarsch auf verschiedenen Straßen der Stadt.

Jenny hat Lampenfieber. Sie hat vor allem Angst, ob sie alle Anweisungen behalten kann, die Herr Speidel ihnen gegeben hat.

Ray, Kennys Bruder, marschiert neben ihr als Flügelmann.

Nach ihm muß sie sich ständig ausrichten. Auf einmal ruft er ihr plötzlich zu: »He Jenny, du bist außer Tritt!«

Total außer sich fragt sie sich, wie ihr so etwas passieren kann, und wechselt hastig den Schritt.

Da ruft Herr Speidel: »Jenny, du bist außer Tritt!«

Sie wirft einen Blick nach rechts: Tatsächlich, es stimmt, Ray hat einen anderen Schritt. Sie wechselt den Schritt wieder hastig. Jenny ist den Tränen nahe und schrecklich aufgeregt.

Und ein paar Minuten später ist sie schon wieder nicht mehr im Gleichschritt mit Ray. Herr Speidel freut sich darüber gar nicht!

Mit weichen Knien wankt Jenny in den Übungsraum der Musikkapelle und erwartet ihre Schelte vom Kapellmeister.

Plötzlich fühlt sie, wie sie jemand umarmt und herzlich lacht. Sie schubst ihn weg.

»Ach Jenny, ich hab dich ja nur ein bißchen necken wollen. Schau mal her.« Dann führt er ihr vor, wie er den Schritt schnell wechselt.

Jenny versucht, ihm eine Ohrfeige zu geben, ohne ihre Posaune fallen zu lassen. »Das mußt du Herrn Speidel beichten! Und wag' es bloß nicht, es auch am Memorial Day zu probieren!«

***

Eines Tages nimmt Kenny Jenny nach Schulschluß bei der Hand und sagt: »Komm mit! Ich will dich meiner Mutter vorstellen.«

Jenny protestiert. Aber Kenny überzeugt sie, daß sie Zeit genug haben, bis ihr Schulbus kommt. Dann gehen sie zusammen los.

Kennys Elternhaus ist ein Reihenhaus, farblos, Holzbauweise, Eigentum der Mühle, in der sein Vater arbeitet. Jenny ist davon durchaus nicht sonderlich beeindruckt.

Als sie dann aber in die Küche kommt und sieht die strahlende Sauberkeit und die blendendweißen Gardinen, baut sie schnell ihr Vorurteil ab. Auch im Eßzimmer und im Wohnzimmer, das Kenny ihr zeigt, sind die Möbel sehr gepflegt; sie sieht Kristallschalen und Kerzenleuchter, und alles macht den Eindruck eines gut bürgerlichen Wohlstandes.

Kennys Mutter begrüßt Jenny freundlich. Sie ist eine attraktive Dame mit einem durchdringenden Blick in ihren braunen Augen. Sie zeigt Jenny die Hochzeitsbilder ihrer Tochter Viktoria. Ein paar

Minuten unterhalten sie sich noch, dann eilen sie zurück zur Schule.

Während der Busfahrt versucht Jenny, sich die Einzelheiten aus Kennys Zuhause ins Gedächtnis zurückzurufen: Die vielen kleinen Deckchen auf den Polstermöbeln, weiß und mit Rüschen, kein Flecken auf den weißen Küchenschränken, überall geschmackvoll angeordnete Blumen- oder Blattgewächse. Da war unter anderem ein ganz wundervoller Weidenkorb mit zierlichem Farnkraut gefüllt.

Dieser fast stechende Blick der braunen Augen von Kennys Mutter gibt Jenny kein gutes Gefühl. Wahrscheinlich konnte sie im Ärger sehr ungemütlich sein. Trostreich ist nur, daß sie zu Jenny sehr freundlich war. Das wollte Jenny im Gedächtnis behalten. »Ich denke, sie mag mich«, sagt Jenny zu sich selber.

***

Am »Memorial Day« machen sich Oma Frieda und Jenny rechtzeitig fertig, um pünktlich zur Feier an Ort und Stelle zu sein. Jenny poliert ihre schwarzen Schuhe auf Hochglanz und zieht neue schwarze Socken an, – wie es Herr Speidel wünscht. Oma Frieda hilft ihr, das schwarze Halstuch richtig zu binden.

Als Oma Frieda während des Marsches mit der Kapelle zuschaut, kommen ihr Tränen in die Augen. Ihre Jenny sieht in der rot-grauen Uniform so erwachsen aus. Ich wünschte, meine kleine Emmi könnte ihre Tochter so sehen, denkt sie, so wie immer, wenn in Jennys Leben etwas Besonderes geschieht.

»Dort bei den Zugposaunen – das ist doch Ihr kleines Mädelchen, stimmt doch?« fragt eine Nachbarin, die neben Oma Frieda steht, ihr ins Ohr, als die Musikkapelle in den Weg zum Friedhof einbiegt.

Oma Frieda nickt und strahlt.

»Sie können ja wirklich stolz auf sie sein!« sagt die Frau laut in Oma Friedas Ohr. Sie nickt wieder und lächelt: »Oh ja, das bin ich auch, aber das darf sie nicht merken. Ich möchte nicht, daß sie sich etwas einbildet.«

Die Nachbarin nickt zustimmend.

***

Nach dem »Memorial Day« zieht sich der Sommer in die Länge wie auf einer Safari durch die Wüste. Es gibt zwar viel Arbeit im Garten, zumal die Beeren alle auf einmal reif werden. Ab und zu bleibt eine der Cousinen über Nacht oder Jenny übernachtet bei ihnen, damit es nicht ganz so langweilig wird.

Eine Woche nach Schulschluß findet Jenny im Briefkasten einen Brief von Kenny. Sie öffnet ihn sofort und strengt sich an, die Bleistiftschrift auf dem weißen Papier zu entziffern:

Liebe Jenny,
ich hoffe, Du hast eine gute Ferienzeit.

Ich war einige Tage weg zum Angeln. Viel habe ich allerdings nicht gefangen. Dafür bin ich Schlagmann in unserer Baseball-Mannschaft geworden, so daß ich mit der Mannschaft überallhin mitfahre.

Darf ich Dich einmal per Fahrrad besuchen kommen? Meine Mutter ist einverstanden. Bitte, frage einmal Deine Großmutter. . . .

Jenny rennt schnell ins Haus. Sie ist froh, daß sie Oma Frieda schon etliche Male von Kenny erzählt hat. Sie winkt mit dem Brief und ruft: »Kenny will mit dem Fahrrad hierher zu uns herauskommen. Er will wissen, ob du einverstanden bist.«

Oma Frieda läßt ihre Strickarbeit in den Schoß sinken. »Er will mit dem Fahrrad die 20 Kilometer bis zu uns fahren? Auf einem schlechten Kiesweg mit unzähligen Schlaglöchern, und ständig bergauf, bergab?«

Jenny nickt lebhaft.

Oma Frieda seufzt, schüttelt den Kopf, fährt dann mit dem Stricken fort. »O weh! Diese Kindsköpfe! Gut, laß ihn kommen; aber du mußt mir beim Planen helfen, womit wir den Jungen füttern, wenn er hier ist.«

Jenny umarmt Oma Frieda stürmisch, stößt einen hellen Jauchzer aus und rennt schnell in ihr Zimmer, um Kenny zu schreiben, daß er am nächsten Mittwoch bei ihnen willkommen ist.

Bald kommt ein Brief von Kenny zurück, daß er vormittags ankommen wird.

In dieser Woche macht es Jenny absolut nichts aus, die Stühle in der Wohnküche gründlich vom letzten Stäubchen zu säubern.

Sie hilft Oma Frieda, einen Makkaroni-Käse-Auflauf zu bereiten. Und Jenny darf selber einen Schokoladenkuchen backen.

Jenny ist so froh, daß Mädchen jetzt auch lange Hosen tragen dürfen. Für sie ist es bequemer, wenn sie Kenny die ganze Farm zeigt, als wenn sie im Rock herumlaufen müßte.

Am Mittwoch morgen schaut sie »tausendmal« zum Westfenster hinaus und läuft dreimal den Hügel hinauf, um in die Ferne zu schauen. Ihr will es so scheinen, als würden die Zeiger an der Uhr sich überhaupt nicht bewegen.

Endlich kommt Kenny angeradelt. Er fährt direkt zur Werkstatt hinter dem Haus, wo Onkel Roy bei der Arbeit ist. Kenny springt vom Rad und streckt Onkel Roy seine rechte Hand zum Gruß entgegen.

Jenny schaut ihm von Tante Helens Küchenfenster aus zu, ehe sie hinausgeht.

Sie fühlt sich außerhalb der Schulatmosphäre ziemlich gehemmt. Aber auch Kenny ist nicht so locker wie gewöhnlich.

»Komm, daß ich dich meiner Großmutter vorstelle«, sagt Jenny schließlich und geht ihm den Weg voran rund ums Haus; denn sie will nicht durch Tante Helens Küche gehen.

Oma Frieda kommt gerade mit einer Handvoll Radieschen aus dem Garten. Sie bietet ihm zwar keinen Handschlag an; aber bedeutet ihm freundlich, voran ins Haus zu gehen.

»Wie hast du nur all diese Berge auf dem Weg hierher mit dem Fahrrad geschafft?« fragt Oma Frieda und spricht so laut wie gewöhnlich.

Kenny starrt sie etwas erstaunt an.

»O weh«, denkt Jenny, »ich habe total vergessen, ihn wegen der Schwerhörigkeit zu warnen.«

Aber nach einem Moment des Zögerns hat es Kenny schon begriffen. Er geht einen Schritt näher an Oma Frieda heran und ruft laut: »Damit habe ich keine Probleme, ich bin es gewöhnt, mit dem Fahrrad die Berge hochzufahren.«

Jenny bringt ihm ein Glas Wasser. Sie denkt, daß er es sicher nicht gewöhnt ist, aus dem Emaillebecher Wasser zu trinken, wie es auf den Farmen üblich ist. Er trinkt das Glas auf einen Zug leer und reicht es Jenny mit einem freundlichen Grinsen zurück.

Nach ein paar Eingewöhnungsminuten sprechen sie wieder frank und frei miteinander, wie sie es von der Schule her gewöhnt sind. Hand in Hand laufen sie überallhin auf der Farm. Jenny zeigt und erklärt alles, und Kenny ist an allem interessiert.

Nach dem Mittagessen sagt Oma Frieda, daß sie den Abwasch allein besorgen wird. Jenny und Kenny können inzwischen zum Fluß gehen.

Jenny zeigt ihm den Platz, den sie den »Park« nennen. Dort fressen die Kühe die Wiese so kurz ab, daß es wie ein gemähter Rasen aussieht. Holundersträuche und riesige Ulmen vervollständigen den Eindruck eines gepflegten Parks.

Als sie dann zum Fluß kommen, springt Kenny von einem dicken Stein zum anderen, um den Fluß zu überqueren. Er ruft Jenny zu, ihm zu folgen.

Aber Jenny schüttelt den Kopf: »Oh, nein, Kenny! Ich bin doch kein Halbaffe wie du!«

Kenny stellt sich ärgerlich und springt die Uferböschung hoch wie ein Eichhörnchen. Dann tut er so, als wolle er Jenny anspringen. Da müssen sie beide lachen.

Sie geben sich die Hände und laufen zusammen zu dem Fußgängerüberweg, der am Rande der Eisenbahnbrücke neben den Schienen zum Überqueren des Flusses vorgesehen ist. Am Anfang der Brücke geht es ganz gut. Aber als beide etwa auf der Mitte sind, beginnen die Schienen durch die Fußtritte zu schwingen. Jenny schreit erschrocken auf; aber Kenny nimmt sie beim Arm und führt sie sicher ans andere Ufer.

Dort zeigt Jenny Kenny einen Platz, an dem man gut angeln kann. Sie erklärt ihm auch, wie sie im Frühjahr Neunaugen mit Netzen gefangen haben.

Zurück gehen sie nicht über die Eisenbahnbrücke, sondern weiter flußaufwärts über die alte Fußgängerbrücke, dann in Windungen aufwärts zu den großen Steinhaufen, die anzeigen, wo die Familie Verleger, Oma Frieda und ihr Mann, einmal zu siedeln angefangen haben.

Jenny hatte erst vor, Kenny an das kleine Grab zu führen, in dem Oma Friedas totgeborenes Kind begraben liegt. Dann entschließt sie sich doch, es lieber sein zu lassen. Die Story mit allem, was damit zusammenhängt, würde wohl zu lang werden. So gehen sie über das Steinfeld. Jenny zeigt Kenny die Glimmersteine, deren kleine funkelnde Pünktchen die Kinder veranlaßten, sie im Spiel als Diamanten zu verkaufen.

Als Jenny und Kenny von ihrem Spaziergang zurückkommen, sitzt Tante Helen auf der Verandaschaukel und schaut ihnen entgegen. Man sieht es ihr an, daß es ihr offenbar mißfällt, wie Jenny und Kenny diesen Tag nutzlos nur mit Rumlaufen verbringen.

Die Kleinen im Hause freuen sich über den Besuch, und die beiden »Großen« spielen noch ein Weilchen Fangen mit ihnen. Dann gehen sie ins Haus und trinken Milch und essen Jennys selbstgebackenen Schokoladenkuchen.

Kenny wirft einen Blick auf die Uhr, die oben auf Oma Friedas Küchenschrank steht. »Es ist schon wieder Zeit aufzubrechen!« Dann ruft er Oma Frieda laut ins Ohr: »Vielen Dank« und »Auf Wiedersehen.«

Jenny geht noch mit hinaus zu seinem Fahrrad. Sie wünscht sich so sehr, wieder ein Abschiedsküßchen zu bekommen; aber Kenny findet es unpassend, weil zu viele Augen hinter ihnen herschauen.

»Vielleicht komme ich mit meinem Drahtesel noch einmal hier heraus«, sagt er und sieht sie fragend an.

Jenny nickt nur und lächelt still. Dann geht sie ums Haus herum, damit sie ihm nachschauen kann, wie er den langen Hügel hinauffährt und dann oben, nachdem er den Gipfelpunkt erreicht hat, ihren Blicken entschwindet.

Als Jenny in die Wohnküche kommt, schaut Oma Frieda vom Kartoffelschälen auf, lächelt ihr freundlich zu und fragt: »War es schön miteinander?«

Jenny antwortet mit einem Lächeln und Kopfnicken.

»Es ist ein netter Junge«, sagt Oma Frieda noch, »er hat einen offenen Blick und schaut einem geradewegs in die Augen. Nun geh' und hole mir ein Glas eingeweckte Bohnen aus dem Keller.«

Jenny wußte, daß damit das Gespräch beendet war. Oma Frieda hat kein Interesse an den Einzelheiten ihrer gemeinsamen Erlebnisse dieses Tages. Seufzend geht sie die Bohnen holen. Es wäre wirklich fein gewesen, wenn sie alles, wo sie waren und was sie miteinander gesprochen haben, ihr hätte erzählen können.

Oma Frieda wirft einen Blick zur Uhr. Es ist noch zu früh, die Kartoffeln zum Kochen aufzusetzen. Sie hatte rechtzeitig angefangen, weil sie nicht wußte, ob Kenny noch zum Abendessen bleibt. Also setzt sie sich hin und und nimmt ihr Strickzeug zur Hand.

War es richtig, der Einladung zuzustimmen? Jenny ist doch

noch so jung. Helen mißbilligt es, das weiß sie. Vielleicht sollte sie einmal mit Ellen darüber sprechen. Jenny ist fünfzehn Jahre alt. Üblich war es da eigentlich schon, daß man Jungenfreundschaften erlaubt. Aber eins nimmt sich Oma Frieda vor, wird sie bestimmt nie erlauben, daß sie mit einem jungen Mann im Auto davonbraust, obgleich auch das schon längst üblich ist.

Da gibt es so viele wichtige Dinge, über die man mit dem Mädchen sprechen müßte; aber wo und wie soll sie damit beginnen? Bei ihren eigenen Mädchen war ihr das nie ein Problem gewesen. Sie wußten auf einmal schon alles, was nötig war. Außerdem macht das doch nur neugierig, wenn man zuviel über diese Dinge mit den jungen Leuten spricht.

Dann lacht sie sich selber aus: Was sorge ich mich überhaupt darüber? Der kleine Kenny ist doch harmlos. Sie hat sich gefreut, als Jenny ihr einmal erzählte, daß Kenny deutscher Abstammung ist. Das sind gewöhnlich gute Leute, die hart zu arbeiten verstehen.

Dann schalt sie sich selber töricht: »Was für dumme Gedanken! Nächste Woche hat Jenny vielleicht schon wieder einen ganz anderen Schulfreund. Von Heiraten kann doch noch gar keine Rede sein!«

***

Jetzt ist die Zeit der Heuernte! Jenny ist gern mit dabei. Sie mag es, bei aller Farmarbeit mitzuhelfen, besonders mit anderen zusammen, wie jetzt im Heu mit ihrem zehnjährigen Cousin Ronni. Aber Oma Frieda ist grundsätzlich dagegen, daß Jenny mit irgendwelchen Farmarbeiten beschäftigt wird. Sie befürchtet, daß man ihr vorwerfen könnte, aus Jenny eine Magd machen zu wollen. Jenny selber kann diese Vorsicht nicht verstehen, weil die Verwandten ihres Vaters niemals hier in die Nähe kommen.

Heuernte ist für Oma Frieda allerdings eine Ausnahme: Jenny darf mitmachen.

Ein Fuhre Heu kommt. Jenny hört, wie die Pferde mühsam den Hügel hochstampfen, und wie der Wagen unter der großen Ladung Heu ächzt.

Tante Helen unterbricht ihre Küchenarbeit, geht in den Keller, um Wurzelbier für Onkel Roy zu holen.

Jenny rennt zur Scheune und kommt dort an, als Onkel Roy

gerade hineinfährt und die Pferde ausspannt. Nachdem Onkel Roy sich durch einen kräftigen Trunk Wurzelbier gestärkt hat, machen sie sich ans Abladen, alle helfen mit, auch Tante Helen.

Jenny macht es Freude, daß sie sich nützlich machen kann, und außerdem vergehen die Tage viel schneller, wenn man mit einem Ohr immer gespannt hinaushorcht, ob die nächste Ladung Heu ankommt.

***

Für Mitte August ist Kennys zweiter Besuch, wieder mit dem Fahrrad, angemeldet. Jenny denkt natürlich daran; sie hat schon seit Tagen nichts anderes mehr im Kopf.

Aber Oma Frieda hat total davon vergessen, und unglücklicherweise hat sie gerade für diesen Tag ein anderes Vorhaben geplant. Ihre Tochter Ellen hatte angefragt, ob sie wieder einmal einen Tag helfen kommen könnte. So hat Oma Frieda für den gleichen Tag, für den Kenny sich angemeldet hat, auch ihren Besuch bei ihrer Tochter Ellen fest versprochen. Ihr Schwiegersohn Henry wird sie mit dem Auto abholen.

An diesem Morgen nun, als Jenny beiläufig erwähnt, daß Kenny heute kommt, ruft Oma Frieda erschrocken aus: »O weh, das habe ich vergessen. Gestern habe ich Tante Ellen zugesagt, daß ich ihr heute beim Einlegen der Gurken helfe. Onkel Henry holt mich ab. Ich rechnete damit, daß du mitkommst.«

»Aber Mama, wie kannst du so etwas machen!«

»Benimm dich, Jenny, so kannst du nicht mit mir reden! – Ich denke, du kannst dir auch einmal alleine helfen. Im Keller sind Würstchen. Du findest sicher auch noch zwei oder drei reife Tomaten und reichlich Speisemais. Du mußt das Wasser aufsetzen, bevor du den Mais reinholst. Junger, frischer Speisemais ist etwas ganz Leckeres.«

Kenny kommt an, ehe Oma Frieda abgeholt wird.

Aber Oma Frieda läßt die beiden jungen Leute unbesorgt allein zu Hause und fährt mit ihrem Schwiegersohn Henry zum Gurkeneinlegen.

Jenny weiß aber auch, daß ihre Tante Helen nebenan da ganz anderer Ansicht ist als Oma Frieda. Sie hat ihr Mißfallen über die Zweisamkeit von Jenny und Kenny schon deutlich spüren lassen.

Die Zeit bis zum Mittagessen vergeht rasend schnell. Dann ist aber nicht mehr viel Neues auf der Farm zu sehen. Kenny sagt, daß er bis 7.00 Uhr abends bleiben kann.

Damit hat niemand gerechnet, und Jenny fragt sich erschrocken, was sie dann wohl zum Abendessen machen soll. Sie beruhigt sich dann mit dem Gedanken, wenn mir gar nichts einfällt, können wir immer noch zu Onkel Henry und Tante Ellen laufen.

Als sie draußen auf dem Hof sind, erzählt Jenny, daß sie früher auf die hohe Tanne in der Einfahrt des Hofes geklettert ist und daß man von dort aus den Stall von Onkel Henry und Tante Ellen sehen kann. Sie sagt: »Das sind anderthalb Kilometer Luftlinie!«

»Aber auf der Straße ist es doch viel weiter?« fragt Kenny.

»Klar doch. Etwa das Doppelte – drei Kilometer. Oma Frieda hat mir aber einmal erzählt, daß es früher einen direkten Pfad quer durch den Wald gegeben hat.«

»Aber du kennst diesen Pfad nicht?«

»Da ist schon viele Jahre kein Mensch mehr gegangen!«

Kenny zwinkert ihr zu: »Wollen wir es einmal versuchen?«

Jenny lacht ihr helles, silbernes Lachen: »Warum eigentlich nicht?«

Sie sagt Tante Helen, was sie vorhaben, wartet aber vorsichtshalber keine Antwort ab.

***

Nach dem Mittagessen überredet Ellen ihre Mutter zu einem kurzen Mittagsschläfchen, wie sie es ja auch immer daheim macht. Und es tut Oma Frieda recht gut, sich einmal richtig auszustrecken, nachdem sie den ganzen Vormittag gesessen hat. Es ist vier Jahre her, als sie nach ihrem Herzinfarkt bei Ellens Silberhochzeit in diesem Bett gelegen hat. Sie muß heute daran denken. Es war ein langsamer, steiler Weg, bis sie wieder ganz genesen war.

Nach dem Mittagsschläfchen schneidet Oma Frieda wieder Gurken, um »Mixed Pickles« in Gläser einzulegen. Ellen hat währenddessen am Ofen zu tun.

Grace kommt mit einen weiteren Korb gehäuft voll mit Gurken herein.

»Ich denke, das ist nun der letzte!« sagt sie und wischt ihr schweißnasses Gesicht an dem Handtuch ab, das neben dem Waschstand hängt.

Sie holt tief Luft und sagt dann laut in Oma Friedas Ohr: »Hier bei dir ist der Duft einer Pickles-Fabrik! In deiner Nähe würde ich gerne wohnen.«

Oma Frieda lächelt und nickt. Der Duft der frischgeschnittenen Gurken, vermischt mit dem vom Essigwasser, das mit Gewürzen auf dem Küchenherd brodelt, ist wirklich sehr anregend.

Grace beugt sich wieder zum Ohr ihrer Großmutter und ruft hinein: »So, so, Jennys Freund ist heute wieder den weiten Weg angeradelt gekommen!«

Oma Frieda lacht leise vor sich hin: »Es ist irgendwie schwer für mich, Klein-Kenny als Jennys Freund anzusehen. Sie tobt mit ihm herum wie mit ihren Cousins.«

Grace lacht herzlich und antwortet dann: »Oma, ich denke keiner ihrer Cousins würde 20 Kilometer auf einem solchen Kiesweg mit dem Fahrrad, bergauf und bergab, zurücklegen, nur um einmal Jenny sehen zu können.«

Oma Friedas Lächeln verschwindet wie weggewischt: »Da magst du wohl recht haben.«

Grace geht in den Keller, um mehr Einmachgläser heraufzuholen. Ohne es zu wissen, läßt sie oben in der Küche eine besorgte Großmutter zurück.

Oma Frieda läßt ihre Arme auf der Schüssel ruhen, schaut gedankenvoll zu Ellen hin und fragt: »Ellen, ich weiß nicht, ob es wirklich gut war, daß ich die beiden allein zu Hause gelassen habe; aber in meinen Augen sind Jenny und Kenny noch zwei richtige Kinder, da kann doch gar nichts passieren?«

Ellen lächelt ihre besorgte Mutter an: »Weißt du was, ich telefoniere einfach bei Helen an und lade Jenny und Kenny ein, zu uns zum Abendessen zu kommen, was meinst du dazu?«

»Ja, das wäre gut. Kenny ist allerdings bei seinem letzten Besuch schon nachmittags wieder zurückgefahren.«

»Ich rufe an, und wir werden es dann schon erfahren, wie es heute ist, nicht wahr, Mama?«

Ellen geht hinaus und telefoniert: »Hallo Helen, ist Jenny da? – O ja, ich verstehe. Wann sind sie denn losgegangen?«

Als sie zurückkommt, setzt sie sich, neigt sich zu Mamas Ohr und ruft hinein: »Helen sagt, sie seien auf dem Weg hierher; aber sie sind den Pfad durch den Wald gegangen.«

»O weh! Durch den Wald! Da gibt es ja schon seit vielen Jahren keinen Pfad mehr. Diese verrückten Kinder!«

»Ach, Mama, da kann kaum etwas passieren. Sie kommen so oder so immer wieder auf die Straße zurück.«

Während sie miteinander arbeiten, spricht Ellen unaufhörlich – von den beiden Babys, die unterwegs sind und im Herbst ankommen sollen, bei Helen und bei Berta, – von der neuen Schulbuslinie, die dann alle Kinder auch auf den einzelnen Farmen abholen soll, so daß der Zubringerdienst wegfällt, – von den Plänen ihres Sohnes Carl, eine neues Haus zu bauen, usw.

Aber von Oma Frieda gibt es nur selten ein Wort der Erwiderung, ihre Gedanken sind bei den beiden jungen Leuten im Wald.

Das erste Viertel des Weges finden die beiden mühelos. Jenny war dort schon zum Beerenpflücken gewesen und weiß, wo ein alter, fast zugewachsener Knüppelpfad zu finden ist. Aber ganz plötzlich sehen sie nichts mehr, nur noch Bäume, keine Spur von einem Weg, nicht einmal einen Trampelpfad.

Dann kommen sie an einen Zaun. Kenny stellt seinen Fuß auf den untersten String des Stacheldrahts und hebt den zweiten in die Höhe, so daß Jenny hindurchschlüpfen kann.

»Dies muß hier das Ende unserer Farm sein, so daß wir den halben Weg hinter uns haben«, erklärt Jenny.

»Was gibt es hier in südlicher Richtung?« fragt Kenny.

»Wälder, so etwa einen Kilometer. Aber wir kommen dann an den Felsenfluß, wenn wir südwärts laufen.«

»Und was gibt es im Norden?«

Jenny lacht. »Wälder! Was sonst? Ja, da gibt es noch eine Farm, direkt auf der Ecke des vermessenen Gebietes, in einigen Kilometern Entfernung.«

Sie versuchen, einfach geradeaus zu laufen, um irgendwo wieder aus den Wäldern herauszukommen. Aber ein Sumpf versperrt ihnen den Weg. Der Boden ist grundlos. Sie müssen ihn umgehen.

Dann kommen sie wieder an einen Zaun und nach etlicher Zeit noch einmal. Es scheint so, als seien diese Wälder endlos und stoßen nirgends an eine Straße oder menschliche Ansiedlung.

Meistens geht Kenny voran und versucht, Büsche und Unterholz beiseite zu biegen. Wenn es irgendwie möglich ist, gehen sie auch nebeneinander. Jenny ist ganz glücklich, es gefällt ihr, einmal ein Abenteuer zu erleben.

»Schau dort«, sagt Jenny, »dort scheint sich der Wald etwas zu lichten. Laß uns in diese Richtung gehen. Vielleicht ist dort die Straße.«

Sie kamen etwas westlich von Onkel Henrys und Tante Ellens Farm aus dem Wald. Als sie an der Hintertür des Hauses ankommen, kommt ihnen Tante Ellen lachend entgegen. Die beiden unfreiwilligen Pfadfinder sind ziemlich erhitzt, naß geschwitzt und von oben bis unten mit Zweiglein, Kletten und dergleichen behangen.

»Kommt herein, es sieht ganz so aus, als ob ihr Durst habt!« heißt sie Tante Ellen willkommen.

Oma Frieda seufzt erleichtert, als beide hereinkommen. »Ihr habt reichlich lange gebraucht. Habt ihr euch verlaufen?« fragt sie.

»Nicht wirklich verlaufen«, sagt Jenny, »aber ich denke, wir sind vielleicht im Kreis gelaufen, als wir den Sumpf umgehen wollten. Aber trotzdem war es ganz lustig!«

Tante Ellen nimmt Jenny beiseite und fragt leise: »Bleibt ihr bis zum Abendessen?«

Jenny kichert leise und nickt heftig: »Kenny kann heute bis 19.00 Uhr bleiben, und ich wußte einfach nicht, was ich zum Abendessen machen sollte.«

Bei Tisch erwähnt dann Kenny, daß sie durch drei Zäune gekommen sind.

Jennys Cousin Harvey lacht herzlich: »Ihr Pfadfinder seid mit Sicherheit im Kreis herumgelaufen, denn zwischen Onkel Roy und uns gibt es nur einen einzigen Zaun.«

Nach einem kräftigen Hähnchenessen fährt Onkel Henry sie dann nach Hause.

Als Kenny startfertig auf dem Fahrrad sitzt, fordert er Jenny auf, sich auf die Querstange zu setzen: »Ich fahre dich bis zum Hofende!«

Jenny steigt auf, und so fahren sie zusammen die Einfahrt hinaus. Dann erklärt Jenny: »Wie hältst du das nur aus, Kenny? Ich bin von dem kurzen Stück schon fix und fertig!«

»Auf dem Weg hierher bin ich nicht ein einziges Mal abgestiegen«, ist Kennys gelassene Antwort.

Nachdem Jenny vom Fahrrad heruntergesprungen ist, will sie

ihm gerne sagen, wie glücklich sie ist, daß er gekommen ist. Aber sie kriegt kein Wort über die Lippen. Jenny kann aber auch ihre Augen nicht von ihm lösen, unverwandt schaut sie ihm offen ins Gesicht. Da neigt er sich näher und näher. Und dann küßt Kenny Jenny, aber diesmal nicht nur auf die Wange.

Jenny schaut ihm nach, bis er über den Hügel verschwunden ist. Ganz langsam schlendert sie nach Hause.

Sie wünscht sich von ganzem Herzen, die Schule würde morgen wieder beginnen!

Schulfest

Abends, – einige Tage vor Schulbeginn. Oma Frieda sitzt im Schaukelstuhl und strickt.

Jenny pendelt unruhig zwischen dem Waschstand in der Wohnküche und der Bank, auf dem der Wassereimer steht, hin und her. Als erstes hält sie einen ziemlich heißen Waschlappen auf ihr Gesicht, um die Hautporen zu öffnen. Dann seift sie sich mit Schaum ein, wie es Männer vor dem Rasieren machen. Anschließend massiert sie den Schaum mit der Fingerspitze in die Haut ein. Dann folgt eine Spülung mit warmem Wasser und schließlich die Endspülung mit kaltem Wasser.

Oma Frieda schimpft: »Du schrubbst dein Gesicht, als wäre es ein dreckiges, altes Boot!«

Jenny trocknet wortlos ihr Gesicht ab und stapft dann wütend die Stiege hoch: Wenn Oma Frieda nicht an ihr herummeckert, dann bestimmt Tante Helen! Erst gestern hat Tante Helen sie verächtlich als »eitel« bezeichnet, weil sie angeblich zu oft in den Spiegel schaut.

»Ich bin kein bißchen eitel!« hat sie zurückgeschrien, und bei sich gedacht: Tante Helen hat keinen blassen Schimmer, was ich denke, wenn ich mein Gesicht im Spiegel sehe!

»Graue Maus!« schreit sie oben in ihrem Zimmer und spuckt in ihr Spiegelbild. »Du siehst noch häßlicher aus als eine graue Maus. Niemand in der Welt wird dich jemals auch nur mit einem Blick anschauen!«

Ich habe keine strahlenden, blauen Augen wie Grace, keine schwarzen Haare und rosige Wangen wie Myrtle und bekomme nie im Leben solch ein liebliches Lächeln zustande wie Ruby. Alle haben eine gerade Nase!

Je näher der erste Tag des neuen Schuljahres kommt, desto zappliger wird Jenny. Vielleicht kann ich in diesem Jahr neue Bekanntschaften mit Schülern aus der Stadt machen? Jenny will sich nicht etwa einen neuen Freund suchen. Sie ist mit Kenny ganz zufrieden; aber sie würde doch gar zu gerne wissen, was die anderen, die sich zu Freundeskreisen zusammengefunden haben, so miteinander treiben.

An dem Morgen des ersten neuen Schultages kommt Oma Frieda von der Stallarbeit herein, wirft einen Blick auf ihre zapplige Enkeltochter und erklärt ihr deutlich: »Jenny, du rennst hier umher wie ein kopfloses Huhn! Komm endlich mal zur Ruhe!«

Jenny ist der schreckliche Anblick eines Huhnes, dem man den Kopf abgeschlagen hat, das dann in Onkel Roys Arm flattert, zappelt und blutet, so wohlbekannt, daß sie erschrocken innehält und versucht, das grausige Bild aus ihrem Inneren zu vertreiben.

Trotzdem kämmt sie sich heute morgen zum dritten Mal die Haare und stellt die Schultasche, den Behälter mit dem Pausenfrühstück und ihren Posaunenkasten griffbereit auf.

Sie geht hinaus, um ein Stück weit nach Osten zu laufen und zu schauen, ob der Bus kommt. Dieses Jahr ist die zweite Schulbuslinie eingerichtet worden, so daß er in der Nähe vorbeikommt.

Als Jenny auf dem Schulparkplatz aus dem Bus steigt, ist Kenny nirgends zu sehen. So spricht Jenny ein paar Worte mit Pearl, die gleich ihr im zweiten Jahr die Oberschule besucht.

Jenny mag Pearl, obwohl die beiden jungen Mädchen in vielen Dingen ganz gegensätzlich veranlagt sind. Pearl ist zum Beispiel in Ordnungsliebe genauso »Spitze« wie Jenny in Schußligkeit. In Pearls Schulheften gibt es keine losen Blätter, und ihr Schultisch ist stets aufgeräumt; alles liegt ordentlich und griffbereit am rechten Platz.

Pearl fragt Jenny gleich: »Hast du dich in den Sommerferien mit Kenny getroffen?«

Und Jenny erzählt ihr, daß Kenny zweimal mit dem Fahrrad zu Besuch zu ihnen auf die Farm gekommen ist.

»Ihr beiden seid ein auffallend nettes Freundschaftspärchen, daß es jammerschade wäre, wenn ihr euch einmal trennen würdet«, stellt Pearl begeistert fest.

Im gleichen Augenblick sieht Jenny, wie Kenny zwischen zwei großen Klassenkameraden durch die Tür kommt. In einigen Wochen würde er sechzehn Jahre alt werden, und dann hoffentlich auch bald einen ordentlichen Schuß wachsen.

Kenny lacht – wie immer. Er versucht, Pearls ordentliche Frisur mit einer Hand durcheinanderzubringen, während die andere Jennys Posaunenkasten schnappt. Dann rennt das »auffallend nette Freundschaftspärchen« wie zwei Kinder zum Musikzimmer.

Jenny ist glücklich, es kommt ihr so vor, als sei es in ihrem Inneren plötzlich Frühling geworden. Sie hüpft vor Freude an Kennys Seite.

»Ich bin Onkel geworden!« erzählt er ihr. »Meine Schwester hat ein kleines Mädchen bekommen, es war gerade an dem Tage, als ich bei dir war, am 18. August.«

»Du bist ein komischer Onkel!« Der Vergleich mit ihren Onkeln, die alle ca. 1,80 m groß sind, bringt Jenny zum Lachen. »Wie heißt denn deine Nichte?«

»Marianne!«

»Hmmm . . . das ist mal etwas anderes. Mir gefällt's!«

Kenny stützt seine Ellbogen auf das Fensterbrett und sagt nachdenklich: »Wahrscheinlich ist sie halb erwachsen, ehe ich sie zu sehen bekomme. Ich wünschte, meine Schwester würde nicht in Chikago wohnen.«

* * *

Am 15. September kommt Oma Friedas jüngster Sohn Hank zur Tür herein. Er grinst und strahlt übers ganze Gesicht. »Es ist ein Mädchen!« gibt er bekannt. »Aber es war eine Zangengeburt. Berta und Dr. McKinnon hatten es nicht leicht; aber jetzt geht es allen wieder gut.«

»Habt ihr schon einen Namen?« fragt Oma Frieda.

»Greta«, antwortet Hank. Dann macht er sich gleich wieder auf den Weg nach Hause.

Oma Frieda lächelt den ganzen Tag still vor sich hin. Sie kann sich ihren wilden Waldläufer Hank als Vater gar nicht richtig vorstellen.

Die Herbstarbeit im Garten ist für Oma Frieda schwieriger denn je zuvor. Aber wer sollte ihr helfen? Helen hat genug mit sich selbst zu tun, weil ihr nächstes Baby in ein paar Wochen zu erwarten ist.

Manchmal denkt Oma Frieda auch, sie würde gern etwas von Jenny über ihr Verhältnis zu Kenny erfahren; aber Jenny vertraut ihr nichts an.

Oma Frieda nimmt die letzten roten Tomaten ab und dazu noch die großen grünen, die sie in den Keller bringt, um sie in Papier eingewickelt noch nachreifen zu lassen. »Ach wie froh bin ich doch, daß der Kenny noch kein Auto hat!« seufzt sie. Wie fürchtet sie die Zeit, da Jenny mit einem jungen Mann im Auto wegfahren wird. Es gibt so viele Unfälle, und oft sind es gerade die jungen, unerfahrenen Autofahrer, die ihren Freundinnen zeigen wollen, was sie schon alles können.

Sie betet ganz schnell ein kurzes Gebet für die Zukunft: »Lieber Vater im Himmel, bewahre Jenny davor, einmal durch einen Autounfall verletzt zu werden.«

**

Der Unterricht in Maschineschreiben ist für Jenny der schlimmste Teil des Schultages. Zu Anfang hat es ihr noch Freude gemacht, aber nun kann sie sich anstrengen, wie sie will, die Tippfehler nehmen immer mehr zu. Und die Klassenarbeit im Schönschreiben auf der Schreibmaschine ist eine Katastrophe! Da hilft es ihr absolut nichts, daß die Marie hinter ihr gleichmäßig im Takt alles richtig tippt, als sei sie mit der Schreibmaschine auf die Welt gekommen.

Dafür geht es bei Jenny in allen anderen Fächern flott voran. Wenn sie im Schulbus sitzt, läßt sie den Tag noch einmal an sich vorüberziehen, und ist froh über all die neuen Eindrücke und Erkenntnisse, wenngleich ihr auch manchmal der Kopf brummt, weil so viel Neues durcheinanderwirbelt.

Jenny ist froh, daß sie Herrn Wege im Biologieunterricht hat. Manchmal erzählt er ihnen von den Erfindungen, die in Zukunft zu erwarten sind. Das meiste kann sich Jenny nicht einmal richtig vorstellen. Er sagt, daß bei der Weltausstellung in New York ein Gerät gezeigt wird, mit dem Bilder, die irgendwo anders aufgenommen werden, direkt in die eigene Wohnung übertragen werden. Er meint, daß es noch ein paar Jahre dauert, bis die Industrie diese Apparate preisgünstig genug herstellen kann. Aber er sei sich sicher, daß der Tag kommt, daß in jedem Wohnzimmer solch ein Fernsehgerät stehen wird.

Jenny denkt viel darüber nach, wie das wohl sein wird, wenn jedes Wohnzimmer ein eigenes Kino hat.

Obwohl die Schulbehörde jetzt zwei Buslinien eingerichtet hat, macht ihr Bus doch immer noch nach Schulschluß erst einmal eine kleine Runde, ehe er die Mitfahrer für die entfernten Farmen einlädt. Das gibt Jenny immer Gelegenheit, nach Schulschluß noch etwas in der Stadt Rippensee zu unternehmen.

Sie wünscht sich dann oft, Kenny wäre nicht so sportbegeistert. Die gemeinsame Zeit ist immer gleich zu Ende, wenn ein sportliches Ereignis in die Quere kommt.

Einmal in der Woche gehen sie die Hauptgeschäftsstraße von Rippensee hinunter und leisten sich in Schulzes Eisdiele ein Eis. Einmal lädt er sie ein und ein andermal bezahlt sie für beide.

Am Abend des 4. Oktober steckt Onkel Roy seinen Kopf durch die Tür, um zu sagen, daß das Baby jetzt kommt. Dr. McKinnon sei bereits unterwegs, und Onkel Roy will Großtante Clara abholen, die Tante Helen für einige Wochen helfen wird.

Diese Großtante ist eine Jugendfreundin von Oma Frieda und zugleich auch ihre Schwägerin, denn sie ist mit Oma Friedas Bruder Walter verheiratet.

Als es Zeit ist, zu Bett zu gehen, schleicht Jenny auf Zehenspitzen an Tante Helens Schlafzimmer vorbei in ihr Zimmer. Sie schließt zwar die Tür, würde aber trotzdem gern wissen, was da drüben inzwischen vor sich geht. Deutlich ist Dr. McKinnons Stimme zu hören. Ab und zu meint Jenny auch Tante Helen stöhnen zu hören, so, als ob sie etwas sehr Schweres aufheben muß. Dann schreit plötzlich ein Baby. Was für ein lieblicher Ton! Laut sagt jemand: »Es ist ein Junge!« Dann schläft Jenny ein.

Am nächsten Morgen darf sie einen Blick auf den kleinen Arne werfen. Er hat schwarze Haare, rundliche Wangen und sieht irgendwie sehr rot aus.

Jenny hilft gelegentlich, Tante Helen das Tablett mit dem Essen ans Bett zu bringen. Und sie findet, daß Tante Helen im Wochenbett trotz der dunklen Ringe unter den Augen sehr schön aussieht.

Am achten Tag nach der Geburt erlaubt Großtante Clara, daß sich Tante Helen aufsetzt und die Beine über der Bettkante baumeln läßt. Am zehnten Tag darf sie sich schon einmal hinstellen.

Jenny kann sich wohl an Geburten der anderen Kinder hier im Hause erinnern. Aber so bewußt wie jetzt hat sie es nie wahrgenommen. Es macht ihr schon etwas zu schaffen, daß es offenbar keine leichte Sache ist, solch ein süßes, kleines Menschlein zur Welt zu bringen.

Obwohl Jenny auf einer Farm aufgewachsen ist, hat sie auch

bei den Tieren nie zugesehen, wie ein Kleines geboren wird. Da war Oma Frieda sehr hinterher und schaffte die neugierige Kleine rechtzeitig aus dem Weg.

Etwa eine Woche nach Klein-Arnes Geburt schließt Jenny die Tür zur Nachbarwohnung, rückt ihren Stuhl ganz nahe an Oma Friedas Schaukelstuhl und fragt sie direkt ins Ohr: »Sag mal, Mama, wie ist das eigentlich genau mit dem Kinderkriegen?«

Oma Frieda fährt so erschrocken zusammen, als hätte Jenny soeben bekanntgegeben, daß sie ein Kind kriegt. Dann hustet sie vernehmlich, streicht sich ein paarmal über ihr dunkelblaues Kleid, als ob sich da etwas Widerwärtiges angesammelt hätte, und beginnt zu schimpfen: »Was geht es dich naseweises Ding in deinem Alter an? Das wirst du schnell genug erfahren!«

In dieser Nacht fragt sich Jenny in ihrem Bett, warum sie sich wohl so schuldbeladen vorkommt, wenn sie natürliche Fragen stellt. »Was ist mit dem Kinderkriegen verkehrt? Es ist doch eigentlich etwas ganz Normales. Man müßte eigentlich denken, daß Oma Frieda, die es vierzehnmal selbst erlebt hat, gern davon erzählen würde«, sinniert Jenny bei sich selbst.

Wie sollte sie, Jenny, aber jemals Kinder bekommen können, wenn es solch eine geheimnisvolle, angstmachende Sache ist, daß man nicht darüber reden kann?

Eines Nachmittags, während Helen oben im Schlafzimmer bei ihrem Baby ist und Mary Mittagsschläfchen hält, lädt Frieda ihre alte Freundin Clara zu einer Tasse Tee ein. Sie schließt die Tür, damit ihre Unterhaltung die anderen Hausgenossen nicht stört.

»Oh, das tut gut!« sagt Clara, als sie ein paar kleine Schlückchen vom Tee trinkt. »Ich merke, daß ich allmählich müde werde. Zwei Wochen sind auch lang genug. Meinst du nicht auch? Ich wäre schon froh, wenn ich wieder daheim wäre.«

»Ich weiß wirklich nicht, wie du das schaffst, Clara, den ganzen Tag treppauf, treppab. Ich könnte das nicht mehr«, sagt Frieda dankbar für Claras Hilfe.

»Weißt du, Frieda, du hast es in den letzten vier Jahren wirklich nicht leicht gehabt, und trotzdem viel geleistet. Damals, als du bei Ellens Silberhochzeit den Herzinfarkt hattest, haben wir für dich schon das Schlimmste befürchtet.«

Frieda nickt zustimmend: »Ich auch.« Sie trinkt einen Schluck Tee. »Aber durch diese schlimme Erfahrung habe ich die feste

Gewißheit gewonnen, daß Gott mich leben läßt, solange Jenny mich braucht. Ich hatte früher immer solch eine schreckliche Angst, daß ich sterben könnte, solange Jenny noch ein Schulkind ist.«

Clara lächelt. »Jenny hat sich schon zu einer feinen jungen Dame entwickelt.«

»Ja, sie ist fast erwachsen. Aber ich wünschte mir, sie wäre nicht so zerstreut und vergeßlich. Wenn ihr Kopf nicht angewachsen wäre, würde sie den auch ständig suchen.« Sie zeigt auf einen Stapel Unterwäsche. »Ich könnte wetten, daß ich ihr wenigstens fünfmal gesagt habe, sie soll die Sachen mit nach oben nehmen!«

Clara lächelt wieder. »Ja, Frieda, das kann sogar ich bezeugen. Du weißt sicher nicht, wie laut du sprichst.«

Frieda wird rot: »Oh Schreck! Ich habe nicht gewußt, daß man mich nebenan verstehen kann.«

»Weißt du, Frieda«, sagt Clara ernst, »Jenny ist kein bißchen anders als alle anderen Teenager. Als deine Kinder in dem Alter waren, hast du so viele Menschen um dich herum gehabt und so vieles im Kopf, daß du nicht jedes einzelne so genau beobachten konntest. Jetzt, da du nur Jenny im Auge hast, schaust du auf sie wie ein Raubvogel.«

Frieda denkt über das nach, was Clara sagt, und meint auch, ihr zustimmen zu müssen, daß Jenny vielleicht gar nicht schlimmer ist als andere Mädchen ihres Alters. Aber Frieda hat da noch etwas anderes im Sinn: Sie fühlt einfach für Jenny eine viel größere Verantwortung, als es bei ihren eigenen Kindern der Fall war. Sie meint, sie müsse alles tun, daß Jenny zu einer guten und demütigen Frau heranwächst. Emmi, Jennys Mutter, hat nie soviel geschwatzt und war auch nicht so absonderlich um ihre äußere Erscheinung besorgt.

Jenny und ihre Cousinen Grace und Ruby sprechen gern darüber, wie es sein wird, wenn sie erwachsen sind. Sie sprechen auch gern übers Heiraten, wen sie heiraten wollen und wieviel Kinder sie sich wünschen und wo sie einmal wohnen wollen, natürlich nahe genug, um sich regelmäßig gegenseitig besuchen zu können.

Manchmal fragt sich Jenny aber auch, ob sie wirklich alle in der Nähe bleiben können. Wer weiß?

Wer hätte je gedacht, daß sie Myrtle nicht mehr so oft sehen würden. Nun hat sie eine Stelle in der Stadt Genevasee angenommen, die so weit entfernt ist, daß sie nur sehr selten nach Hause kommen kann.

Jenny freut sich auch deswegen schon riesig auf Weihnachten, weil Myrtle dann kommt. Jenny will ihrer älteren Cousine tausend Fragen stellen. Myrtle ist über Fragen nicht empört, und Myrtle lacht Jenny auch nicht aus, wenn die Fragen zu naiv sind.

Myrtle kann ihr vielleicht auch wieder einmal etwas über Jennys Mutter erzählen. Das hört Jenny immer wieder gern. Myrtle war viereinhalb Jahre alt, als Jennys Mutter starb. Eins weiß sie noch genau, nämlich wie schön Tante Emmi im Sarg aussah in ihrem rosa Kleid, rings umrahmt von kleinen Röschen.

»Du siehst deiner Mutter ähnlich«, hat Myrtle einmal gesagt.

Und Jenny hat geseufzt: »Nur handle ich nicht so wie sie, leider. Jedenfalls Oma Frieda sagt, ich schwatze viel zu viel, um ihr ähnlich zu sein.«

Myrtle hat gelächelt: »Meiner Erinnerung nach hat Tante Emmi gerade so viel gekichert und geschwatzt wie wir!«

»Meinst du wirklich?«

Myrtle hat genickt.

»Oh, wie gerne wäre ich ihr ähnlich! Sie war immer freundlich, liebte jedermann, hatte immer wunderbare, tiefe Gedanken und . . . «

Myrtle unterbrach Jenny und umarmte sie stürmisch: »Ich denke, du bist ganz bestimmt genauso wie sie. Ich weiß es ganz bestimmt!«

Wie oft hat sich Jenny diese Unterhaltung schon ins Gedächtnis zurückgerufen. Sie denkt viel lieber über das nach, was Myrtle sagt als über das, was Oma Frieda immer wieder dazu zu sagen hat.

***

Jenny empfindet, daß die Wintermonate 1940 so aufregend und anregend sind wie »schmutziges Abwaschwasser«! »Ein Tag ist genau wie der andere«, brummt sie vor sich hin. »Im Dunkeln aufstehen, die Stiege hinunterrennen, in der Wohnküche waschen und anziehen, versuchen, ein bißchen Abwechslung in die Kleidung zu bringen, Schulbusfahren über dieselben alten Schotterstraßen usw. Man sieht nichts anderes als immer dieselben schmutzigen Schneehaufen links und rechts der Straße und in der Schule dieselben pickligen Jungengesichter. Wenn ich nur erst alt genug wäre, um einmal ausgehen zu dürfen!«

Kenny, Pearl und Grace sind für Jenny die einzigen Lichtblicke in der grauen Dunkelheit dieser Jahreszeit. Pearl und Grace haben zwar auch nur immer eine Platte drauf. Sie sprechen nur immer über ihre Probleme mit den dauernd wechselnden Freunden.

Wenigstens mit Kenny gibt es für Jenny keine Schwierigkeiten. Wenn er da ist, schmilzt Niedergeschlagenheit und schlechte Laune dahin. Sie meint, angesichts der lachenden, blitzendblauen Augen muß jeder froh werden und sich wohl und geborgen fühlen!

Kaum, daß sie den Kopf zu Hause zur Tür hineinsteckt, hört sie schon Oma Frieda: »Nun geh' schnell und binde dir deine Schürze um!« Wenn Jenny diesen Satz hört, möchte sie am liebsten auf dem Absatz kehrtmachen und wieder hinausrennen, egal wohin, bloß fort, um nicht immer denselben Satz hören zu müssen.

Irgendwie ist dann Jenny sogar froh, daß Oma Frieda so schwerhörig ist, weil sie dann Jennys dauerndes Murren und Brummen nicht hören kann.

Und dann nerven Jenny auch noch Oma Friedas ständige Wettervoraussagen, egal, ob sie zutreffend sind oder nicht.

Wenn Jenny es einfach nicht mehr ertragen kann, rennt sie die Stiege hinauf und flüchtet in ihr Zimmer. Aber da ist es jetzt so kalt, daß sie es nicht lange aushält. Sogar das Wasser, das sie sich abends mit hochnimmt, ist morgens zu Eis gefroren.

Für Oma Frieda hingegen sind gerade die Wintertage entspannend. Sobald Jenny aus dem Haus ist, hat sie eine kurze Gebetszeit, dann erledigt sie ruhig die Hausarbeit. Wenn gekehrt und aufgeräumt ist, kann sie in Ruhe Teppich weben oder Flickendecken nähen. Meist aber ist irgend etwas zu stricken nötig. »Ich kann nicht untätig rumsitzen!« sagt sie oft.

Tatsächlich hört sie zwar das Summen des Teekessels auf dem Herd nicht mehr und auch nicht das Knistern des Holzes, wenn es im Küchenherd verbrennt. Da sie aber diese friedvollen Geräusche von früher in ihrem Gemüt gespeichert hat, sind sie in diesen Wintertagen in ihr ganz gegenwärtig und lebendig.

Oma Frieda hätte in ihrer lautlosen Welt, in die sie durch ihre Schwerhörigkeit eingetaucht ist, unglücklich und bitter werden können, zumal sie immer deutlicher zu erkennen meint, daß zwischen ihren eigenen Kindern und Jenny doch erhebliche Unterschiede sichtbar werden. »Nein, so vergeßlich, selbstsüchtig und liederlich ist nur Jenny!« seufzt Oma Frieda bisweilen.

Aber Oma Frieda genießt einen tiefen inneren Frieden. In ihrem stillen Alleinsein singt sie laut oder auch nur innerlich gerne die Jesus-Lieder, die sie auswendig kann. Durch sie und die Erinnerung an verschiedene Bibelverse wird sie zufrieden und froh. Im stillen sagt sie sich dann und wann: »Wie schön wäre es doch, wenn ich Jenny von diesem Frieden etwas abgeben könnte.«

Manchmal tut ihr aber Jenny auch wirklich leid. Irgendwie kann sie verstehen, daß Jenny sich benachteiligt vorkommt.

In diesem Winter sind ihre beiden Cousinen Grace und Ruby die Bevorzugten. Beide sind zwei Jahre älter und ihre Eltern erlauben ihnen, gelegentlich mit jungen Männern auszugehen, während Jenny jedes Wochenende daheim bei ihrer alten Oma zubringen muß.

Oma Frieda versteht sehr wohl, daß Jenny sich nach junger Gesellschaft sehnt. Manchmal möchte sie das junge Mädchen einfach in die Arme nehmen und trösten; aber sie hat Angst, ihre Autorität zu verspielen, und daher läßt sie es lieber sein. Sie meint, einen Teenager zu führen ist eine ähnliche Sache, wie junge Pferde einspannen, da muß man die Zügel ganz kurz halten.

Am Sonnabend morgen steht Jenny am Nordfenster mit einem Scheuerlappen in der Hand. Sie starrt auf den schäbig gewordenen Schnee. Nachdem er etwas getaut war, ist er erneut gefroren. Nun sieht er so grau aus wie der Himmel heute und die kahlen Buchsbaumzweige direkt vor dem Fenster.

Für dieses Wochenende gibt es keine Aussicht auf irgendein Vergnügen. Jenny sieht im Geiste wie Ruby, Grace, Pearl, jedes Mädchen, das sie kennt, sich ihr bestes Kleid anzieht und mit jemand ausgeht oder eine Party feiert. Ja, nur ein Gesellschaftsspiel zu Hause bei irgend jemand wäre schon schön.

Da fühlt sie Oma Friedas Hand auf ihrer Schulter und hört sie sagen: »Liebchen, sei nicht traurig. Der Frühling kommt bestimmt. Da gibt es dann viele Dinge, die dir Freude machen.«

»Liebchen« hat sie gesagt. Jenny hält die Luft an. Oma Frieda versteht sie. Für Jenny war es, als ob Sonnenschein durch die Wolken bricht. Sie möchte sich mit ihrer Oma-Frieda-Mama zusammen hinsetzen und ihr einmal das ganze bekümmerte Herz ausschütten.

Aber als Jenny sich umwendet, sieht sie, wie Oma Frieda den Scheuerlappen auswindet und Jenny anzeigt, wohin sie den Stuhl schieben soll, damit da geputzt werden kann. Da ist keine Spur von Liebe und Verständnis mehr in Oma Friedas Gesicht.

Jenny ärgert sich, und mit einem ärgerlichen Ruck schiebt sie den Stuhl auf den gewünschten Platz. Oh, diese Mama! Nur Putzen hat sie im Sinn! Wie es im Innern eines Menschen aussieht, ist ihr ganz egal!

In der dritten Februarwoche kommt Jenny vom Schulbus ins Haus gerannt. Ihre Wangen glühen vor Erregung. Sorgfältig schließt sie die Tür zur Wohnung nebenan. Dann fordert sie Oma Frieda auf, sich hinzusetzen und rückt auch für sich selbst einen Stuhl ganz nahe zu ihr.

Dann schreibt sie auf einen Zettel: »Kenny hat mich zum Schulfest eingeladen. Es ist ein Prom! Darf ich gehen, bitte?«

»Prom?« fragt Oma Frieda so laut wie gewöhnlich. Jenny legt den Finger auf den Mund. Sie weiß genau, was Tante Helen von Tanzveranstaltungen hält.

»Was ist ein Prom?« Oma Frieda dämpft ihre Stimme; aber sie spricht immer noch laut genug, daß es nebenan zu verstehen ist.

Jenny schreibt schnell: »Es ist ein richtiges Schulfest. Die Mädchen tragen lange Gesellschaftskleider und die Jungen dunkle Anzüge, und – es wird getanzt.«

Oma Friedas Lippen bewegen sich beim Lesen. Dann flüstert sie: »Und das findet in der Schule statt?«

Jenny nickt.

»Und wie kommst du dorthin?«

Jenny schreibt: »Grace fährt mit Spike, Kennys Freund. Und wir dürfen mitfahren.«

Oma Frieda zieht die Stirn kraus. »Wann ist das?«

»Am 26. April.«

Oma Frieda winkt ab: »Bis dahin ist noch viel Zeit! Laß uns abwarten und sehen.«

Jenny schreibt wieder: »Aber ich muß doch ein Kleid dafür haben, kaufen oder nähen?«

»Das hat keine Eile. Nun geh' und binde dir deine Schürze um!«

Oma Frieda steht auf und legt Holz im Herd nach.

Jenny steckt die Notizen ins Feuer. Sie denkt: Oma Frieda wird diese Woche sicher zu Tante Ellen gehen, um es mit ihr durchzusprechen. So macht sie es doch immer, wenn etwas zu entscheiden ist. Und Jenny lächelt; denn Tante Ellen wird Oma Frieda schon überzeugen, daß Schulfest und »Prom« etwas Rechtes ist.

Als Jenny am folgenden Mittwoch aus der Schule heimkommt, flüstert Oma Frieda ihr zu: »Ich sprach heute mit Tante Ellen. Sie sagt, daß Myrtle zweimal zu solch einem Prom gewesen ist und daß es wirklich schön gewesen sei. Allerdings sind einige Teilnehmer hinterher noch woanders hin zum Trinken gefahren.« Sie droht Jenny mit dem Finger. »Du solltest vorher feststellen, was die jungen Männer vorhaben. Wenn sie hinterher noch in solch eine Kneipe fahren wollen, bleibst du besser gleich hier.«

»Das werden sie niemals tun!« sagt Jenny direkt in Oma Friedas Ohr.

»Gut. Dann denken wir wohl besser über dein Kleid nach.«

Am Sonntag sind Oma Frieda und Jenny zu Onkel Carl und Tante Olga zum Essen eingeladen. Jenny hilft Tante Olga im großen Eßzimmer den Tisch decken. Inzwischen kochen die Kartoffeln hörbar auf dem Herd und der Braten verbreitet seinen Wohlgeruch im ganzen Haus.

Oma Frieda singt ihren Enkeln, der fünfjährigen Glady und dem vierjährigen Marvin, deutsche Kinderlieder vor. Der siebenjährige Albert kommt sich dafür schon zu groß vor; aber er muß wenigstens zuschauen.

Jenny mag das kleine Blockhaus und die lieben Leute, die darin wohnen. Wenn sie hier ist, geht ihr stets Herz und Gemüt auf. Sie findet es auch einfach wohltuend, sich mit Tante Olga zu unterhalten, ohne schreien zu müssen.

Heute gibt's nur ein Thema: »Prom!«

»Oma Frieda möchte das Kleid selber nähen; aber sie hat noch nie ein langes Abendkleid genäht. Was meinst du, welche Farbe dafür passend ist?« fragt Jenny Tante Olga.

Nach dem Essen und Geschirrabwaschen blättern Tante Olga und Jenny in einem Modekatalog, und Tante Olga stellt fest: »Jetzt scheint Musselin der Stoff zu sein, der am meisten bevorzugt wird. Wie wäre es mit einer Kombination aus Musselin und Taft, beides in Rosa?«

Oma Frieda sitzt ganz in der Nähe, anscheinend tief in Gedanken versunken.

Olga lehnt sich zu ihr hin und ruft ihr ins Ohr: »Wäre es dir recht, wenn ich Jenny beim Nähen des Abendkleides behilflich bin?«

»Oh ja, aber ganz gewiß. Ich würde mich sehr freuen!« antwortet Oma Frieda mit einem tiefen Seufzer der Erleichterung.

Drei Wochen später wandert Jenny mit einer Tasche, in der sich der Stoff und ein Schnittmuster befinden, zum kleinen Blockhaus von Tante Olga.

Sie räumen zusammen den großen Tisch ab, um Schnittmuster und Stoff auszulegen. Während der Arbeit sprechen sie nebenher über all die verschiedenen Anliegen, die Jenny schon lange im Herzen hin- und herbewegt.

Sie hätte viel lieber mit Oma Frieda, ihrer »Mama«, über das alles gesprochen, wenn sie nicht so schwerhörig wäre. Aber vielleicht ginge das sowieso nicht, weil Oma Frieda überhaupt kein Interesse an alledem hat.

Ohne schulmeisterlich zu sein, spricht Tante Olga ganz locker mit Jenny über die Gefahren des Alkohols und wie man vernünftig mit einem Freund umgeht. »Was dir heute als der absolute Höhepunkt erscheint, ist vielleicht morgen schon kalter Kaffee!« sagt Tante Olga. Dann lacht sie, droht mit dem Finger und sagt: »Paß auf, Jenny, sei sparsam mit Küssen!«

Als es Zeit ist, wieder nach Hause zu gehen, haben sie viel miteinander geschafft.

Auf dem Heimweg denkt Jenny über ihre Gespräche mit Tante Olga nach. Sie gibt ihr in ihren Gedanken in vielem recht und findet manches bestätigt, was sie schon selbst beobachtet hat. Hier und da hat sie unter den Mädchen in der Schule mancherlei Andeutungen gehört, so daß ihr dabei stets ganz übel geworden ist. Tante Olga meinte, daß das weiße Kleid einer Braut ein Symbol ihrer Reinheit sei. Das gefällt Jenny gut. Und Jenny nimmt sich in ihrem Herzen vor: Wenn ich einmal im weißen Kleid den Mittelgang in der Kirche hinuntergehe, dann will ich auch ein wahres Recht darauf haben.

Schon einige Wochen vor dem Schulfest ist das Abendkleid fertig im Schrank.

Jenny hat einige Male mit Kenny in der Pause oder nach

Schulschluß bei seiner Mutter hineingeschaut. Sie scheint im Blick auf das Schulfest genauso aufgeregt zu sein wie die Kinder.

Aber es gibt etwas, an das weder Kennys Mutter noch sonst jemand denkt: das Wetter! Wenn im Frühling der Frost aufbricht, bilden sich auf den unbefestigten Kiesstraßen tiefe Schlaglöcher, die sich mit Schmelzwasser und Schlamm füllen. Sie sind schlecht zu erkennen, und oft ist es schwierig, sie zu umfahren. Manchmal muß man sie mit Brettern abdecken, um nicht zu versinken und steckenzubleiben.

In dieser Zeit läßt jeder sein Auto zu Hause, wenn er nicht unbedingt fahren muß. Milchauto, Postauto und die Lieferanten von Lebensmitteln lassen ihre Autos oft an sicheren Plätzen stehen und beliefern ihre Kunden von dort aus zu Fuß.

Es sieht nun so aus, als ob es in der Woche, in der das Schulfest stattfindet, auf den Straßen am schlimmsten sein wird.

Der Schulbusfahrer kündigt an, daß er nicht mehr die große Runde fahren kann. Die jungen Männer werden am Freitag wohl kaum in der Lage sein, die Mädchen abzuholen und zum Schulfest zu fahren.

»Deswegen geht die Welt nicht unter!« erklärt Oma Frieda gelassen. »Du kannst dein Kleid auch noch nächstes Jahr tragen.«

»Nächstes Jahr!« Jenny kann ihre Enttäuschung nicht verkneifen. Hinter Oma Friedas Rücken zieht sie eine Grimasse.

Am Donnerstag fährt Onkel Roy Jenny bis zu dem Platz, den der Schulbus gerade noch erreicht, ohne in Gefahr zu kommen, ganz steckenzubleiben.

Kenny strahlt über das ganze Gesicht. »Meine Mutter sagt, ihr beide, du und Grace, könnt eure Kleider morgen mit zur Schule bringen. Ihr könnt euch dann bei uns umziehen. Ihr könnt dann auch bei uns übernachten. Am Sonnabend, nachdem ich die Zeitungen ausgefahren habe, bringe ich euch nach Hause. Alles, was du zu tun hast, ist, jemand zu finden, der dich bis zum Schulbus bringt, wie du es heute morgen gemacht hast.«

Als Jenny diesen Vorschlag Oma Frieda unterbreitet, schüttelt sie energisch den Kopf. »Weißt du, ich kenne ja Kennys Mutter nicht einmal!«

»Was würde das denn ändern?« antwortet Jenny unwirsch.

Oma Frieda schaut sich Jennys gespanntes Gesicht ein Weilchen an. Dann sagt sie schließlich: »Gut, Jenny, ruf Grace an, ob einer der Jungen morgen fahren wird.«

Die Turnhalle ist nicht mehr zu erkennen. Sie ist im Hawaii-Stil dekoriert, und die Lampen verbreiten nur ein sanftes Licht.

Jenny weiß immer noch nicht, wie man richtig tanzt. Aber heute ist sie nicht so nervös wie damals auf Carls Hochzeit. Es macht Spaß, all die verschiedenen Festkleider zu sehen. Jenny genießt auch die Nähe Kennys und atmet tief den Duft der Nelken ein, die er ihr mitgebracht und an ihrem Kleid befestigt hat.

Als die Musik schweigt und der Tanz zu Ende ist, hält Kenny sie noch immer fest: »Du siehst wunderschön aus!«

Jenny durchzuckt es wie elektrisiert. Vielleicht küßt er mich heute wieder.

Nach dem Ende des offiziellen Schulfestes treffen Jenny und Kenny auf Grace und Spike. Kenny bemerkt ganz beiläufig zu den beiden: »Ich habe meiner Mutter gesagt, daß wir nicht vor Tagesanbruch nach Hause kommen.«

Jennys Augen werden groß und rund. Dann fragt sie erstaunt: »Tagesanbruch?«

»Klar!« antwortet Grace. »Es ist doch Prom-Nacht! Da ist immer etwas Besonderes auf dem Programm.«

Kenny zwinkert mit den Augen: »Was würdet ihr davon halten, wenn wir hinauf zum Rippenberg fahren und dort den Sonnenaufgang erwarten?«

Jenny schnappt nach Luft: »Das sind wenigstens 100 Kilometer!«

Spike meint: »Kleinigkeit für uns! Laßt uns fahren.«

Auf der Straße bis zu dem Ort Wausau ist Jenny an Kennys Schulter ein bißchen eingenickt. In Wausau finden sie ein kleines Restaurant mit einem 24-Stunden-Service. Dort frühstücken sie und fahren dann weiter bis zum Naturschutzgebiet auf dem Rippenberg.

Ein anderes Auto mit jungen Leuten, die auch auf dem Schulfest waren, ist schon da. Sie haben einen alten Schubkarren gefunden und fahren sich zur Belustigung aller gegenseitig spazieren, auch die Mädchen in ihren Abendkleidern werden aufgeladen.

»Da setze ich mich bestimmt nicht rein!« erklärt Jenny ihrem Freund Kenny leise.

»Du mußt ja auch nicht!« versichert er ihr.

Plötzlich werden sie von zwei Scheinwerfern angestrahlt. Polizei! Sie stehen alle im hellsten Licht. Ein Polizist kommt auf sie zu.

Ein junger Mann von dem anderen Auto erklärt dem Polizisten, daß sie alle vom Schulfest in Rippensee hierher gefahren sind, um die Sonne aufgehen zu sehen.

»Dagegen ist nichts einzuwenden. Ihr dürft feiern, solange ihr wollt; aber bitte keinen Alkoholkonsum! Und wer am Steuer sitzt, trinkt besser eine Tasse Kaffee, ehe er loslegt. Ihr wißt doch, fahren und schlafen geht schlecht zu gleicher Zeit!«

»Ich habe noch nie gewußt, daß Polizisten so nett und humorvoll sein können«, flüstert Jenny Kenny zu.

Während Jenny auf der Heimfahrt allmählich in einen wonnigen Nebelschleier an Kennys Seite abzugleiten scheint, entdeckt sie plötzlich, daß seine Augen heute anders schauen als sonst. In Kennys Augen blitzt gewöhnlich der Schalk. Er lacht immer mit den Augen, weil er etwas Lustiges plant oder sieht. Jetzt aber blickt er tiefernst. Dabei haben seine Augen einen seltsam zärtlichen Ausdruck; er blickt Jenny fast wie anbetend an.

Kenny holt tief Luft und flüstert dann ganz leise: »Ich liebe dich, Jenny.«

Jenny droht fast das Herz zu zerspringen, als sie flüstert: »Kenny, auch ich liebe dich.«

Als sich beide loslassen und nach Luft schnappen, erinnert Jenny sich an Tante Olgas Ratschlag, mit dem Küssen sparsam zu sein, und Jenny lacht in sich hinein: Tante Olga hat es bestimmt nicht ernst gemeint.

Als sie wieder in Rippensee ankommen, gehen die Frühaufsteher zur Arbeit.

Kennys Mutter sitzt am Küchentisch und liest die Zeitung. Sie möchte schnell ein Frühstück machen; aber Jenny und Grace haben nur einen Wunsch, sie möchten jetzt schlafen gehen, während Kenny sich schnell umziehen und auf seine Zeitungstour machen muß.

Eingekuschelt in das weiche Bett träumt Jenny weiter von ihrem neuen, wunderbaren Erleben. Bis jetzt hatte sie keine Ahnung davon, wie schön das Leben ist, wenn man von jemand weiß, der einen herzlich liebhat.

Es macht Spaß, wenn die Jungen einem nachschauen, wenn man

Beachtung findet und umschwärmt wird, aber es ist doch alles nichts im Vergleich mit dem Gefühl, das jetzt in ihr lebt und sie voll ausfüllt.

Als Jenny daheim ankommt, berichtet sie gleich Oma Frieda und Tante Helen von dem nächtlichen Ausflug auf den Rippenberg. Sie berichtet begeistert, wieviel Freude sie hatten, wie nett der Polizist zu ihnen war, so daß es rundherum ein unvergeßlicher Tag bleibt.

Jenny ist auf die schockierende Reaktion ihrer beiden Gesprächspartnerinnen nicht vorbereitet. Sie sind empört. Besonders Tante Helen findet es einfach unverzeihlich, daß Jenny an solch einem nächtlichen Abenteuer teilnimmt.

Als Jenny die Stiege hochsteigt, um zu Bett zu gehen, fühlt sie sich wie ein Ballon, den man angestochen hat: Alle Luft ist raus!

»Aber wir haben doch nichts Verkehrtes oder Verbotenes getan!« beteuert sie am nächsten Tag, als sie mit Oma Frieda allein in der Wohnküche ist. Wegen der zärtlichen Küsse fühlt sich Jenny kein bißchen schuldig. »Ich kann einfach nicht verstehen, was ich falsch gemacht haben soll . . .«, ruft sie aus und beginnt zu weinen.

Oma Frieda streichelt ihre Hand. »Nicht doch, Liebchen. Du sollst deswegen nicht weinen. Denk daran, daß es manchmal Leute gibt, die wollen, daß du dich für etwas schuldig fühlst, das so aussieht, als ob es etwas Schlechtes ist. Wenn du dir sicher bist, daß du nichts Schlechtes getan hast«, sie macht mit ihrer Hand eine wegwerfende Bewegung, »so vergiß es!« Oma Frieda lächelt Jenny fast spitzbübisch zu: »Ich bin so froh, daß ich nicht immer weiß, was ihr Kinder vorhabt, sonst hätte ich es schließlich noch verbieten müssen.«

* * *

Im Frühling zieht es Oma Frieda nach draußen. Sie macht eine kleine Runde um Haus herum und sammelt dabei Zweige in ihre Schürze. Wieder im Haus, füttert sie den Küchenherd mit ihrer Sammlung.

Der Frühling im Norden von Wisconsin spielt gern Verstecken. Eines Tages im April wärmt er die feuchte Erde mit warmem Sonnenschein so an, daß die Erde dampft. Am nächsten Tag bläst er mit solch eisigem Wind, daß man meint, man könnte zusehen, wie sich die zarten Sprossen wieder ängstlich in die Erde zurückziehen.

Oma Frieda geht heute noch einmal hinaus. Sie lächelt der warmen Sonne entgegen. Dann suchen ihre Augen auf der Südseite des Holzschuppens nach den ersten Löwenzahnblüten. Ja, da leuchtet es gelb. Die zarten Löwenzahn-Blätter im Frühjahr benutzt sie gern zum Salat. Das ist das erste Frische, das man ernten kann.

Ihre Augen wandern weiter zum Fluß hinunter zu den riesengroßen Ulmen, die dort ihre Kronen wie Schirme ausbreiten. Es sieht schon fast so aus, als ob sie ein ganz klein bißchen grün schimmern. Und dort unten im Sumpf die Weiden leuchten schon gelblich. Die Veilchen werden wohl noch nicht blühen, aber wenn ich zum Westfeld gehe, finde ich vielleicht bei den großen Steinhaufen schon die ersten Primeln.

Es kommt Oma Frieda so vor, als sei es gar nicht so lange her, als sie diese erste Frühlingsrunde mit Jenny zusammen drehte, um die ersten Blümlein zu finden. Die Kleine hielt sich an ihrem Rock fest oder sie sprang ein Stück voraus, »Lümelein« zu finden.

Als Jenny noch ein kleines Kind war, hatte sie an jedem kleinen Ding eine besondere Freude, heute zählt nur noch, was neu und modern ist. Oma Frieda seufzt: Die arme Jenny, sie verpaßt so viel Schönes in ihrem Leben, wenn sie die kleinen Dinge rings um sie herum nicht mehr wahrnimmt.

***

Meistens mochte Jenny die lange Fahrt mit dem Schulbus überhaupt nicht. Aber jetzt ist es Frühling! Da suchen ihre Augen das zarte Grün in Bäumen und Büschen. Sie saugt es richtig in sich hinein. Und sie entdeckt auch schon die ersten klitzekleinen Frühlingsblumen.

Wenn Jenny morgens auf den Schulbus wartet, ist es schon hell, und oft scheint dazu noch die Sonne.

Am heutigen Maimorgen bemüht sich Jenny, daß sich die Bilder, die die Sonnenstrahlen durch die noch wenig belaubten Bäume hindurch auf den Waldboden malen, tief in ihrem Innern einprägen. Wenn das Laub der Bäume erst richtig dicht ist, kommen nur noch einzelne Strahlen durch das Blätterdach und treffen dann nur noch winzigkleine Flächen. Alles andere bleibt den Sommer über im Dunkeln. Es ist fast so, als nähmen die Bäume im Frühling Rücksicht auf die Blumen und Pflanzen unten auf dem Waldboden, damit die Sonne sie wecken kann.

Jetzt wachsen sie so schnell, daß man jeden Tag von neuen Farbtupfern überrascht wird. Gestern noch sah Jenny die ersten einsamen Maiglöckchen, kleine weiße Punkte im dunklen Wald, heute ist der ganze Waldboden weiß wie ein einziger Teppich.

Jenny stellt sich vor, sie sei eine Fotografin und würde den Frühling für Postkarten knipsen. Jetzt hat sie ihre eingebildete Kamera gerade auf die geschwungene Linie des Birkenweges gerichtet, im Hintergrund den in der Sonne blitzenden Geistersee.

Wenn Jenny bei der allmorgendlichen Busfahrt ihr Gemüt mit lauter solchen wunderschönen Landschaftsbildern füllt, kann sie den ganzen Tag davon zehren. Sie kommen zurück, wenn sie sie innerlich aufruft und schenken ihr immer etwas von dem Frieden und dem Glück, das sie hatte, als sie sie wirklich sah.

Ja, Jenny entschließt sich bewußt, für die »ermüdende und langweilige« Busfahrt dankbar zu sein. Es ist ein echtes Glück, daß Stadtkinder nicht haben. Sie sehen weder den Herbststurm, der die bunten Blätter tanzen läßt, noch einen Rauhreifmorgen mit tausend Kristallen auf jedem kleinen Zweiglein, blitzend in der Wintersonne, ganz zu schweigen von dem Frühlingserwachen, das Jenny jetzt bewußt erlebt.

***

Oma Frieda pflückt ein kleines Sträußchen bunter Primeln, um es im Zahnstocherhalter auf dem Tisch zu plazieren.

Als sie langsam zum Haus zurückschlendert, sind ihre Gedanken – wie gewöhnlich – bei Jenny. Noch zwei Jahre, dann hat sie die Oberschule absolviert. Was kommt dann?

Wo sind die Jahre geblieben? Tränen verschleiern ihren Blick. Und so ist es auch im Blick auf die Zukunft.

Jenny hat noch keine Vorstellung, was sie nach dem Schulabgang machen oder werden will. Sicher ist nur, daß sie wahrscheinlich nicht zu Hause hocken wird, um abzuwarten, was da kommt.

Warum sollte sie auch? Hier gibt es tatsächlich keine Aufgabe für sie.

Oma Frieda versucht sich vorzustellen, wie das Leben ohne Jenny sein könnte. Oh ja, es waren harte Jahre mit ihr. Kein Zweifel, es war kein leichter Weg. Aber es ist auch eine herrliche, köstliche Belohnung, wenn man mit dabei ist, wie sich solch ein junges Leben entfaltet.

»Vater im Himmel, ich kann es einfach nicht verkraften, wenn ich daran denke, daß Jenny mich eines Tages verläßt. Bitte, hilf mir doch, daß ich mich an diesen Gedanken gewöhne, daß ich lerne, sie allmählich loszulassen. Hilf mir auch, daß ich meine Aufmerksamkeit anderen Dingen zuwende, die die Lücke in meinem Leben schließen, wenn sie gegangen ist. – Amen.«

Schlittenparty am Steinsee

Nach Schulschluß – in der letzten Juniwoche – fühlt sich Jenny so müde, daß sie am liebsten runde 24 Stunden schlafen möchte.

Seit einigen Jahren ist es Jennys Aufgabe, regelmäßig den Rasen zu mähen. Das geht ihr normalerweise ganz flott von der Hand; aber jetzt muß sie sich auf einmal dauernd zwischendurch ausruhen.

»Was ist bloß mit dir los, Jenny, mein Mädchen?« fragt Oma Frieda besorgt, als sie sieht, mit welcher Mühe Jenny einen Wassereimer hereinträgt.

Total außer Atem läßt sich Jenny in den Schaukelstuhl fallen. »Ich bin so müde. Mir geht es einfach schlecht.«

Oma Frieda legt die Hand auf Jennys Stirn: »Du hast aber kein Fieber!«

»Ich bin auch nicht krank«, erklärt Jenny ungeduldig, »ich bin nur so abscheulich müde!«

Einige Tage später ist sie bei Dr. McKinnon in der Sprechstunde. Er klopft ihren Rücken ab, schaut ihr in die Augen, in die Ohren in die Nase und in den Hals. Dann sagt er zu Oma Frieda: »Oh ja, hier ist das Übel. Sie hat sehr schlechte Mandeln, das scheint sie zu vergiften. Die müssen raus!«

Er schlägt dann vor, daß sie die Operation am besten stationär im Krankenhaus machen lassen. Er wendet sich an Jenny: »Wenn die Mandeln draußen sind, fühlst du dich wie neugeboren!«

Das ist auch Jennys einzige Hoffnung, während sie in dem sterilen Krankenhausbett liegt und die kahlen Wände anstarrt. Sie hat nur einen Wunsch, wenn es nur schon vorüber wäre. Der Geruch der Desinfektionsmittel im Krankenhaus verursacht ihr ständige Übelkeit.

Die Krankenschwestern und der Arzt sind nett, aber für Jennys ungeduldige Zappligkeit haben sie auch keine Medizin.

Als man sie dann auf die fahrbare Bahre legt und in den Operationssaal rollt, überfällt sie plötzlich eine furchtbare Angst. Sie riecht noch den Äthergeruch der Narkosemaske, und dann wacht sie erst wieder in ihrem Bett auf.

Jenny weint, sie hat so maßlos Heimweh und Sehnsucht nach ihrer Oma-Frieda-Mama, aber auch nach dem lustigen Kenny.

Nach einer für sie qualvollen Nacht im Krankenhaus kommen am nächsten Tag Tante Esther und Oma Frieda sie abholen. Bei Tante Esther gibt es eine stärkende Hühnersuppe mit Nudeln, aber in Jennys Hals brennt sie wie Feuer, daß ihr wieder die Tränen kommen.

Ihr Cousin Jean geht ihr ein Speiseeis holen und schleppt ihr alle Illustrierten herbei, die er auftreiben kann. Er möchte Jenny trösten und etwas ablenken. Aber alles scheint ihr nicht recht zu helfen, nicht einmal die liebevoll erzählten Witze von Onkel Hans.

Jenny ist froh, als sie endlich wieder daheim ist, obwohl sie sich auch da nicht wohl fühlt. Der einzige Lichtblick ist, daß Kenny versprochen hat, sie am Sonntag zu besuchen, obwohl sie es gar nicht mag, daß er sie in solch einem Zustand sieht.

Kenny kommt diesmal mit dem Auto seines Vaters. Er ist froh, daß er nun endlich einen Führerschein hat.

Sein kurzer Besuch hilft Jenny mehr als alle Medikamente. Zum Abschied beugt er sich hinunter zu ihr. Sie liegt auf einer Liege in der Wohnküche. Kenny küßt Jenny ganz zart und flüstert leise: »Ich hab dich lieb, Jenny.«

Nachdem er schon lange weg ist, hört sie immer diese Worte ganz deutlich und flüstert in die dunkle Nacht hinein: »Oh, Kenny, auch ich hab dich so lieb.«

Jenny denkt, daß sie sich jetzt auch ein klein wenig vorstellen kann, wie es ihrer Cousine Myrtle geht. Sie hat in der Stadt Genevasee einen jungen Mann namens Harry kennengelernt, und Myrtles Schwester Grace hat Jenny verraten, daß die beiden jungen Leute es miteinander ernst meinen.

In den nächsten Tagen träumt Jenny auf der Liege von Myrtles Hochzeit. Sie schaut zum Fenster hin, sieht die Blätter, die sich leicht im Wind bewegen und manchmal einen Durchblick zum blauen Himmel freigeben.

Dann träumt Jenny weiter auch von ihrer eigenen Hochzeit. Noch zwei Jahre Oberschule, und dann hoffe ich zu heiraten, einen eigenen Hausstand zu gründen, und dann bekomme ich eigene Babys!

Sobald Myrtles Hochzeit angezeigt wird, beginnt Jenny, sich ein neues Kleid zu schneidern. Myrtles Hochzeit bewegt sie sehr, sie freut sich für Myrtle; aber sie ist auch bißchen traurig: Die Nächte miteinander mit viel Gekicher und Erzählen sind nun für immer vorbei.

Jenny hat sich nach ihrer Operation wieder gut erholt, und die Schule fängt wieder an. Allerdings in den Knien ist sie noch ein bißchen weich, besonders beim Treppensteigen. Sie versucht es zu kaschieren, damit Kenny es nicht merkt.

Am 15. September ist Myrtles Hochzeit. Jenny hält den Atem an, als sie die Cousine, Freundin und Braut den Mittelgang in der Kirche hinuntergehen sieht. Sie sieht einmalig schön aus, im weißen Kleid, mit einem weißen Gladiolenstrauß und ihren rosigen Wangen.

Was mag Myrtle jetzt denken und fühlen? Wie ist einem wohl zumute, wenn man so den Mittelgang der Kirche hinuntergeht, um sich für den Rest des Lebens mit einem Mann zu vereinigen?

Nach der Trauung in der kleinen, weißen Kirche fahren die Hochzeitsgäste zur Farm von Onkel Henry und Tante Ellen.

Jenny kann sich nicht recht freuen, sie hat so ein komisches Angstgefühl, als ob sie eine Gefahr wittere. Sie läßt die ganze Zeit über Oma Frieda nicht aus den Augen. Deutlich steht ihr jener Tag der Silberhochzeit von Tante Ellen und Onkel Henry noch heute vor Augen, als Oma Frieda den plötzlichen bösen Herzinfarkt erlitt. Heute ist es dasselbe Haus, dieselbe Jahreszeit, die ersten bunten Herbstblätter an den Bäumen, fast dieselben Leute als Gäste.

Jenny weiß natürlich, daß es dumm von ihr ist, deswegen Angst zu haben, daß es diesmal wieder passieren könnte. Das sagt sich Jenny selber, aber das ändert nichts an dem unheimlichen Gefühl.

Später gehen Grace und einige andere Mädchen nach oben ins Haus. Sie nähen Myrtles Nachthemd zu und knoten verschiedene Wäschestücke zusammen. Alle lachen in der Vorstellung, was Myrtle für ein Gesicht macht, wenn sie versucht, die Knoten wieder zu lösen.

Es scheint Jenny so, als ob die ganze Umgebung komplett zum Hochzeitstanz in der Kellyhalle erschienen ist, einschließlich Kenny natürlich. Es ist wieder sehr schön, sich mit ihm Wange an Wange in dem Gewühl hin und her zu bewegen.

Sie bitten dann Ray, Kennys Bruder, sie nach Hause zu fahren.

Jenny und Kenny sitzen auf den Rücksitzen, und niemand denkt daran, ihre Küsse zu zählen.

Wie ausgemacht, stößt Jenny an Oma Friedas Bett, wenn sie nach Hause kommt und Oma Frieda schon schläft.

»War es schön?« fragt Oma Frieda.

Jenny nickt heftig.

»Brachten dich Tante Ellens Jungen nach Hause?«

Jenny schüttelt heftig den Kopf.

»Wer brachte dich denn heim?«

»Kennys Bruder Ray.«

»Oh, das war nett von ihm.«

Oma Frieda liegt noch lange wach, als Jenny schon lange nach oben in ihr Zimmer gegangen ist. Bald wird Kenny kommen, um sie ihr wegzunehmen, und dann wird sie ganz allein sein.

Es dauert eine ziemlich lange Zeit, ehe sie beten kann: »Himmlischer Vater, ich übergebe Jenny in deine sorgenden Hände. Ich kann nicht überall dabei sein, wo sie hingeht und nicht alles sehen, was sie tut; aber du kannst es. Ich danke dir dafür. Amen.«

Aber auch Jenny ist oben in ihrem Stübchen noch lange wach. Noch immer sieht sie die schöne Braut Myrtle vor sich. Ja, eine Hochzeit im Herbst ist etwas sehr Schönes; aber ich wünsche mir für mich einmal eine Hochzeit im Frühling mit vielen frischen Farben.

Jenny berichtet Pearl am Montag in der Schule von Myrtles Hochzeit und erzählt ihr auch ihre Wunschbilder von ihrer eigenen Hochzeit.

Pearl fragt: »Denkst du, daß du einmal Kenny heiraten wirst?«

Jenny merkt, daß sie rot wird. »Wer weiß? Ich möchte schon!«

Im November gibt Kenny bekannt, daß er wieder Onkel geworden ist. Seine Schwester Viktoria in Chikago hat einen kleinen Arthur bekommen.

»Oh, in diesem Jahr hat es wirklich viele neue Babys gegeben!« stellt Jenny ganz erstaunt fest.

Onkel Hank und Tante Berta sind in die Stadt Rippensee umgezogen, damit Hank nicht solch einen weiten Anfahrtsweg zur Arbeit hat. Für Jenny ist es eine günstige Veränderung. Sie kann bei ihnen übernachten, wenn es Abendveranstaltungen in der Schule gibt, wie Konzerte der Musikkapelle oder Korbballwettkämpfe und dergleichen mehr.

Eines Abends, als Kenny sie auf dem Weg zu Onkel Hanks Haus begleitet, bleiben sie kurz für ein Gutenachtküßchen stehen. Als Jenny die Augen öffnet und aufschaut, sieht sie direkt hinter Kenny das Gesicht des stadtbekannten Polizisten Charly Dodge. Er grinst freundlich und sagt dann zu Kenny: »Paß auf, daß du morgen früh mit deinen Zeitungen nicht zu spät kommst!«

In der ersten Woche der Weihnachtsferien ruft Grace an und lädt Jenny zu einer Schlittenparty am Steinsee ein. Die großen Jungen haben eine tolle Rodelbahn vom Berg bis zum See angelegt.

Jenny berichtet Oma Frieda davon. Sie zieht die Stirn kraus: »Bei dem Wetter! Es sind 40 Grad unter Null!«

»Aber, Mama, Grace darf gehen!«

»Du darfst nicht! Geh', ruf sie an, und sag ihr das! Verstanden?«

Jenny gehorcht auf der Stelle; aber sie sagt: »Grace, Mama sagt, ich darf nicht mitgehen; aber horch gut zu: Du weißt doch, sie gibt nach einem Weilchen immer nach. Ich ruf dich sicher noch einmal an.«

Jenny bettelt nicht, sondern geht ihrer Arbeit nach. Ab und zu hält sie inne und wischt sich die Tränen aus den Augen.

»Diese Kinder sind ja rein verrückt, in einer solchen Nacht Schlitten fahren zu wollen!« brummelt Oma Frieda vor sich hin.

»Es ist aber windstill!« stellt Jenny fest, und das stimmt tatsächlich.

»Es ist aber trotzdem kalt! Du wirst dir die Füße erfrieren! Du hast keine gefütterten Schuhe, nur die Gummiüberschuhe.«

»Ich kann mir einige Paar Socken anziehen!«

Oma Frieda beißt sich auf die Unterlippe. Wenn es nur nicht so furchtbar kalt wäre.

Jenny geht dicht an Oma Friedas Ohr und ruft hinein: »Da ist eine Hütte direkt am See. Da gibt es Puffmais und dergleichen. Wenn ich friere, kann ich immer dort hineingehen und mich aufwärmen.«

Oma Frieda seufzt und verdreht die Augen: »Es ist gegen meine bessere Einsicht; aber wenn du dich warm anziehst und . . .«

Jenny hört den Rest nicht mehr, sie ist schon auf dem Weg zum Telefon.

»Grace? Ich sagte dir ja, sie wird noch nachgeben!«

Es ist wirklich zu kalt! Trotz der drei Paar wollenen Socken sind Jennys Füße schon taub, als sie auf dem Rodelberg ankommt. Weil ihre Füße durch die Socken in den Schuhen so beengt sind, kann sie auch die Zehen kein bißchen bewegen.

Elaine Blomberg, eine Klassenkameradin Jennys, ist schon da, als Jenny hinkommt. Sie gehen zusammen über den See in Richtung der Laternen, die die Jungen aufgestellt haben.

»Ich dachte, es sei windstill!« sagt Jenny durch den Schal hindurch, den sie vorm Mund hat.

Es ist ein weiter Weg bis zum Gipfel des Hügels, und dort müssen sie noch warten, bis sie an der Reihe sind. Sie stampfen mit den Füßen und schwingen ihre Arme, um sich ein bißchen zu erwärmen.

Als ihr Schlitten voll besetzt ist, ruft jemand: »Los!« und ab geht die sausende Fahrt den Hügel hinab zum See hin. Es geht so schnell, daß Jenny Mühe hat zu atmen.

Als sie mitten auf dem See anhalten, ruft einer: »Das ist absolute Spitze! Schaut, wo wir stehen! Das ist der heutige Bahnrekord!«

Aber Jenny nimmt Elaines Arm und fragt: »Gehst du nochmal hoch? Ich kann meine Füße nicht mehr fühlen, sie sind wie abgestorben.«

»Mir geht's nicht besser! Laß uns zur Hütte gehen und uns aufwärmen«, ist Elaines lakonische Antwort.

Sie laufen über den See, dem schwachen Licht entgegen, das ihnen von der Hütte her ganz fern, aber verlockend zustrahlt. Ihre Füße fühlen sich an, als ob sie auf Stumpen laufen.

In der Hütte lassen sich beide auf die Stühle fallen, ziehen Überschuhe und Schuhe aus und halten die Füße dem warmen Ofen entgegen.

»Oh, meine Füße!« kreischt Elaine und zieht sie vom Ofen zurück. Dann nimmt sie beide Hände und reibt ihre Füße ganz energisch.

»Au weh, au weh!« jammert Jenny. »Tut das aber weh! Ich habe schon oft kalte Füße gehabt, aber so etwas noch nie!«

Elaine versucht, auf Socken zu laufen, ob das gegen die Schmerzen hilft. Und Jenny humpelt hinterdrein. Sie weinen vor Schmerz und müssen doch lachen, weil sie bei ihren Verrenkungen, ihre Füße wieder warm zu bekommen, einen komischen Anblick darbieten.

Am nächsten Tag ist Jenny fast nicht in der Lage, ihre Füße in die gefütterten Hausschuhe zu stecken.

Als Oma Frieda sie humpeln sieht, sagt sie: »Ich hätte hart bleiben sollen. Das wäre besser für dich. Setz' dich hin und laß mich sehen, was mit deinen Füßen los ist.«

Jenny zieht den Socken aus, und Oma Frieda beschaut sich den geschwollenen Fuß. Dann sagt sie gelassen: »Einige Tage wirst du noch Schmerzen haben, und zwar nicht wenig, aber bleibenden Schaden hast du keinen, abgesehen von den Frostbeulen.«

»Frostbeulen?«

Oma Frieda nickt. »Du wirst es erleben!« Sie seufzt und schüttelt den Kopf. »Ich hätte nicht nachgeben dürfen!«

Ja, Jenny stimmt ihr jetzt zu. Sie hätte auf Oma Frieda hören sollen.

Als die Schule wieder anfängt, kann auch Jenny wieder Schuhe tragen, aber sie erfährt in der nächsten Zeit, was es heißt, Frostbeulen zu haben. Sobald die Füße etwas kalt werden, beginnen die Frostbeulen zur gleichen Zeit zu jucken und zu schmerzen.

Oma Frieda gibt ihr Maisstärke, um die Füße damit einzureiben. Aber Jenny findet, daß es nur wenig hilft.

»Wir rieben unsere Füße mit einer rohen Kartoffel ein, wenn wir keine Maisstärke hatten«, berichtet Oma Frieda.

»Hattest du denn auch Frostbeulen?« fragt Jenny überrascht.

»Gewiß hatte ich Frostbeulen! Nicht zu wenig! Aber ich holte sie mir, weil ich die Kühe zum Tränken an das Wasserloch im Fluß treiben mußte, als mein Mann auswärts im Holzfällerlager arbeitete, und nicht, weil ich mich bei der Kälte draußen verlustieren wollte!«

***

Diesmal vergeht der Winter für Jenny rasend schnell. Sie ist sonnabends selten zu Hause. Entweder geht sie nach Abbotsford, um dort in einem kleinen Lokal einen Hamburger zu essen. Oder sie geht ins Kino. Manchmal ist sie auch zu irgendeiner Familie eingeladen, und sie spielt dann mit anderen Jugendlichen Brettspiele.

Ihre Freundin Pearl hat jetzt auch einen festen Freund. Bud ist 30 oder mehr Zentimeter größer als Kenny. So sieht es immer sehr lustig aus, wenn beide zusammentreffen. Trotzdem gehen beide Pärchen gerne zusammen aus.

Je länger Jenny mit Pearl befreundet ist, desto mehr lernt sie die guten Charaktereigenschaften ihrer Freundin schätzen. Sie sieht schon von ferne, wenn in Pearls braunen Augen die kleinen Dummheiten tanzen, über die sie dann beide herzlich lachen.

So ist es dann auch beim gemeinsamen Ausgehen. Alle vier haben immer etwas zu lachen. Es gibt so viele kleine verrückte Dinge, die aus der Situation heraus geboren sind.

Jenny würde Oma Frieda manchmal gern an ihren lustigen Erlebnissen teilhaben lassen – aber wie?

Oma Frieda ist darauf aber auch gar nicht scharf. Sie ist zufrieden, wie es zur Zeit mit Jenny geht. Die Einzelheiten ihrer Erlebnisse mit den anderen Jugendlichen sind für sie nur Narreteidinge, an denen sie wenig Interessantes findet.

Oma Frieda ist aber sehr froh darüber, wie es Jenny gesundheitlich geht, seit sie die Mandeln herausoperiert bekam. Manchmal fragt sich Oma Frieda allerdings, ob Jenny so lebensfroh und glücklich bleibt, wenn Kenny nächstes Jahr die Schule verläßt.

***

Kenny lädt Jenny nach einiger Zeit zu einer Schlittenparty ein. Sie antwortet ziemlich zögernd: »Ja – schon – wenn es nicht zu kalt ist!« Ihre Füße schmerzen noch immer, sobald sie Frost zu spüren bekommen.

»Wenn das Wetter so bleibt, kann dir nichts passieren! Hast du jetzt schon die gefütterten Winterschuhe bekommen?«

»Oh ja! Sie kamen vor ein paar Tagen«, antwortet Jenny und beobachtet die Tropfen, die von den Eiszapfen am Schuldach niederfallen. »Ich habe sie zwar noch nicht angezogen, aber das Schaffell, mit dem sie ausgefüttert sind, sieht ganz so aus, als ob es meine Füße warm halten könnte.«

Als Jenny am Sonnabend morgen sieht, daß die Eisblumen am Fenster ihres Zimmers getaut sind, wird sie froh und zuversichtlich.

Sobald sie aber aufgestanden ist, überkommt sie ein nebelhaftes Schmerzgefühl. Anstatt sich anzuziehen, bleibt sie sich schüttelnd am warmen Ofen sitzen.

Oma Frieda kommt vom Melken herein. »Was ist mit dir los? Hast du noch nicht gefrühstückt? Ja, du bist ja noch nicht einmal angezogen! Fühlst du dich nicht wohl?«

Jenny brummt: »Ich weiß nicht, was mit mir los ist. Mir geht es einfach schlecht, so wie noch nie vorher.«

Oma Frieda wäscht sich die Hände. »Es ist zu dumm, daß Kennys Leute kein Telefon haben. Sonst könntest du anrufen und absagen.«

Jenny fühlt sich von Minute zu Minute schlechter, so daß sie nicht einmal dagegen protestieren kann.

Als dann Kenny kommt, um sie abzuholen, wird er bleich, als er Jenny sieht. »Oh, Jenny, was ist mit dir los?« fragt er erschrocken.

Sie zuckt die Schultern. »Ich weiß es nicht. Ich fühle mich ganz abscheulich elend.«

Nach ein paar peinlichen Minuten verabschiedet sich Kenny und wünscht Jenny »gute Besserung«.

Jenny sitzt immer noch zusammengekauert vor dem warmen Ofen, als Oma Frieda ihr Mittagsschläfchen hält. Plötzlich fühlt sie an ihrem Bein einen winzigkleinen Stich. Sie sieht hin, was da wohl los ist und entdeckt ein Bläschen. Und während sie noch darauf schaut, findet sie schon das nächste. Jenny geht hinüber zu Tante Helen, um es ihr zu zeigen.

»Windpocken!« erkennt Tante Helen mit absoluter Sicherheit. »Hast du sie als Kleinkind nicht gehabt?«

Jenny schüttelt traurig den Kopf und schleicht dann leise zurück an ihren Ofenplatz. Sie weiß genau, wo sie sich angesteckt hat. Vor einiger Zeit hat sie einmal bei Grace übernachtet. Das war ein paar Tage, bevor die Windpocken bei Jimmy ausgebrochen sind.

Als Oma Frieda aufsteht, sind schon jede Menge kleine Windpöckchen über Jennys ganzen Körper verteilt sichtbar.

Oma Frieda fühlt ihr die Stirn. Dann sagt sie: »So kannst nicht oben in dem kalten Zimmer liegen. Wir borgen uns eine Liege von Tante Helen und legen dich hier unter das Ostfenster!«

Als am Montag Jennys Cousin Carl kommt, platzt er fast vor Lachen bei Jennys Anblick. »Ich weiß, Jenny, es ist für dich durchaus nicht lächerlich. Entschuldige bitte; aber meinst du nicht auch, es ist für eine junge Dame, wie du es bist, reichlich spät für eine Kinderkrankheit.« Er schüttelt den Kopf: »Eben mußte ich denken, wenn du damit noch ein bißchen gewartet hättest, könntest du dich bei deinen eigenen Kindern anstecken!«

Die Mittwochpost bringt einen Brief von Kenny. Er ist mit

Bleistift auf Glanzpapier geschrieben und daher schlecht zu lesen.

> Liebste Jenny,
> Grace erzählte mir, daß Du die Windpocken hast! Das ist schrecklich. Ich hoffe sehr, Dir geht es inzwischen besser.
> Meine Mutter läßt Dir sagen, Du sollst Dich im Gesicht nicht kratzen, auch wenn es noch so sehr juckt. Bitte, bring mir Deine einmalig hübschen Gesichtszüge nicht durcheinander!
> Die Schlittenparty war ganz toll, aber Du hast mir doch sehr gefehlt.
> Jenny, schone Dich und paß auf Dich auf! Ich wünschte, ich könnte etwas für Dich tun.
> Ich liebe dich! Kenny

Dann ist da noch eine ganze Zeile mit dem Zeichen X. Und Jenny braucht nicht lange zu rätseln, was das wohl bedeuten soll.

Oma Frieda fragt nicht, was Kenny geschrieben hat. Und Jenny bietet ihr nicht an, seinen Brief zu lesen; aber sie legt ihn so auf den Tisch, daß Oma Frieda ihn erreichen kann, wenn sie will.

Jahrelang war Jenny der Meinung, daß niemals jemand sich in sie verlieben könnte. Nun ist da plötzlich jemand, der sie offensichtlich wirklich und beständig liebhat. Dazu ist es noch ein ganz besonderer Jemand! Jenny kann es kaum fassen.

Die Tage schleppen sich dahin. Manchmal kommt Tante Helen und spricht mit Jenny. Aber Oma Frieda hält die Tür zur Wohnung nebenan meistens geschlossen, damit Jenny ruhen kann.

Wie gerne hätte Jenny gerade jetzt ein Radio; aber noch hat sich die Elektrizitätsgesellschaft nicht entschlossen, die entfernten Farmhäuser an das Überlandstromnetz anzuschließen.

Am Freitag kommt endlich wieder ein Brief von Kenny.

Er schreibt, daß es gut ist, daß jetzt nicht »Prom«-Zeit ist.

»Prom«! Jenny hat bisher noch gar nicht daran gedacht. Sie kramt die Kataloge hervor und entschließt sich für eine modische Änderung ihres alten Kleides.

In der Woche darauf ist Jenny mit kleinen Schorfpickelchen übersät; aber sie fühlt sich nicht mehr krank. Jetzt wünscht sie sich nichts sehnlicher, als daß es oben nicht so kalt wäre, so daß sie wieder in ihr eigenes Bett umziehen könnte. Die kleinsten Geräusche, die Oma Frieda beim Wirtschaften macht, gehen ihr schon auf die Nerven. Und wenn Oma Frieda so laut spricht, hält sie sich die Ohren zu, wenn sie nicht gerade beobachtet wird.

Als sie endlich wieder zur Schule fahren kann, hat Grace ihr einen Platz im Schulbus reserviert. Sie drückt Jennys Hand kräftig, und ihre strahlenden Augen verraten, daß sie ganz aufgeregt ist.

»Ich konnte es fast nicht erwarten, daß du wieder zur Schule kommst, damit ich dir das Neuste persönlich sagen kann: Myrtle bekommt ein Baby.«

Jenny jauchzt vor Überraschung und Freude, und fragt: »Wann?«

»Ende Juni oder Anfang Juli.«

»Oh, ich wünschte, sie würden näher wohnen. Es wäre doch zu schön, Myrtle mit dem Baby etwas zu helfen!« ruft Jenny aus.

Das Lächeln im Gesicht ihrer Cousine ist plötzlich verschwunden. »Wer weiß, wann ich meine Nichte oder meinen Neffen zu sehen bekomme? Du weißt doch, daß ich gleich nach Abschluß der Oberschule zur Handelshochschule wechsle«, sagt Grace mit belegter Stimme.

Noch während der ersten Tage nach Jennys Rückkehr zur Schule bekommt Pearl Bronchitis und muß zwei Wochen lang daheim bleiben. Als sie endlich wieder da ist, kommt es beiden Freundinnen so vor, als hätten sie seit Jahren kein vernünftiges Gespräch miteinander geführt und müßten nun alles nachholen.

Als Pearl sich wieder ganz gesund fühlt, darf sie bei Jenny über Nacht bleiben. Sie kuscheln sich in die warmen Decken ein und erzählen sich ohne Ende.

Zwischen dem Gähnen sagt Pearl: »Weißt du, Jenny, du und Kenny, ihr beide seid ganz anders als wir alle. Ihr streitet euch nie!«

Jenny lacht. »Vielleicht hast du recht, daß wir uns nicht streiten, wie es manche Pärchen, verheiratet oder nicht, gern tun. Sie werfen sich Tiernamen an den Kopf oder sprechen eine Zeitlang nicht mehr miteinander, um sich dann wieder zu versöhnen. Das machen wir zwar nicht; aber deswegen sind wir doch nicht immer gleicher Meinung«, sagt Jenny nachdenklich.

Nach einem Weilchen fährt sie fort: »Ich mag zum Beispiel keine Tanzlokale und Kneipen. Dorthin gehe ich nur widerwillig, während Kenny daran seinen Spaß hat. Selbst die Hochzeitstänze mag ich nicht sonderlich. Mich stört der übermäßige Lärm und der Geruch von Alkohol. Ich bin überhaupt nicht gern mit Personen zusammen, die gern Bier trinken. Aber die meisten deutschstämmigen Ansiedler haben gern Bier im Hause. Ich kenne das nicht, außer bei meinem Onkel Hank; und da habe ich es miterlebt, wieviel Kummer es verursacht. Aber muß man sich deswegen streiten?«

Jenny lauscht den tiefen Atemzügen ihrer Freundin neben sich und weiß auf einmal, daß ihre letzten Sätze ein Selbstgespräch waren.

***

Am ersten Sonntag im März sieht Jenny in der Kirche, daß ihre Cousine Ruby verweinte Augen hat und sehr traurig ist.

»Was ist los mit dir?« flüstert Jenny.

»Ich sag es dir später«, flüstert Ruby zurück.

So fällt es Jenny schwer, sich auf die Predigt zu konzentrieren. Immer wieder muß sie zu Ruby hinüberschauen.

Nach dem Gottesdienst erzählt Ruby die schlechte Neuigkeit: Ihr Freund Christoph ist zum Militär eingezogen worden. In ein paar Tagen muß er sich in einem Ausbildungslager melden.

Niemand von Freunden, Bekannten und Verwandten hat irgendwelche Zweifel, daß Christoph der rechte Partner für Ruby ist. Alle mögen den gutmütigen, stämmigen Kerl mit dem breiten Grinsen. Nun hat er den Gestellungsbefehl bekommen, er, den man sich so gar nicht als Soldat vorstellen kann.

Jenny ist für den Moment sprachlos, es läuft ihr eiskalt den Rücken hinunter. Immer, wenn man vom Krieg sprach, hat sich Jenny abwehrend geschüttelt. Aber diesmal ist es doch noch etwas ganz anderes: Es hat einen getroffen, den man gut kennt.

Als Jenny sich endlich etwas gefaßt hat, so daß auch die Sprache bei ihr wieder eingekehrt ist, fragt sie Ruby: »Wo wird er denn stationiert?«

»Wir wissen es nicht. Niemand weiß es. Er kommt in das Ausbildungslager. Das ist mehr ein Sammellager, und von dort aus

werden sie zur weiteren Ausbildung verteilt. Keiner weiß wohin.«
Ruby schüttelt den Kopf.

Jenny starrt Ruby an. Was hat sie für ein schönes, harmonisches Gesicht, und besonders lange, gerade Augenwimpern. Oh, wie fühlt Jenny mit ihr den Schmerz, der das liebe Mädchen überfallen hat. Sie weiß nicht, wann und ob sie ihren Christoph je wiedersieht.

Jenny mag es gar nicht, daß Ruby nun so weit weg ziehen will und sich in Milwaukee oder Chikago eine Stelle sucht. Sie kann es ihr aber auch nicht verdenken.

An dem Tag hat niemand gelacht.

***

An einem Aprilmorgen schaut Jenny vergebens nach Kenny aus, als der Schulbus auf dem Parkplatz im Schulhof ankommt.

Ruth, ein Mädchen aus der Nachbarschaft von Kennys Familie, berichtet, daß Kenny an Lungenentzündung erkrankt ist.

Lungenentzündung! Jenny fühlt, wie eisige Finger der Furcht ihr Herz umkrallen. Sie erinnert sich, daß Onkel Roy einmal Lungenentzündung hatte. Jenny war damals fünf Jahre alt und weiß noch, daß er daran fast gestorben wäre.

Als sie Oma Frieda nach Schulschluß daheim davon erzählen will, bringt sie unter ihren Tränen fast kein Wort heraus.

Es ist in den nächsten Tagen für Jenny sehr schwer, sich auf den Unterricht zu konzentrieren. In den Pausen fragt sie jeder, mit dem sie spricht: »Wie geht es Kenny?« Und Jenny weiß nicht, was sie antworten soll. Sie weiß es ja selber nicht.

Oma Frieda erlaubt nicht, daß Jenny Kenny besuchen geht. Sie möchte nicht, daß Jenny sich ansteckt und außerdem gehört sich das nicht für ein junges Mädchen, einen jungen Mann zu besuchen, wenn er krank ist.

»Das ist in diesem Fall etwas anderes!« protestiert Jenny; aber Oma Frieda läßt sich nicht erweichen.

Jenny muß sich also damit zufriedengeben, durch Ruth, das Nachbarmädchen, Notizen an Kenny zu schicken. Als aber Ruth ihr erzählt, daß Kenny sehr traurig ist, weil Jenny nicht einmal kommt, um zu sehen, wie es ihm geht, bettelt sie erneut bei Oma

Frieda um die Besuchserlaubnis: »Mama, ich verspreche es dir, daß ich nicht nahe an ihn herangehe und nur ein paar Minuten bleibe, bitte, bitte!«

Widerwillig erlaubt es Oma Frieda schließlich.

Kenny liegt auf einer Liege im Eßzimmer nahe am Ölofen. Er sieht leichenblaß aus und hustet ständig. Nach wenigen Minuten schließt er die Augen, so daß Jenny verlegen dasteht, und nicht weiß, was sie tun soll.

Kennys Mutter sagt: »Der Arzt sagt, er sei auf dem Wege der Besserung; aber ich kann noch nicht erkennen, ob er in zwei Wochen fähig sein wird, am Abschlußfest der Schule teilzunehmen.«

Jenny weint auf dem ganzen Rückweg zur Schule; aber die Kinder tun so, als ob sie ihre verweinten Augen nicht sehen.

Ein sehr schlanker, hoch aufgeschossener Junge mit vielen Pickeln im Gesicht fragt Jenny, ob sie mit ihm zum Schulfest geht, wenn Kenny bis dahin noch nicht gesund ist.

»Bis dahin ist er bestimmt wieder wohlauf!« gibt sie ihm mit einem überzeugten Kopfnicken Bescheid, wobei sie von dem Bild, wie Kenny daliegt und total ermattet die Augen schließt, gequält wird.

Oh, wie betet Jenny in dieser Zeit für Kenny! So ernstlich hat sie Gott schon lange nicht mehr angefleht. Doch wohl nicht mehr seit jenen Tagen, als die kleine Rosalie ins Krankenhaus kam. Dabei ist Jenny das Schulfest unwichtig. Sie bittet Gott um Kennys Genesung.

Als Kenny wieder zur Schule kommt, ist er immer noch bleich und hustet auch noch. Es ist zwei Tage vor dem Abschlußfest, das auch seinen Schulabschluß markiert. Aber Kenny lacht und neckt nicht, wie sie es alle von früher gewöhnt sind.

Am ersten Schultag nach Kennys Rückkehr sagt er zu Jenny: »Es tut mir ja schrecklich leid, daß wir nun unseren Rekord brechen müssen; aber ich möchte nicht, daß du auch so krank wirst.«

Jenny weiß sehr wohl, was er damit andeuten will. Sie haben es in diesem Schuljahr immer irgendwie geschafft, daß kein Schultag verging, ohne daß sie sich irgendwo heimlich ein Küßchen geschenkt hätten. Das war der absolute Rekord!

Jenny versichert ihm, daß sie keine Angst hat, und so küssen

sich die beiden unter einer Treppe, sogar länger als gewöhnlich.
»Ich habe mich so sehr nach dir gesehnt!« flüstert sie.

»Das war genauso für mich, als du die Windpocken hattest«,
flüstert er zurück und hält sie ganz fest umschlungen.

Am Freitag ist der Tag des Schulfestes. Jenny bringt ihr Abendkleid mit zur Schule. Sie zieht sich bei Onkel Hank und Tante Berta
um.

Sie sind noch gar nicht lange auf dem Fest, da merkt Jenny
schon, daß sich Kenny gar nicht wohl fühlt. Als die Veranstaltung
noch lange nicht vorüber ist, bittet sie schon ein bekanntes Pärchen, sie mitzunehmen. Beide sitzen im Rücksitz des Autos, und
Jenny hält Kenny eng umschlungen. Er sagt nichts, er muß heute
auch nichts sagen.

***

»Jedes Jahr warte ich sehnsüchtiger auf den Frühling«, sagt Oma
Frieda zu ihrer Tochter Ellen. Sie ist zu Besuch gekommen, weil
Ellens Mann heute nach Ogema fahren mußte.

Sie schlendern nun beide ums Haus herum, um die ersten grünen
Sprossen zu entdecken.

Ellen geht auf Mutters Frühlingssehnsucht nicht ein und bringt
ihr eigenes Problem zur Sprache: »Nur noch ein paar Wochen, und
dann hat auch Grace die Oberschule absolviert«, ruft sie ihrer
Mutter laut ins Ohr.

»Was plant Grace für die Zeit danach?«

Sie bleiben stehen, und Ellen erklärt ihrer Mutter, daß Grace
plant, an der Handelshochschule in Duluth weiterzustudieren, so
daß es wieder einen schweren Abschied gibt.

»Das ist bestimmt keine schlechte Idee für Grace«, findet Oma
Frieda und fährt fort: »Das wäre sicherlich auch etwas für Jenny.
Aber sie wird das bestimmt nie tun. Sie hat solch eine starke
Abneigung gegen alles Geschäftliche.«

»Wenigstens brauchen wir uns bei den Mädchen nicht darum
zu sorgen, daß sie eines Tages zum Kriegsdienst eingezogen
werden«, antwortet Ellen so laut wie möglich.

Ihre Mutter nickt. »Ich las dieser Tage, daß sie schon über
sechzehn Millionen Männer registriert haben, um sie zum Militär
einzuziehen.«

Die beiden Frauen sind einige Minuten still miteinander und denken darüber nach, daß Deutschland nun schon einen Teil von Skandinavien und viele Länder Westeuropas eingenommen hat.

»Ich mag in letzter Zeit die Schlagzeilen in den Zeitungen schon gar nicht mehr lesen«, sagt Oma Frieda schließlich. »Was muß denn noch alles passieren, daß man die Nazis endlich aufhält?« Sie seufzt. »Ich bin so traurig, wenn ich an die deutschen Menschen denke. Die meisten von ihnen können doch unmöglich mit dem übereinstimmen, was da vor sich geht!«

»So ist das doch immer«, antwortet ihre Tochter laut in Mutters Ohr, »die Regierungen treffen die Entscheidungen und die Völker müssen opfern und leiden.«

Später – bei einer Tasse Tee – neigt sich Ellen zu ihrer Mutter und sagt: »Mama, ich habe mir einige Gedanken über die nahe Zukunft gemacht. Ich würde gern nach Genevasee fahren und Myrtle helfen, wenn ihr Baby da ist. Dann ist Grace bereits in Duluth. So wollte ich dich um Jenny bitten, damit sie meine Männer während meiner Abwesenheit versorgt.«

Oma Frieda zieht die Stirn kraus. »Oh, nein, ich weiß wirklich nicht, wie das gutgehen kann? Jenny hat nur sehr selten mal etwas gekocht und dann nur für uns zwei. Obendrein ist sie so schrecklich zerstreut und hat nichts als Flausen im Kopf.«

Jetzt zieht Ellen die Stirn kraus: »Mama, glaub mir, sie ist eben ein junges Mädchen, nicht anders als meine Mädchen, nur daß meine beiden eben mehr helfen mußten. Aber Jenny ist anstellig. Sie wird es lernen. Ich zeige ihr alles, wie es gemacht wird. Da habe ich volles Vertrauen, daß sie es kann.«

»Hmmm! Ich bin ja froh, daß du so denkst. Aber ich bin mir sicher, daß Jenny nicht nach ihrer Mutter kommt. Emmi war ganz anders! Ich kann mich nicht erinnern, daß ich Emmi jede Kleinigkeit immer und immer wieder aufs neue sagen mußte.«

»Ja, Mama, darauf will ich jetzt nicht näher eingehen; aber bist du einverstanden, wenn ich Jenny einmal frage?« lenkt Ellen wieder zu ihrem Anliegen zurück.

»Probier es!« Oma Frieda zuckt mit den Schultern. Dann droht sie ihrer Tochter Ellen mit dem Zeigefinger: »Aber beschwer dich dann nicht bei mir, wenn es schiefgeht! Sie tut nicht, was sie tun sollte. Ich bemühe mich redlich, ihr beizubringen, was für eine Hausfrau nötig ist, aber sie ist nie richtig bei der Sache!«

**

Diesen Frühling ist die Gartenarbeit für Oma Frieda noch anstrengender als je zuvor. Natürlich kann sie nicht erwarten, daß es ihr mit 72 Jahren noch so gut von der Hand geht, wie einst mit 40 Jahren. Sie denkt aber: »Einen Schritt nach dem anderen muß es doch zu bewältigen sein!«

Jenny hilft ihr, wenn sie daheim ist, aber an den Wochenenden hat sie meistens etwas anderes vor. Und Oma Frieda sieht es gerne, wenn sie mit anderen jungen Leuten zusammen ist.

Früher war es immer Oma Friedas Arbeitsgrundsatz, erst eine Sache ganz fertigzumachen, ehe sie etwas anderes beginnt. Jetzt gewöhnt sie sich daran, von jeder Arbeit das Nötigste zuerst zu tun, dann eine Pause einzulegen und mit dem Dringendsten der nächsten Anforderung zu beginnen.

Aber trotzdem kann man Oma Frieda noch immer bei aller Arbeit singen hören. Sie singt und ist dankbar, daß in ihrem Garten etwas wächst.

»Lieber Gott, hab Dank«, flüstert sie im Blick auf die frischgesäten Erbsen, »und ich bin gespannt, was du daraus machst!«

Erich

Es ist ein sonniger, aber windiger Juni-Sonntag.

Die jungen Leute aus Jennys Nachbarschaft sind in der Nähe von Blombergs Haus am Steinsee zusammengekommen, um zu spielen. Volleyball ist jetzt gerade an der Reihe.

Jenny ist von allen Arten von Ballspielen nicht besonders begeistert. Sie kann sich noch so sehr anstrengen, sie ist immer entweder ein bißchen zu früh oder aber ein bißchen zu spät an der richtigen Stelle, um den Ball zu erwischen.

Daher kommt es auch, daß sie bei keiner Mannschaft solch eine wichtige Rolle spielt, daß man sie vermißt, wenn sie sich heimlich davonmacht.

So setzt sie sich auch heute etwas abseits auf eins der abgestellten Fahrräder und träumt einen Sommer-Sonntags-Traum. Sie schaut den wandernden Wolken nach, die sich ständig so verändern, daß man sich irgend etwas vorstellen kann.

»Bald kommt Myrtles Baby, und dann versorge ich den Haushalt bei Onkel Henry. Tante Ellen ist fest davon überzeugt, daß alles gut klappen wird«, sagt Jenny leise zu den sich langsam ablösenden weißen Wolkenfetzen. Oh, wie wünscht sie sich so sehr, daß Tante Ellen recht behalten möchte; aber Oma Frieda ist vom Gegenteil fest überzeugt. Und Jenny hat so eine unterschwellige Furcht, daß Oma Frieda recht behalten könnte.

Brrr. Der Wind ist kalt, wenn man so still sitzt. Jenny umarmt sich selber und dreht den Rücken zum Wind.

»Halli-hallo! Das sieht ja so aus, als ob da jemand friert«, sagt da plötzlich eine Stimme hinter ihr.

Jenny fährt herum und schaut in zwei lachende braune Augen. Ein gutaussehender junger Mann in einem maßgeschneiderten, braunen Jackett reicht ihr die Hand zum Gruß.

»Ich bin der Erich.«

»Hallo! Ich heiße Jenny.«

Er lächelt so, als ob er bereits eine ganze Menge mehr über sie weiß, als sie annehmen kann. Dann sagt er: »Ja, das weiß ich. Hier komm, nimm mein Jackett. Ich wollte es sowieso gerade ausziehen.«

Jenny lächelt ihm dankbar zu. »Ich friere wirklich bei dem kalten Wind.«

»Komisch, daß wir uns nicht schon früher einmal begegnet sind. Ich komme oft hierher«, sagt Erich und lehnt sich mit verschränkten Armen Jenny gegenüber an einen Baum.

Es ist für Jenny nicht zu übersehen, daß Erich bedeutend größer ist als Kenny.

»Wo wohnst du?« fragt sie ihn.

»In Chikago. Wir haben hier draußen ein Ferienhaus.«

»Bist du mit der Schule schon fertig?« fragt Jenny weiter und zieht sein Jackett, das er ihr über die Schultern gelegt hat, mit beiden Händen fest zusammen.

»Ich bin gerade entlassen worden. Und wie ist es mit dir?«

»Im Herbst komme ich in die letzte Klasse.«

»Und was kommt dann?« sagt Erich, mehr als Herausforderung, denn als echte Frage.

Jenny zuckt die Schultern. »Und weißt du denn schon, wie es bei dir weitergeht?«

Erich läßt sich im Schneidersitz vor dem Baum im Gras nieder. Dann erzählt er ihr, daß er zunächst einmal im Herbst in irgendeinem College weiterstudieren will. Er sei ein Flugzeugnarr und möchte eigentlich gern Flugzeugführer werden.

Während er so erzählt, fixiert er Jenny ununterbrochen mit seinen freundlichen braunen Augen, so daß es ihr allmählich ungemütlich wird.

»Vor allem möchte ich viel reisen, etwas sehen von der weiten Welt«, fährt er fort. »Ich habe auch schon überlegt, ob ich mich freiwillig zur Luftwaffe melde.«

In der folgenden Nacht sind es Erichs ausgeprägte Gesichtszüge und nicht die ihres Freundes Kenny, die Jenny im Unterbewußtsein bewegen. – Drei Jahre lang hat sie niemand beachtet, nun kommt auf einmal solch ein schmucker, eindrucksvoller junger Mann, um mit ihr Kontakt aufzunehmen. Sie dreht sich auf die andere Seite und sagt sich selbst: Was willst du eigentlich? Morgen fährt er vielleicht schon nach Chikago zurück, und du siehst ihn nie wieder. Aber tief im Herzen wünscht sie sich doch, Erich noch einmal wiederzusehen. Um diesen jungen Mann ist irgendwie etwas Rätselhaftes. Sie kann bei ihm einfach nicht unterscheiden, ob er ihr zulächelt oder ob er sie heimlich im stillen auslacht. Aber sie mag seine selbstbewußte Sicherheit und die Art, wie er sein Gegenüber mit den Augen fesselt, obwohl sie ihn auch gerade deshalb etwas fürchtete. Erich kommt aus einer ganz anderen Welt. Sein Leben, seine Familie und seine Umgebung sind für Jenny fremd, und sie ist neugierig geworden und würde gern mehr darüber erfahren.

Am Montag nachmittag fahren Tante Helen und Onkel Roy nach Tomahawk. Sobald das Auto vom Hof ist, rückt Jenny ihren Stuhl nahe an Oma Friedas Schaukelstuhl.

Oma Frieda läßt ihre Strickerei sinken und horcht, was Jenny ihr lautstark erzählt.

»Am Sonntag traf ich oben beim Volleyballspiel einen wirklich netten Jungen. Ich wollte es dir gleich erzählen, als ich nach Hause kam; aber ich möchte nicht, daß es jemand außer dir erfährt. Ich würde ihn gern wiedersehen. Er kommt aus Chikago.«

Oma Frieda nickt und wartet darauf, daß Jenny weiterspricht.

»Er heißt Erich Benson. Er ist ganz anders als alle Jungen hier herum. Seine Eltern besitzen hier in der Gegend ein Ferienhaus.«

»Ja, von den Bensons habe ich schon gehört. Es scheint eine gute Familie zu sein. Sie haben auch Verwandte, die sich hier angesiedelt haben.« Die Familienzusammenhänge sind für Oma Frieda immer sehr wichtig.

»Ja, ich möchte ihn wirklich gerne wiedersehen; aber ich habe dabei solch ein komisches Gefühl, als ob ich Kenny betrüge.«

Oma Frieda nickt und denkt einen Moment nach. »Ich verstehe sehr wohl, daß du so fühlst. Aber ich meine, in deinem Alter solltest du schon die Freiheit haben, verschiedene Bekanntschaften zu machen. Du bist ja doch noch viel zu jung, um dich an einen jungen Mann für immer zu binden.« Dann beugt sie sich vor und droht Jenny mit dem Finger: »Aber ich möchte sicherlich nicht, daß du mit jedem hergelaufenen Hans oder Franz mitgehst, um irgendwo herumzulungern!«

Jenny geht hinüber in Tante Helens Wohnzimmer, um dort etwas auf dem Klavier zu spielen. Das macht sie gerne, wenn niemand da ist.

Eine nachdenkliche Oma Frieda bleibt zurück: »Das Leben ist heutzutage so kompliziert«, sinniert sie vor sich hin. »Wieviel Sorgen hat mir schon Jennys Freundschaft mit Kenny gemacht! Ich weiß nie recht, was ich erlauben darf und was ich verbieten muß. Jetzt kommt noch dieser Erich, ein Stadtjunge!« Oma Frieda findet es viel schwieriger, ein einziges Enkelkind richtig zu erziehen als alle ihre dreizehn eigenen Kinder. Ja, da war ja auch immer ihr Mann da, der ihr die Ängste genommen und sie in Zweifelsfragen beraten hat. Oma Frieda seufzt und nimmt ihre Strickarbeit wieder auf. Wer weiß, ob der Erich Benson aus Chikago Jenny überhaupt wiedersehen will? Es hat keinen Sinn, sich jetzt schon den Kopf darüber zu zergrübeln. Außerdem: Alleine deswegen, weil er aus der Stadt kommt, muß er ja nicht notwendigerweise auch schlecht sein.

***

Es ist Mittwochabend, etwa 19.00 Uhr, da steckt Helen ihren Kopf zur Tür herein und lächelt breit: »Jenny, hier ist Besuch für dich da!«

Jenny geht mit Tante Helen zur Hintertür. Da steht Erich und unterhält sich mit Onkel Roy.

Er lächelt Jenny zu und sagt so, als müsse er sich entschuldigen: »Es ist solch wunderschöner Abend heute, da fuhr ich ein bißchen mit dem Fahrrad in der Gegend rum und bin hier gelandet. Hast du Zeit für mich?«

»Ja – nein – ja«, stammelt Jenny. »Komm doch rein, daß ich dich meiner Großmutter vorstelle.«

»Ist das wirklich wahr?« denkt sie. »Erich hier im Haus! Bloß gut, daß ich Oma Frieda schon von ihm erzählt habe!«

Sie gehen zusammen durch das Haus, und Jenny erklärt ihm, daß ihre Oma sehr schwerhörig ist.

Als sie ihn vorstellt, antwortet Oma Frieda mit einem freundlichen Lächeln und fragt, ob er den ganzen Sommer hierbleibt.

In einigen wohlgesetzten Worten, so laut gesprochen, daß die Dachbalken fast zu zittern beginnen, erzählt Erich, daß er auch noch einige Zeit seiner Ferien in Chikago verbringen wird. Er fügt hinzu, daß es ihm hier in Wisconsin auf dem Land besser gefällt als in der Großstadt.

Oma Frieda hört so etwas gern und lächelt zufrieden.

»Wollen wir hinunter zur Brücke gehen?« schlägt Jenny vor, weil ihr sonst nichts einfällt, was sie zusammen unternehmen könnten.

»Klar! Einverstanden. Ein guter Vorschlag!« antwortet Erich und lächelt sie von oben herab an.

»Wir machen einen Spaziergang zur Brücke«, ruft Jenny ihrer Großmutter laut ins Ohr.

»Aber kommt zurück, ehe es dunkel wird«, ermahnt sie noch die beiden jungen Leute.

Jenny ist noch immer etwas in Verlegenheit durch Erichs plötzliches Erscheinen, daß sie Mühe hat, ein Gespräch in Gang zu bringen.

»Wie weit weg wohnst du, ich meine, wie weit ist es bis zu euerm Ferienhaus?« fragt sie schließlich.

»Oh, etwa fünf Kilometer, schätze ich. Es ist wirklich nicht weit. – Fährst du gerne mit dem Fahrrad?«

Jenny lacht nervös: »Ich habe kein Fahrrad, aber ich bin auf den Fahrrädern anderer Kinder gefahren. Es ist jedoch nicht gerade meine Stärke!« Sie zeigt mit den Armen in die westliche Richtung und erklärt: »Ich habe es noch nie geschafft, bis zum Gipfel des Hügels dort drüben hinaufzufahren.«

Er antwortet nicht, aber Jenny fühlt, daß er sie von der Seite genau betrachtet.

Als sie an der Brücke ankommen, lehnt sich Jenny an die breite Einfassung aus weißem Zement.

Erich schlägt mit der Hand darauf und sagt: »Laß uns hier oben hinsetzen.« Und ehe sie sich versehen hat oder etwas antworten kann, hat er sie schon mit beiden Händen an der Taille gefaßt und hinaufgehoben.

»Du bist sehr stark!« sagt Jenny etwas verlegen.

Er zuckt die Schultern. »Du bist ja auch nicht sehr schwer!«

Dann schwingt er sich selbst neben sie auf die Brückeneinfassung und legt seinen Arm fürsorglich zum Schutz hinter sie.

»Erzähl mir mehr von Chikago«, bittet Jenny.

»Gut. Die Innenstadt ist unten am Ufer des Sees. Man nennt diesen Stadtteil allgemein Schleife, weil dort die Elektrische, die städtische Hochbahn, ihre Schleife macht.«

»Wie sieht die Hochbahn aus? So ähnlich wie die Eisenbahn, die durch Ogema fährt?«

Erich schluckt sein Lachen hinunter. »Nein, nicht ganz so!«

Jenny hört gern zu, wie er von den verschiedenen Bahnhöfen

erzählt, vom Flughafen und von dem großen Park. Als er fertig ist, fragt sie sich, worüber können wir noch sprechen?

»Erich, hörst du die Frösche singen?« fragt Jenny.

Erich lacht. – »Frösche singen nicht, sie quaken!«

»Aber ich höre sie singen!« beharrt Jenny.

»Wenn du es sagst, habe ich keine Einwände«, antwortet Erich friedlich. Dann klatscht er sich an die Stirn, um einer Stechmücke den Garaus zu machen.

Jenny zerdrückt eine Mücke auf ihrem Arm. »Ich meine, sie haben uns entdeckt. Wir gehen besser wieder zurück«, schlägt sie vor.

Als sie langsam den Hügel hochschlendern, versucht Erich, ihre Hand zu nehmen. Jenny denkt, es ist höchste Zeit, daß ich ihn über Kenny informiere.

»Ich habe einen festen Freund – seit meinem Schulbeginn auf der Oberschule in Rippensee«, platzt sie heraus.

»Das weiß ich«, sagt Erich sanft.

»Und trotzdem bist du hier herausgefahren, um mich zu treffen?«

Erich drückt ihre Hand fest. »Aber sicher! Jenny, du bist doch noch viel zu jung, um dich an einen jungen Mann zu binden.«

Sie gehen zusammen Hand in Hand um das Haus herum, bis zu dem Platz, wo er sein Fahrrad unter dem Holunderstrauch neben der Garage abgestellt hat.

Zum Abschied drückt er noch einmal ihre Hand mit Nachdruck. Sein brennender Blick durchdringt das Dämmerlicht des Abends und sagt ihr viel mehr, als Worte es vermocht hätten.

»Jenny, darf ich nächsten Mittwoch abend wiederkommen?«

Sie will nicht, daß es so aussieht, als ob sie sich ein Wiedersehen brennend wünscht, deshalb zuckt sie lässig die Schultern: »Gut. Bis dann.«

Der Kies spritzt und knirscht, als Erich schnell von dannen fährt.

Diese eine Stunde, die Jenny wie im Flug verging, zog sich für Oma Frieda zähflüssig in die Länge. Sie hatte sich vorgenommen, nicht zur Brücke hinunterzuschauen, aber dann hat sie sich selbst doch immer wieder dabei erwischt, wie sie einen schnellen Blick durchs Fenster zur Brücke hinuntergeworfen hat, um zu sehen, was die beiden da wohl treiben.

Sie ist so unruhig, daß sie es einfach nicht fertigbringt, sich zum

Stricken im Schaukelstuhl niederzulassen. So entschließt sie sich, Reisig zum Feuermachen für morgen zu sammeln.

Unterwegs hält sie kurz bei Helen an, die am Tisch sitzt und eine Illustrierte liest.

»Hast du den jungen Mann schon vorher einmal gesehen?« fragt sie ihre Schwiegertochter.

»Oh ja, sicher. Die Bensons sind eine angesehene Familie. Sie haben ihr Sommerhaus in der Nähe vom Haus meiner Schwester Lilly.«

Oma Frieda schüttelte den Kopf: »Ich weiß nicht, ich traue diesem Großstadtjungen nicht recht.«

»Was soll an Großstadtjungen schlecht sein?« fragt Helen herausfordernd. »Jenny hat es nötig, ihren engen Horizont zu erweitern. Was stellst du dir eigentlich vor? Soll sie diesen Kenny heiraten und in einem Reihenhaus der Mühle in Rippensee den Rest ihres Lebens zubringen?«

»Was soll das? Die beiden sind ja zusammen wie richtige Kinder!« Oma Frieda hat keine Lust, mit Helen zu diskutieren. Sie macht sich auf den Weg, Reisig zu sammeln. Auf jeden Fall ist ihr nun klar, wo Helen steht, und Oma Frieda weiß auch gleich weshalb: Erich ist schwedischer Herkunft – genauso wie Helen.

Während Oma Frieda draußen die Zweiglein einsammelt, muß sie über sich selber lachen: Klar, warum soll Helen denn nicht ein junger Mann schwedischer Herkunft lieber sein; schließlich ist mir ja auch der Kenny besonders sympathisch, weil er deutscher Herkunft ist?

***

Wie verabredet, kommt Kenny am Freitag mit dem Auto seines Vaters, um mit Jenny zum Kino in Rippensee zu fahren. Auf dem Heimweg sagt sie so beiläufig wie möglich: »Ein Junge aus Chikago, der mit seinen Eltern hier in einem Ferienhaus wohnt, kam am letzten Mittwoch mit dem Fahrrad zu uns, um mich zu besuchen. Ich lernte ihn am Sonntag beim Volleyballspiel kennen.«

Kenny schaut Jenny nicht an, sondern blickt weiter auf die Straße. Dann sagt er schließlich: »Wir leben in einer freien Welt. Ich kann ihn nicht daran hindern, dich zu besuchen.« Dann wendet er das Gespräch wieder dem Sommerjob zu, den er bei einem Klempner angenommen hat. »Bei Hermann Schmidt lerne ich wirklich eine ganze Menge. Aber die meiste Zeit bringe ich doch damit zu, Löcher in den Boden zu bohren. Ich kann dir sagen, der Lehm kann zäh sein!«

Jenny denkt voraus und freut sich auf das Ende der Fahrt. Wenn er das Auto auf dem Platz am Ostende des Hauses abstellt, den Motor abstellt, sich zu ihr hinüber neigt und sie in die Arme nimmt. Oh, diese Küsse! Sie wird sie niemals zählen.

Aber als sich Jenny heute nacht in ihr warmes Bett einkuschelt, fühlt sie sich beinahe krank, und ihre Gefühle sind ein wüstes Durcheinander.

Kenny hat von seinen Zukunftsplänen berichtet. Im Herbst will er nach Chikago ziehen, um dort zu arbeiten. Sein Bruder Ray zog schon vor einigen Monaten dorthin und hat auch für Kenny einen Arbeitsplatz gefunden. Jenny findet es schon schrecklich, daß Kenny nicht mehr zur Schule geht. Wie wird es aber erst sein, wenn er ganz wegzieht?

In einer anderen Ecke ihres Gemüts sagt ihr aber eine leise Stimme: Wenn Kenny dir so wichtig ist, daß du ohne ihn nicht leben kannst, warum denkst du dann so viel über Erich nach?

Am Dienstag geht Jenny zu Tante Ellen, um sich in den Sommerjob einführen zu lassen.

Oma Frieda gibt ihr zum Abschied noch gute Ratschläge mit auf den Weg: »Jenny, von nun an mußt du einen klaren Kopf behalten. Merk dir vor allen Dingen alles, was dir Tante Ellen sagt, präg es dir ein, und vergiß es nicht gleich wieder!«

»Es würde mir bestimmt mehr helfen, wenn sie einmal ein bißchen mehr Vertrauen hätte«, brummelt Jenny auf dem Wege vor sich hin. »Sie denkt, ich kann überhaupt nichts richtig machen!«

Tante Ellen geht mit Jenny durchs ganze Haus, angefangen vom Keller bis nach oben unterm Dach. Als sie die Runde beendet haben, setzen sie sich beide an den großen Eßtisch zu einer Tasse Tee. Jenny kommt sich richtig erwachsen vor, weil sie mit Tante Ellen Tee trinken darf.

»Weißt du«, sagt Jenny und nimmt sich ein Plätzchen, »daß dies das erste Mal ist, daß wir beide uns einmal ganz allein unterhalten können?«

Tante Ellen sieht Jenny überrascht an. »Wieso das? Das ist mir noch nicht aufgefallen. Aber du hast recht. Immer, wenn du hier warst, war irgend jemand anderes auch noch dabei.« Tante Ellen zwinkert Jenny zu und sagt dann in einem vertraulichen Ton: »Aber das ist auch einmal ganz gut so. Oder?«

»Ich wette, du vermißt deine beiden Töchter sehr«, sagt Jenny nachdenklich.

»Ja, das kannst du glauben! Und wie ich mich nach ihnen sehne. Meine Männer leben in einer Welt für sich. Sie lesen die Zeitung, hören Radio, sprechen dann über ihre Arbeit, Politik und Sport. Oh, ich vergaß dir zu sagen: Wenn du so mit dem Gröbsten im Haushalt fertig bist, kannst du am Nachmittag das Radio für ein Weilchen einschalten. Die Batterien sind schnell entladen. Deshalb schalten wir nur ein, wenn wir auch wirklich Zeit haben, richtig zuzuhören. – Jetzt laß mich einmal kurz überlegen, ob ich dir noch etwas zu sagen vergessen habe.«

Tante Ellen lächelt nachdenklich. Jenny fragt sich, ob Oma Friedas Wangen auch so rund und weich waren wie ein paar ungebackene Brötchen, die gerade aufgegangen sind, als sie im Alter von Tante Ellen war.«

»Ich kann dir vorhersagen, daß dir das Kartoffelschälen in Kürze zum Hals heraushängt. Bratkartoffeln zum Frühstück und zum Abendessen, Salzkartoffeln zum Mittagessen, es nimmt kein Ende.«

Tante Ellen trinkt einen Schluck Tee, dann erzählt sie: »Als junges Mädchen habe ich mir fest vorgenommen, meiner späteren Familie niemals Bratkartoffeln vorzusetzen, weil ich schon so viel Kartoffeln geschält hatte, daß ich meinte, es reiche für mein ganzes Leben! Aber jetzt mache ich genau dasselbe, was meine Mutter tat, ich koche das, was uns zur Verfügung steht!«

Jenny seufzt: »Ich hoffe nur, daß ich nicht zuviel falsch mache.«

»Da bin ich ohne Sorge!« antwortet Tante Ellen überzeugt. »Du wirst es schon schaffen!«

»Deine Mutter ist vom Gegenteil überzeugt«, sagt Jenny verlegen und malt mit dem Griff ihres Teelöffels die Umrisse der gelben Blumen auf der Wachstuch-Tischdecke nach. »Sie meint, daß es nichts gibt, das ich richtigmache.«

»Weißt du, Jenny, mir ist es mit meinen beiden Mädchen nicht anders gegangen, bis ich eines Tages merkte: Sie können alles, wenn ich nicht hinter ihnen her bin.«

Jenny schaut ruckartig empor: »Wirklich? Das kann doch nicht wahr sein?«

Tante Ellen nickt heftig: »Oh ja, das kannst du mir glauben. Wir Mütter sehen immer nur, daß die Töchter vieles vergessen und sonst etwas im Kopf haben, nur nicht das, was sie tun sollen. Erst dann, wenn sie sich selbst überlassen sind, merken wir, daß sie alles sehr gut wissen und können.«

Jenny neigt wieder den Kopf und wendet sich der gelben Blume zu. »Ich wünschte nur, Oma Frieda würde nicht immer nur schimpfen und kommandieren. Ich bin noch nicht ganz zur Tür herein, da ruft sie schon: Jetzt geh' und binde deine Schürze um!«

Tante Ellen nimmt Jennys Kopf in beide Hände und lacht ihr herzlich ins Gesicht. Plötzlich hört sie erschrocken auf, als sie den bitteren Ausdruck in Jennys Gesicht wahrnimmt. »Oh, Jenny, verzeih mir bitte. Ich mußte bloß so lachen, weil ich den gleichen Satz noch wortwörtlich aus meiner Jugendzeit im Gedächtnis habe. Da hat meine Mutter es immer zu mir gesagt.«

»Hat sie das wirklich? Ich dachte, nur ich . . .«

Tante Ellen unterbricht sie und winkt ab. »Deswegen solltest du dir gewiß keine Gedanken machen. Das ist nun mal so ihre Weise.«

Jenny merkt, wie ihr die Tränen kommen. »Ich versuche ja alles. Aber manchmal möchte ich wirklich davonlaufen. Ich weiß schon im voraus, daß jede Sache, die ich anfasse, von ihr als falsch gescholten wird.«

Tante Ellen schaut zur Uhr, umarmt Jenny ganz schnell, und sagt dann: »Dafür hast du jetzt deine Chance, ihr zu beweisen, was du wirklich kannst!«

Einige Tage später ruft Tante Ellen an und berichtet, daß die kleine Hazel zur Welt gekommen ist. Sie würde noch ein paar Tage warten, bis Myrtle aus dem Krankenhaus entlassen wird und dann mit dem Bus nach Genevasee fahren.«

An dem Tag, als sie losfährt, zeigt sie Ellen noch, was sie bereits vorbereitet hat. »Für morgen ist noch genug Brot da; aber am Mittwoch mußt du Brot backen. Wenn Onkel Henry mich zur Bushaltestelle fährt, kann er Gehacktes mitbringen. Dann kannst du morgen zum Abendessen Fleischklopse machen und übermorgen eine Kasserolle. Im Sommer bewahre ich Frischfleisch nie länger als zwei Tage auf, obwohl unser Keller recht kühl ist.«

Als Jenny nach dem Abendessen den Abwasch erledigt hat, setzt sie sich hin und entwirft ihren Speiseplan für die nächsten Tage. Dazu benutzt sie Tante Ellens Rezeptkartei.

Am nächsten Morgen schaut sie immer mit einem Auge zur Uhr, während sie den Kaffee brüht, Kartoffeln aufstellt, Milch und Eier aus dem Keller holt, und den Tisch fürs Frühstück deckt.

Die Männer greifen herzhaft zu und gehen dann wieder an ihre Arbeiten.

Jenny setzt sich für ein paar Minuten hin. Es scheint ihr so, als ob sich alles dreht. Sie ist es nicht gewöhnt, gleich vom frühen Morgen an so aktiv zu sein.

»Es wird heute wohl sehr heiß werden!« sagt Onkel Henry, ehe er hinausgeht.

Für Jenny ist es bereits sehr heiß. Sie streicht sich das schweiß-nasse Haar aus der Stirn und befestigt eine vorwitzige Locke mit einer Haarklemme.

Dann denkt sie: »Was bin ich froh, daß ich heute noch nicht Brot backen muß.« Denn Tante Ellen hat ihr eingeschärft, daß sie am Backtag früh beginnen muß, damit sie an einem heißen Tag, das Feuer am Nachmittag eine Zeitlang ausgehen lassen kann.

Jenny hat erwartet, sie würde ein besonderes Gefühl der Freiheit genießen, wenn Oma Frieda nicht hinter ihr her wäre. Aber gleich in den ersten Tagen haben sie die notwendigen Hausarbeiten voll in der Zange. Eins jagt das andere.

Jenny hatte geplant, Wiesenblumen zu pflücken und überall kleine Sträußchen hinzustellen. Aber jetzt ist sie fast am Zusammenbrechen, als nach dem Mittagessen das Geschirr abgewaschen und die Küche ausgefegt ist.

Fünf Uhr soll die nächste Mahlzeit auf dem Tisch stehen. Jenny fragt sich, woher sie die Kraft für all die noch notwendigen Gänge in den Keller und wieder herauf nehmen soll. Woher nimmt Tante Ellen nur die Energie für die vielen Treppenstufen tagaus und tagein? Jenny wird es schwarz vor den Augen. Sie muß sich einen Augenblick an den Türpfosten lehnen, damit es vorübergeht.

Aber am nächsten Tag, nachdem sie sich durch einen guten Nachtschlaf erholt hat, kehrt ihr der frohe Mut wieder zurück. Anstatt der abgeschlagenen Alltagsteller holt sie die guten gelben

Teller aus dem Schrank. Die passen wunderbar zu der grünen Wachstuch-Tischdecke mit den gelben Blumen.

»Wenn ich einmal einen eigenen Haushalt habe, werde ich den Tisch stets mit einem richtigen Service decken«, nimmt sich Jenny im stillen vor.

Nun geht es ans Brotbacken. Das hat sie schon bei Oma Frieda einige Male gemacht, da hat sie eine gewisse Sicherheit. Wenn auch die Arme vom Kneten etwas schmerzen, ist sie doch ganz zufrieden, als der Teig in der großen Backschüssel zum Gehen bereit steht. Das sieht wenigstens genauso aus wie bei Tante Ellen.

Sie setzt sich wieder zum Kartoffelschälen hin und erinnert sich daran, was ihr Tante Ellen davon erzählt hat. Wenn Tante Ellen für jede geschälte Kartoffel nur einen Cent bekommen hätte, wäre sie heute bestimmt schon Millionärin!

Zur Zeit des Abendessens duftet das ganze Haus nach dem frischgebackenem Brot. Jenny ist froh, daß sie Tante Ellens Vorschlag befolgt hat, beim Brotbacken auch ein Backblech Brötchen zu backen, die die Männer zum Mittagessen mit verspeisen können.

Jennys Cousin Harvey bestreicht sein Brötchen mit Butter und sagt: »Kannst du dich noch erinnern, wie Eduard dich immer zum Lachen gebracht hat, als du und Oma Frieda bei uns gegessen habt?«

»Klar, das werde ich nie vergessen!« beteuert Jenny. »Er brauchte nur anzufangen: Jenny – ti-hi-hi, und schon konnte ich mich nicht mehr einkriegen.«

»Und Oma Frieda schaute mit gekrauster Stirn zu dir hin und befahl: Jetzt ist es aber genug! Da lachten aber schon alle, und keiner konnte sich bremsen!«

Als sich alle satt gegessen haben und wieder hinausgegangen sind, setzt sich Jenny an den Tisch und bestreicht das einzige übriggebliebene Brötchen mit Butter. Es schmeckt wirklich großartig! Wenn Oma Frieda mich jetzt hier sehen könnte!

Jenny überlegt: Wenn ich das Feuer gegen halb vier anmache, habe ich das Abendessen bestimmt um fünf Uhr fertig.

Sobald sie mit Geschirrabwaschen fertig ist, schaltet sie das Radio ein und kehrt die Küche nach dem Rhythmus der Melodie, die gerade gespielt wird. Anschließend geht sie ins Wohnzimmer, um nach der nächsten Melodie dort Staub zu wischen. Das macht Freude, da geht die Arbeit so leicht von der Hand.

Wenn doch nur endlich die langweilige Elektrizitätsgesellschaft die Stromleitung auch bis zu ihnen verlängern würde, damit sie auch daheim ein Radio bekommt. »Dieses Jahr bestimmt!« hat Onkel Roy gesagt.

Jenny setzt sich für einen Moment aufs Sofa und – schläft prompt ein.

Als es drei Uhr schlägt, wacht Jenny auf, erschrickt und springt so schnell auf, daß ihr schwindlig wird.

Für morgen früh muß sie noch mehr Pellkartoffeln haben. Aber als erstes muß sie jetzt das Feuer im Herd wieder anmachen. Sie kruschelt altes Zeitungspapier zusammen und legt ein paar Späne und trockene Zweige darauf. Ritsch, ratsch ein Streichholz – und mit der kleinen Flamme zündet sie das Papier an. Sie legt richtige Holzstücke nach und geht in den Keller, um Kartoffeln zu holen.

Sie kommt zurück in die Küche. Was ist los? Kein Knacken und Knistern des Feuers ist zu hören! Sie schaut in das Feuerloch im Herd. Nein! Das Holz liegt noch genauso da, wie sie es hineingelegt hat. Hastig kruschelt sie mehr Papier zusammen und legt noch mehr als zuvor Anbrennholz darauf. Dann zündet sie es wieder an.

Nachdem sie die Keime von den Kartoffeln entfernt und die Kartoffeln gewaschen hat, schaut sie wieder ins Feuerloch. Das Holz ist kaum etwas schwarz geworden, aber nicht angebrannt.

Vier Uhr! Jenny nimmt zwei Holzstücke heraus und beginnt wieder die gleiche Prozedur des Feuermachens, Papier, kleine Stücke Anbrennholz, Streichholz.

Ihre Knie beginnen zu zittern. Oma Frieda hat doch recht behalten! Sie kann nicht einmal das Abendessen pünktlich auf den Tisch bringen.

Als auch der neue Versuch mißlingt, das Feuer in Gang zu bringen, rennt sie hinaus in den Holzschuppen und findet in einer entfernten Ecke extradürres Holz.

Als Jenny das Feuer im Herd endlich brennen hat, ist es halb fünf. Sie hat noch nicht einmal die Kartoffeln, die sie gestern gekocht hat, fürs Abendessen geschält.

Onkel Henry kommt herein, wäscht sich die Hände und trocknet sie ab.

Jenny sagt: »Es tut mir leid, ich habe das Feuer nicht angekriegt.

Das Abendessen ist gleich fertig.« Sie weiß genau, daß die Männer hungrig sind und schnell wieder hinaus wollen, damit es mit dem Melken und Ausmisten nicht so spät wird.

Onkel Henry wirft einen Blick auf den halbgedeckten Tisch. Dann sagt er ziemlich barsch: »Ruf mich, wenn das Essen fertig ist!«, nimmt sich die Zeitung und verzieht sich ins Wohnzimmer.

Es klang nicht direkt ärgerlich, aber Jenny weiß sehr wohl, daß er auch nicht gerade froh ist.

Es war bereits halb sechs, als Jenny Onkel Henry ruft. Sie muß ihn zweimal rufen. Harvey und Jim haben sich schon auf die Bank gesetzt und ihre Teller gefüllt, ehe Onkel Henry seine Zeitung weggelegt hat.

***

Als Onkel Henry nach einer Woche zur Bushaltestelle fährt, um Tante Ellen wieder abzuholen, ist Jenny fix und fertig.

»Onkel Henry hat mir erzählt, daß du deine Arbeit sehr gut gemacht hast, Jenny«, sagt Tante Ellen, als sie sich zu einer Tasse Tee an den Tisch setzt. Sie lächelt. »Ich nehme nicht an, daß er es dir selber gesagt hat!«

Jenny schüttelt den Kopf. »Das kann ich auch wirklich nicht erwarten.«

»Du bist ein gescheites Mädchen. Männer nehmen immer alles als ganz selbstverständlich, es sei denn, sie müssen es einmal selber machen.«

»Ärgert dich das nicht manchmal?« fragt Jenny.

»Oh, das ist schon lange her. Jetzt mache ich einfach meine Arbeit und warte nie auf eine Anerkennung. In der Bibel steht, wir sollen alle unsere Arbeit so tun, als ob wir sie für Gott tun. Wenn wir das immer beachten, werden wir niemals enttäuscht.«

Jenny nimmt sich vor, dieses Wort von Tante Ellen im Gedächtnis zu behalten, und später noch einmal darüber nachzudenken. Jetzt fordert sie Tante Ellen auf: »Erzähl mir bitte von Myrtles Baby.«

Tante Ellen strahlt: »Sie sieht aus wie eine kleine süße Puppe, pechschwarze Haare und kleine Grübchen. Ich meine, sie sieht ihrem Vater ähnlich. Ich wünschte nur, sie würden nicht so weit entfernt wohnen.«

»Ich kann es fast nicht abwarten, die Kleine zu sehen«, erklärt Jenny.

Als Jenny wieder daheim bei Oma Frieda ist, verschweigt sie die Probleme, die sie bei der Arbeit hatte; aber sie erzählt ihr natürlich, was Onkel Henry zu Tante Ellen im Bus gesagt hat.

Oma Frieda seufzt tief und erleichtert. »Ich bin nur froh, daß es vorüber ist«, sagt sie, »und für dich war es sicher eine gute Vorübung.«

***

Am nächsten Mittwoch abend kommt Erich wieder zu Besuch, aber diesmal im Auto seines Vaters.

Er und Jenny setzen sich auf die Verandaschaukel.

Nach einem Weilchen Stille zwischen ihnen sagt Erich: »Ich habe einen ganzen Stapel Bilder mitgebracht, komm, wir gehen zum Auto, und ich zeige sie dir.«

Im Auto knipst er das Innenlicht an, und sie rücken zum Bilderanschauen dicht zusammen. Erich erklärt ein Bild nach dem anderen. So lernt Jenny Chikago kennen.

Als Jenny aussteigt und zum Haus zurückkommt, empfängt sie Oma Frieda mit einem Gesicht, als ob gleich ein Donnerwetter losbrechen würde. »Junge Dame, ich war schon drauf und dran hinauszugehen, um dich aus dem Auto zu zerren! Weißt du wirklich nichts Besseres, als mit einem jungen Mann im Auto herumzuknutschen!«

Jenny ist wie betäubt. Sie kriegt kein Wort über die Lippen. Erich hat ihr überraschend ein zartes Abschiedsküßchen auf die Wange gedrückt, ehe er abfuhr, sonst war absolut nichts zwischen ihnen vorgefallen. Was denkt Oma Frieda nur? Armer Erich! Er hat sich wie ein korrekter Gentleman benommen, und Oma Frieda verdächtigt ihn, auf eine schnelle Eroberung aus zu sein oder, wer weiß, was sonst noch im Auto passiert sein soll!

»Oh, Mama, wir haben bestimmt nichts Schlechtes getan!« ruft Jenny aus.

Aber so schnell ist Oma Frieda nicht zu besänftigen. »Jetzt werde du bloß nicht noch obendrein aufsässig! Mit meinen eigenen Augen habe ich gesehen, daß ihr so dicht zusammensaßt, daß man denken konnte, beide Köpfe seien nur einer!«

Jenny schüttelt heftig den Kopf und stöhnt vernehmlich. Dann schiebt sie ihren Stuhl dicht an Oma Friedas Schaukelstuhl und spricht ihr laut ins Ohr: »Erinnerst du dich an die Schulabschlußfeier, bei der wir bis zum Morgengrauen ausblieben? Damals hast du mir geraten, ich soll mir kein Gewissen machen lassen, solange ich selber weiß, daß ich nichts Böses getan habe?«

Oma Frieda zieht die Stirn kraus, dann nickt sie aber zustimmend.

»Genauso ist es jetzt für mich. Du kannst mir keine Schuld einreden, wenn ich genau weiß, daß wir nichts Anstößiges miteinander getan haben. Wir haben nichts weiter gemacht, als zusammen Bilder von Chikago angesehen!«

Oma Frieda schaut Jenny an, als ob sie sagen wollte: »Das sind die üblichen Ausreden!«

Unwillig stößt Jenny ihren Stuhl zurück, steht auf und stampft die Stiege hinauf in ihr Zimmer. Sie denkt: »Es ist zwecklos! Oma Frieda bringt keiner von ihrer vorgefaßten Meinung ab.«

***

Als am darauffolgenden Sonntag Kenny mit seiner Familie aufkreuzt, um Jenny zu einer Geburtstagsfeier von einem Cousin Kennys abzuholen, strahlt Oma Frieda alle freundlich an.

Als aber das Auto verschwunden ist, überfallen sie Selbstanklagen und Selbstmitleid wie ein Schwarm Hornissen.

Sie setzt sich draußen auf die Verandaschaukel und bekämpft ihre bösen Gedanken auf ihre Weise. Sie betet: »Himmlischer Vater, jetzt bin hier wieder ganz alleingelassen. Je älter ich werde, desto mehr läßt man mich allein. Aber je älter ich werde, desto näher ist auch mein Kommen zu dir. So möchte ich diesen Nachmittag einmal ganz in deiner Gemeinschaft zubringen. – Ich danke dir, himmlischer Vater, daß du Jenny geholfen hast, als sie bei Ellens Familie gearbeitet hat. Ich fürchtete so sehr, daß es für sie eine schreckliche Zeit würde. Nun hast du aber alles wohl gemacht. Sie loben ihren Dienst, und ihr hat es Freude gemacht. Hab Dank für alles, himmlischer Vater. Amen.«

Oma Frieda setzt die Schaukel langsam in Bewegung. Sie hört ihr Quietschen nicht mehr wie früher. Auch das Tschilpen der Spatzen, die sie vor sich hüpfen und picken sieht, kann sie nicht hören, aber sie kann es sich vorstellen. Vielleicht singt auch der kleine Zaunkönig, den sie vorhin in dem wohlriechenden Busch »Jelängerjelieber« verschwinden sah. Hören kann sie es nicht, aber sie kann es sich vorstellen.

Sie hört auch ihren eigenen Gesang nicht mehr und singt trotzdem unentwegt die Lieder, die ihr Trost und Zuversicht geben: »Ich brauch' dich allezeit . . .«, »Ich bin dein, o Herr . . .«, »Fels des Heils, geöffnet mir . . .«, »So wie ich bin, so muß es sein . . .«

Im Geist hört Oma Frieda nicht ihre eigene Stimme, sondern die zarte Stimme ihrer Tochter Emmi, Jennys Mutter. »Jetzt wäre sie schon siebenunddreißig Jahre alt. Ob sie wohl sieht, was hier unten auf der Erde gschieht? Sieht sie wohl, wie Jenny allmählich erwachsen wird? Was hätte Emmi gemacht, wenn sie Jenny so in dem Auto mit dem jungen Mann hätte sitzen sehen?« Oma Frieda seufzt: »Wer weiß, vielleicht hätte sie ihr Kind nicht einmal so hart verurteilt; denn die beiden jungen Leute hatten ja die Innenbeleuchtung des Autos an.«

Nur noch ein Schuljahr, und was kommt dann? Die jungen Mädchen, die nicht gerade einen jungen Mann von den Siedlerfamilien in dieser Gegend heiraten, ziehen alle in die Großstädte, um dort zu arbeiten.

Oma Frieda singt und schaukelt noch ein Weilchen. Dann steht sie auf, um hineinzugehen, eine Tasse Kaffee zu trinken und ein Käsebrot zu essen.

Bei Tisch überfällt sie wieder das Gefühl grenzenloser Einsamkeit. Sie schaut empor zum Bild ihres Mannes. Da ist so vieles, was sie ihm erzählen möchte und vor allem, worin sie gern seinen Rat hätte.

»Albert, bin ich zu hart zu Jenny?« fragt sie in sich hinein. »Oder lasse ich die Zügel zu sehr schleifen?«

Oma Frieda ist fest entschlossen, alles zu tun, daß Jenny nicht stolz und hochmütig wird.

Aber Jenny muß doch auch selbst etwas tun, um eine ordentliche junge Frau zu werden, die etwas leisten kann und sich zu einer echten Persönlichkeit entwickelt.

Oma Frieda kommen die Tränen. »Oh, wie liebe ich dieses Kind!« Wie gerne möchte ich sie so richtig fest in die Arme nehmen und liebhaben; aber wäre das wirklich gut für Jenny? Nein, sicherlich nicht!«

Wie oft schaut sie ihr nach, sieht das saubere Haar im Sonnenschein leuchten, sieht den jungen, schlanken Körper, sieht die Blitze in den graublauen Augen, wenn Jenny aufgeregt ist. Dann möchte sie so gerne sagen: »Weißt du auch wie hübsch und anziehend du bist!« Aber das wird Oma Frieda um alles in der Welt nie tun. Sie wird es hinunterschlucken, auch dann, wenn es ihr selbst weh dabei zumute ist.

Oh, wie wäre alles anders, wenn Emmi noch leben würde. Sie könnten beide zusammen über Jenny sprechen, lachen und sich über ihre Entwicklung freuen.

Abrupt steht Oma Frieda auf, wischt die Krumen vom Tisch in ihre Hand und streut sie den Vögeln draußen vor der Tür hin. Energisch kommandiert sie sich selbst: »Jetzt reicht's aber mit den Wenn-und-aber-Gedanken!«

Eine Frage bleibt ihr aber doch im Genick sitzen: »Woher bekomme ich die Sicherheit, daß ich wirklich das Beste für Jenny tue?«

***

Der Geruch des frischen Holzes versetzt Oma Friedas Blut in Wallung. Schließlich ist sie die Witwe eines der ersten Pionieransiedler in dieser Gegend. Und jetzt gibt es auf einmal wieder viel frischgefälltes Holz.

Carl und Olga wollen sich ein neues Haus bauen. Die Farmarbeit bleibt deswegen nicht liegen, aber nebenher wird das Bauholz gefällt.

Im Frühjahr verkündet Carl: »Ich hoffe, wir sind im neuen Haus, bevor unser Baby im August kommt!«

Als Oma Frieda aber in diesen Julitagen durch das halbfertige Haus geht, sieht es ihr doch mehr danach aus, daß das Baby noch vor dem Umzug kommen wird.

»Wir haben uns bis jetzt beholfen«, sagt ihre Schwiegertochter Olga freundlich, »so wird es auch noch ein paar Wochen so gehen!«

Oma Frieda sammelt rund um die Baustelle herum Holzstücke in ihre Schürze, um sie zum Feuermachen aufzuheben. Da kommt der kleine Marvin und zieht an ihrer Schürze und bedeutet ihr mitzukommen.

»Ja, ja«, versichert sie ihm, »aber erst muß ich meine Schürze in die Holzkiste ausleeren, verstehst du, kleiner Wicht?«

Er schüttelt den Kopf ganz wild und zieht noch energischer an der Schürze.

»Gut«, sagt Oma Frieda ergeben, »wenn es sein muß.« Dann folgt sie dem kleinen Mann mitsamt ihrer vollen Schürze zu einem schattigen Plätzchen am äußersten Ende des Grundstücks.

Dort ruft sie bewundernd aus: »Oh, das ist ja ganz großartig, was ihr da gebaut habt!« und neigt sich hinunter zu der »Stadt«, die dort aus lauter Holzstückchen entstanden ist. »Wollt ihr dieses Baumaterial auch noch haben?« fragt sie und deutet auf den Inhalt ihrer vollen Schürze.

Drei kleine Köpfchen nicken zur Antwort.

So schüttet Oma Frieda ihre ganze Sammlung aus. Sie tröstet sich damit, daß so die Holzabfälle auf jeden Fall den Männern nicht mehr im Weg herumliegen, und später können sie immer noch ihren Weg in die Holzkiste nehmen.

»Ich werde euch mal was sagen!« erklärt Oma Frieda, als sie einen leeren Karton entdeckt. »Ihr sucht jetzt einen Strick und den befestigen wir an diesem Karton. Dann könnt ihr mit dem Lastauto überall Holz einladen und es zu eurer Stadt ziehen.

Die Kinder schauen sich an und grinsen begeistert. Albert rennt gleich los, um einen Strick zu suchen und Oma Frieda holt ein Messer, um Löcher dafür in den Karton zu schneiden.

Währenddessen decken Tante Olga und ihre Nichte Jenny in dem kleinen Blockhaus den Tisch. Dabei steht Jennys Mundwerk keinen Augenblick still. Sie möchte von ihrer Tante gern guten Rat haben.

»Tante Olga, denkst du, es ist verkehrt, wenn man sich zur gleichen Zeit mit zwei jungen Männern anfreundet? Ich betrüge keinen von beiden. Jeder weiß von dem anderen und auch, daß ich Verabredungen mit dem anderen habe.«

Tante Olga steckt nachdenklich ein Stück Holz in den Herd.

»Jenny, es kann sein, daß du eines Tages damit aufhören mußt. Wenn der richtige Augenblick gekommen ist, mußt du einem den Laufpaß geben, ja vielleicht sogar allen beiden, wenn noch ein anderer in dein Leben kommt, und er der Richtige ist. Und das mußt du wissen, dann verletzt du jemand, und das tut bitter weh.«

Jenny hält gerade einige Bestecke in der Hand. Sie starrt zum Fenster hinaus: »Daran habe ich noch nie gedacht.«

Tante Olga nimmt einen Laib Brot und beginnt, Scheiben zu schneiden.

Nach einer kurzen Stille sagt sie ernst: »Jenny, es wird dir vielleicht seltsam scheinen; aber in einer Sache bin ich in bezug auf dich mit deiner Tante Helen gleicher Meinung, daß du zu jung bist, um dein Leben jetzt schon an einen einzigen jungen Mann zu binden. Aber was mir dabei noch wichtiger ist, daß du keinem von beiden berechtigte Hoffnungen auf die Zukunft machst.«

Ehe Jenny antworten kann, kommt Oma Frieda zur Tür herein, um ein Messer zu holen, damit sie den »Stadtbaumeistern« helfen kann, ein »Lastauto« zu bauen. Sie erzählt Olga von dem Unternehmen ihrer drei Sprößlinge.

Tante Olga lacht, als die Tür hinter Oma Frieda ins Schloß fällt. »Ja, heute geht es meiner Schwiegermutter wirklich gut. Sie blüht richtig auf, wenn sie sieht, daß es mit ihren Nachkommen bergauf geht. Sie hat ihren Namen zu Recht. Ich kenne keine Persönlichkeit sonst, die solch tiefen Frieden ausstrahlt.«

Als Jenny abends wieder daheim einen Eimer voll Wasser pumpt, muß sie wieder an Tante Olgas Worte denken.

Jenny bewundert Leute, die Pläne haben, etwas in der Welt verändern wollen und die sich nicht mit dem, was da ist und wie es ist, zufriedengeben. Es ist ihr noch in den Sinn gekommen, Leute zu bestaunen, die ihr immer gleiches Tagwerk zufrieden tun. Nun fragt sie sich, wie kann Oma Frieda bei ihrer stupiden Arbeit singen und glücklich und zufrieden sein?

Jenny trägt den Wassereimer durchs Haus und bemüht sich, daß das Wasser nicht überschwappt und auf Tante Helens Küchenfußboden Pfützen hinterläßt.

Oma Frieda sitzt in ihrem Schaukelstuhl und flicht ihr langes, graues Haar, so wie sie es jeden Abend vor dem Zubettgehen macht. Ihr Gesicht strahlt glücklich und zufrieden, als wolle sie sagen, daß es heute ein wundervoller Tag war.

»Ich sehe schon Carls Familie in dem neuen Haus«, sagt sie, »Olga wird zuerst gar nicht wissen, was sie mit soviel Raum anfangen soll. Aber ich habe nie gehört, daß sie über das kleine, enge Blockhaus gestöhnt hätte.«

Jenny nickt. Sie meint, es sei keine Antwort nötig, denkt aber weiter darüber nach.

Als sie dann oben in ihrem Zimmer im Nachthemd vor ihrem Bett steht, kommt ihr ein Gedanke in den Sinn. Es ist so, als ob ein letztes Puzzleteilchen, das noch nötig ist, um das Bild zu vervollständigen, auf seinen Platz gerückt wird: Oma Frieda ist eigentlich auch auf Fortschritt eingestellt. Aber bei Jenny ist es nur deshalb so ganz anders, weil sie nur sich selbst im Blickfeld hat. Oma Frieda dagegen ist so selbstlos, daß nur dann herzliche Freude bei ihr aufkommt, wenn es bei anderen vorangeht.

Jenny starrt auf ihr Spiegelbild. Dann erhebt sie drohend ihre Haarbürste und schreit ihr Konterfei im Spiegel an: »Du bist ein ganz egoistisches Biest!«

Der Unfall

Durch den August hindurch pflückt Jenny im Garten Beeren, übt sich im Nähen und verbringt manche schöne Stunde – sowohl mit Kenny als auch mit Erich.

An einem Mittwochabend, nachdem Jenny den Nachmittag über sehr nett mit Erich zusammen gewesen war, und sich nun gerade zur Nacht fertigmacht, klopft es plötzlich. Bevor jemand antworten kann, öffnet Erich die Tür und erklärt, sein Fahrrad sei verschwunden. Er ist ziemlich aufgeregt und spricht leise, ohne daran zu denken, daß Oma Frieda kein Wort verstehen kann.

»Warte einen Augenblick, ich komme mit einer Taschenlampe«, sagt Jenny eifrig.

Sie leuchten hierhin und dorthin und suchen den ganzen Hof ab. Schließlich finden sie Erichs Fahrrad hinter der Garage.

Jenny sagt: »Ich vermute, Onkel Roy mag dich sehr. Er würde sich bestimmt nicht die Mühe machen, dir einen Streich zu spielen, wenn es anders wäre.«

Erich drückt seine Wange an Jennys und flüstert: »Ich hoffe, er ist nicht der einzige, der mich hier gern hat.«

Als sich Jenny später in ihr Bett kuschelt, erinnert sie sich an diese sehnsüchtig klingenden Worte. Es klingen ihr dabei aber auch Tante Olgas Worte in den Ohren: »Und dann wird es einem von beiden sehr weh tun.«

Wer wird es sein? Kenny oder Erich? Sie möchte keinem weh tun. Warum ist das Leben so kompliziert?

Am nächsten Tag sitzt Jenny auf der Verandaschaukel, schwingt ganz langsam hin und her und umsäumt dabei einen Rock.

Im stillen vergleicht sie die beiden »Männer ihres Lebens«.

Erich ist entschieden intelligenter als Kenny. Er hat Ziele und plant sein künftiges Leben.

Kenny spricht kaum über Zukünftiges. Die einzige Andeutung über die nahe Zukunft, die Jenny bisher von Kenny gehört hat, war: »Wenn Hitler weiter so vorangeht, bekomme ich demnächst auch noch meinen Gestellungsbefehl!«

Erich ist ein hübscher Mann, Kenny ist dagegen ein goldiges Kerlchen. Erich ist groß und stattlich, und Kenny wird wohl stets kleiner als Jenny bleiben. Erich hat solide Grundsätze und in seiner Familie spielt der Alkohol keine Rolle. Kennys Vater hat immer Bier im Hause, wie die meisten Familien deutscher Herkunft.

Jenny seufzt und hört mit dem Vergleichen auf. Sie stellt resigniert fest: »Je mehr ich über die beiden jungen Männer nachdenke, desto größer wird das Durcheinander in meinem Innern.«

***

»Willst du wirklich für immer nach Chikago ziehen, Kenny?« fragt Jenny erschrocken, als Kenny ihr von seiner baldigen Abreise berichtet.

Kenny drückt ihre Hand fester, als sie beide in der Abenddämmerung auf einem einsamen Weg dahinschlendern. »Ich möchte dich nicht verlassen, Jenny. Aber hier finde ich nie Arbeit. Ich habe es schon immer kommen sehen, daß ich eines Tages in eine Großstadt ziehen muß, wenn ich nicht Farmer werden kann oder in der Mühle arbeiten will.«

»Wann wirst du abreisen?«

»In drei Wochen. Ich fahre von Merrill am 7. September ab.«

»Nur noch drei Wochen!« ruft Jenny entsetzt aus.

»Ja, ja. Meine Mutter schickt meine Kleider vorher per Post dorthin, so daß ich mich nicht mit Koffern schleppen muß. Ray holt mich dann in Chikago vom Unionsbahnhof ab. Er hat mir schon geschrieben, wo er in Chikago überall gewesen ist. Ich kann dir sagen, es ist aufregend! Ich bin noch nie in einer Großstadt gewesen.«

Jenny kann es nicht fassen, daß Kenny so erwartungsfroh abreisen kann. Anscheinend denkt er kein bißchen daran, daß sie hier ohne ihn zurückbleibt. Der Kloß in ihrem Hals wird immer größer.

Trotzdem drückt sie zaghaft noch eine Frage heraus: »Wo wirst du denn wohnen?«

»Zunächst wohnen wir beide, Ray und ich, bei meiner Schwester Viktoria. Wir hoffen, daß wir in einigen Wochen beim Christlichen Verein Junger Männer ein passendes Quartier beziehen können.«

Jenny ist einfach nicht mehr fähig zu antworten.

Kenny fährt ruhig fort: »Meine Freunde und ich, wir wollen eine Abschiedsparty veranstalten, und zwar an dem Abend vor meiner Abreise. Nichts Großartiges, nur wir beide und Peter und Curly, dann noch Spike, vielleicht bringt auch er ein Mädchen mit. Wir wollen erst im Blauen König zusammen Abendbrot essen und dann in die Sommerhütte von Peters Familie fahren. Sie liegt am Harpersee. Seine Eltern haben es uns erlaubt.«

Jenny bleibt still. Oh ja, sie hätte diesen letzten Abend vor Kennys Abreise viel lieber mit ihm allein verbracht.

Sie kommen von ihrem Spaziergang zurück zum Haus und setzen sich auf die Verandaschaukel. Leise und sanft schwingen sie hin und her.

Schließlich fällt es Kenny auf, daß Jenny schon eine Zeitlang stumm ist. »Warum bist du heute so schweigsam?« fragt er leise.

Jenny hätte ihm so gern gesagt, wie sehr er ihr fehlen wird, daß ihre ganze Welt auf einmal leer sein wird. Aber sie kann einfach keine Worte finden. Statt dessen beginnt sie zu weinen.

Kenny nimmt sie in den Arm und drückt sie fest an sich, während sie versucht, ihre Schluchzer hinunterzuschlucken. »Jenny, ich werde dich sehr vermissen. Ich weiß das schon jetzt, und du weißt es auch, nicht wahr? Zu Weihnachten bin ich wieder da. Und vielleicht finde ich auch eine Stelle für dich, so daß du auch nach Chikago kommen kannst, wenn du mit der Schule fertig bist.«

An diesem Abend stößt Jenny nur ganz sanft an Oma Friedas Bett, als sie heimkommt. Sie gibt ihr einen Gutenachtkuß, erzählt aber nichts von Kennys Abreise. Sie kann es nicht, ohne gleich wieder loszuweinen. Außerdem müßte sie so laut sprechen, daß es gleich das ganze Haus erführe, was ihr solchen Kummer macht. Jenny weiß, sie wird noch manche Träne weinen, ehe sie ruhig darüber sprechen kann.

Als nach den Ferien der erste Schultag heraufdämmert, hat Jenny keine Lust aufzustehen. Es ist alles so ganz anders jetzt – ohne Freund Kenny und ohne Cousine Grace. Ein Trost nur, daß wenigstens Pearl noch da ist.

In den nächsten Tagen bleibt es so. Ja, Jenny erwartet tagträumerisch, daß Kenny jeden Augenblick um irgendeine Ecke geflitzt kommt. Und wenn sie dann ernüchtert feststellt, daß es nicht sein kann, kommt sie sich so maßlos einsam und verlassen vor.

Aber die Zeit rast. Der 6. September, der Vortag von Kennys Abreise ist bald da.

Heute ist die Abschiedsparty. Kenny will gegen 19.00 Uhr dasein, um Jenny abzuholen. Sie ist schon lange vorher fertig, und ganz zapplig kann sie es kaum erwarten, daß er endlich kommt. Sie läuft zum Ostfenster in Oma Friedas Schlafzimmer, kommt zurück in die Wohnküche, bürstet sich noch einmal die Haare. Läuft wieder zum Ausguck, ob das Auto noch nicht in Sicht ist.

Oma Frieda beginnt zu schelten: »Nun setz' dich endlich hin. Du machst mich ganz nervös!«

Jenny gehorcht und versucht, etwas zu lesen. Aber bald springt sie wieder auf und schaut zum Ostfenster hinaus, weil sie meint, etwas gehört zu haben. Was ist bloß los? Kenny ist doch sonst stets pünktlich?

Oma Frieda ärgert sich und stößt unwillig heraus: »Du kannst dich ruhig hinsetzen und sitzenbleiben. Er hat dich eben sitzenlassen! Er kommt überhaupt nicht mehr!«

»Niemals!« schreit Jenny aufgeregt und wird puterrot im Gesicht. Wie kann Oma Frieda so etwas Schreckliches behaupten. Es ist doch heute der letzte Tag, da sie für lange Zeit zusammen sein werden. »Er kommt, er kommt!« ruft sie dann triumphierend; denn sie hat das Auto oben auf dem Gipfel des Hügels erspäht.

Schnell schnappt sie sich ihre Handtasche und das kleine, niedlich verpackte Abschiedsgeschenk, um hinauszulaufen.

Oma Frieda kommt hinterdrein, sie will sich von Kenny verabschieden. »Wenn ihr zurückkommt, bin ich wohl schon im Bett, so möchte ich mich jetzt von dir verabschieden. Ich hoffe, du hast Freude an der neuen Stelle in Chikago und alles geht gut aus für dich.«

Kenny gibt Oma Frieda die Hand, nickt und lächelt.

Oma Frieda nimmt die ausgestreckte Rechte, zieht ihn an sich heran und umarmt ihn.

Jenny kann sich nicht erinnern, daß Oma Frieda das je zuvor mit irgend jemand gemacht hat, außer mit ihren eigenen Kindern.

Oma Frieda winkt vom Ostfenster, als sie losfahren, dann noch einmal vom Nordfenster, als sie schon weit draußen auf der Landstraße sind. Und als Jenny später noch einmal zurückschaut, meint sie Oma Friedas Umrisse auch noch im Westfenster zu sehen.

Dann rückt sie näher an Kenny heran. Ach, sie möchte so gerne jeden Augenblick des heutigen Abends mit ihm zusammen genießen.

***

Nachdem Kennys Auto nicht mehr zu sehen ist, nimmt Oma Frieda die Brille ab, um sich die Tränen abzuwischen. Sie wird Kenny vermissen.

Mit einem tiefen Seufzer setzt sie sich in den Schaukelstuhl und beginnt zu stricken. Jennys zorniges Gesicht kommt ihr in den Sinn. »Warum in aller Welt mußte ich den Blödsinn vom Sitzenlassen sagen?« fragt sie sich selber. »Das wäre doch das Allerletzte, was ich Jenny wünschen würde! Warum nur bin ich heute abend so mißgestimmt? Irgendwie wollte ich heute nicht, daß Jenny mitfährt. Warum wohl?«

Als Oma Frieda dann später im Nachthemd auf der Bettkante sitzt, betet sie sehr lange für Jenny und Kenny. Sie bittet Gott um Bewahrung – heute und morgen auf der langen Reise nach Chikago, und sie betet auch dafür, daß Jenny die Trennung verschmerzen lernt.

Dann schläft sie friedlich, ruhig, tief und fest bis halb zwölf Uhr nachts. Obwohl sie Jenny keine bestimmte Zeit für ihre Heimkehr vorgeschrieben hat, gilt es bei ihnen als abgemacht, daß sie bis Mitternacht wieder daheim sein soll. Jedesmal, wenn die Scheinwerfer eines Autos ihr Licht an die Schlafzimmerdecke werfen, denkt Oma Frieda: Das sind sie jetzt! Aber das Licht wandert immer weiter und verschwindet in der Ferne.

Halb eins wird Oma Frieda allmählich unruhig. Sie schaut zum Fenster hinaus. Es regnet. Die unbefestigten Landstraßen sind jetzt bestimmt schlüpfrig.

Ein Uhr ist sie so unruhig, daß sie es im Bett nicht mehr aushält. Sie steht auf, zieht sich an und geht einmal ums Haus. Da kommt wieder ein Auto, aber es fährt vorbei.

Oma Frieda betet um Frieden und übergibt ihre Unrast ganz Gott, ihrem lieben himmlischen Vater. Dann zieht sie sich wieder aus und geht zu Bett.

Sie muß eingeschlafen sein, denn als sie wieder auf die Uhr

sieht, ist es bereits zwei Uhr. »Diese verrückten Kinder! Wo mögen sie bloß stecken? Wenn es auch das letzte Zusammensein für lange Zeit ist, dürfen sie es doch nicht derart übertreiben!«

Sie bleibt halbwach liegen, duselt dann wieder ein bißchen ein und schreckt plötzlich nach einem fürchterlichen Alptraum in die Höhe. Drei Uhr fünfzehn! Ein eisiger Griff umklammert ihr Herz. Einen Augenblick lang ist sie unfähig, sich zu bewegen. Dann steht sie auf, zieht sich den Morgenrock über und geht von Fenster zu Fenster und versucht, ihr Zittern und Beben zu unterdrücken. »Ich weiß es, ich weiß es bestimmt, irgend etwas stimmt da nicht. Es muß etwas Schreckliches passiert sein. Aber wenn es ein Unfall wäre, hätte doch längst jemand angerufen!«

Sie setzt sich in den Schaukelstuhl, beißt die Zähne fest aufeinander und faltet krampfhaft die Hände. Vor ihrem inneren Auge steht das bekannte große weiße Haus »Taylors Beerdigungsanstalt«.

Gewaltsam wehrt sie sich: »Nein, nein! Ich darf solchen Gedanken keinen Raum geben. Vater im Himmel, hilf mir doch in meiner Qual!«

Sie kämpft sich auf die Füße und läuft unruhig überall umher. Dann versucht sie, auswendig gelernte Bibelverse laut herzusagen: »Wer festen Herzens ist, dem bewahrst du Frieden; denn er verläßt sich auf dich.« Dann betet sie wieder inbrünstig: »Oh, großer Gott, ich vertraue dir, deine Liebe zu diesen meinen Kindern ist vollkommen. Du hältst deine Hand über sie und schützt und bewahrst sie. Amen.«

Sie wandert unruhig von einem Raum in den anderen. Ein anderer Bibelvers fällt ihr ein: »Sorgt euch um nichts, sondern in allen Dingen laßt eure Bitten in Gebet und Flehen mit Danksagung vor Gott kundwerden.« Sie wiederholt den Spruch mehrmals im Flüsterton.

Dann hört sie wieder schepperndes Metall, das sich laut kreischend verdreht, dann splitterndes Glas, und sie sieht Totenstille um junge Körper. Laut ruft sie: »Nein, nein, ich will mich von solch bösen Bildern nicht bedrängen lassen!«

Dann schaltet sie das Licht ein. Vielleicht vertreibt das die bösen Gedanken und Bilder.

Sie setzt sich wieder hin und nimmt das Strickzeug zur Hand. Aber ihre Finger zittern derart, daß sie dauernd Maschen fallen läßt. Es hat keinen Zweck, sie legt das Strickzeug wieder beiseite.

Vielleicht haben sie das Auto irgendwo geparkt. Und eine neue, ganz andere Angst überfällt Oma Frieda plötzlich. Ihr kommt die Erinnerung an Emmis Geständnis vor 18 Jahren. Erbärmlich schluchzend hatte sie immer wieder in den Schoß der Mutter gejammert: »Oh, Mama, es war nur ein einziges Mal!«

»Oh, nein«, jammert jetzt Oma Frieda, »dasselbe nicht noch einmal!«

Sie blickt zur Uhr: halb fünf! Was soll ich sagen, wenn sie kommen? Soll ich eine Erklärung verlangen oder nicht?

Sie schaltet das Licht wieder aus und wandert mit schwankenden Beinen wieder von Fenster zu Fenster.

»Jesus, Jesus, ich flehe dich an. Ich überlebe es nicht, wenn dem Mädchen etwas angetan wird. Oh, Herr Jesus, laß doch nichts Schlimmes zu!«

***

Lachend und sich gegenseitig neckend gehen Jenny und Kenny und ihre Freunde nach dem Abendessen zum Auto zurück.

Jenny hält ihre Handtasche über den Kopf, um ihre Haare vor dem Nieselregen zu schützen.

Dann fahren sie los, um in der Sommerhütte weiterzufeiern.

Unterwegs, kurz vor Niggemanns Kurve, warnt Peter seinen Freund Kenny am Steuerrad: »Achtung! Langsam in dieser Kurve. Mein Bruder hat sich hier vor zwei Wochen überschlagen.«

Kenny packt das Steuerrad fester, nimmt den Fuß vom Gashebel und antwortet: »Ja, du hast recht, es fährt sich wie auf einer Ölspur.«

Seine Worte sind noch nicht verhallt, als das Auto umkippt, über den Kies schrammt, irgendwo dagegenstößt und auf dem Dach neben der Fahrbahn liegenbleibt.

Dann hört man nichts mehr, und es ist stockfinster.

»Kenny, stell' den Motor ab!« schreit Spike.

»Ich kann den Zündschlüssel nicht erreichen. Was ist mit den anderen?«

Peter schreit: »Curly blutet im Gesicht! Sie muß als erste hier heraus!«

»Jenny, was ist mit dir?« fragt Kenny mit angsterfüllter Stimme.

Jenny liegt auf etwas Hartem, das ihr in den Rücken drückt; aber sie kann Arme und Beine bewegen. Als sie versucht, den Kopf zu heben, merkt sie, daß ihre Haare irgendwie eingeklemmt sind.

»Wenn sonst nichts ist, wollen wir erst einmal ein Auto anhalten, damit wir Curly zum Arzt bringen können«, sagt Kenny atemlos.

Scheinwerfer blenden auf!

»Kommt, versucht sie hier heraufzubringen«, sagt einer von den Jungen.

Jenny hört, wie ein Auto herankommt, langsamer wird, anhält, dann eine brummige Stimme: »Was ist los? Mitnehmen? Ohne mich! Ich laß doch mein Auto nicht mit Blut versauen!«

Reifen quietschen, ein Motor heult auf, und die jungen Männer stehen mit dem blutenden Mädchen im Regen und in finsterer Nacht auf der leeren Straße.

Im Licht der Scheinwerfer hat Jenny in ihrer eingeklemmten Lage erkannt, daß hinter der zertrümmerten Windschutzscheibe zu ihrer Rechten Gras zu sehen ist. Ihre Haare sind in der Tür eingeklemmt.

Spike ist außer Jenny der einzige, der noch im Auto ist. Er sagt: »Laß mich mal versuchen, deine Haare herauszubekommen, damit du rauskriechen kannst!«

Er schafft es nicht, Jennys Haare bleiben eingeklemmt.

Wieder blenden Scheinwerfer auf. Stimmen werden laut.

Ein Auto fährt nach kurzem Halt gleich mit Peter und Curly weiter.

Jenny hört Kennys verzweifelte Stimme: »Ihr Haar ist eingeklemmt. Wir müssen sie schnell herausholen. Das Auto kann plötzlich Feuer fangen.«

»Hat jemand ein Taschenmesser? Reicht es mir rein, ich schneide die Haare ab!« ruft Spike vom Innern des Autowracks.

»Nein!« sagt jemand anderes. »Alle anpacken, wir heben den Karren in die Höhe.«

»Hau – ruck!«

Jenny zieht ihr Haar heraus, dreht sich auf die Knie und kriecht durch ein Fenster hinaus ins Freie. Oben auf der Straße sinkt sie in Kennys Arme und verliert das Bewußtsein.

Immer mehr Autos halten an. Verschiedene Leute sprechen durcheinander. Kenny führt Jenny über die Straße, ein bißchen mehr abseits von der brodelnden Menge Menschen, von denen jeder etwas anderes weiß.

Laut klagt er sich an: »Curlys Gesicht ist total zerschnitten. Ich bin schuld. Ich bin schuld.«

Dann kommt jemand aus Kennys Nachbarschaft in Rippensee und lädt die beiden in sein Auto. Er erklärt: »Wir fahren am besten erst einmal zum Arzt, damit er euch untersuchen kann. Dann sehen wir weiter.« Er schüttelt den Kopf mit einem Blick auf das zusammengequetschte Auto: »Wie ihr da lebend herausgekommen seid, das ist unglaublich!«

Als sie zum Arzt kommen, ist er gerade dabei, Curlys Gesicht zu nähen.

Jenny schreit laut auf, als sie das Blut auf Kennys Pullover sieht. Sein rechter Arm ist nahe am Gelenk offensichtlich verletzt.

»Es fühlt sich so an, als ob ein Stück Glas darin steckt«, sagt er, als er den mit Blut vollgesaugten Ärmel seines Pullovers hochkrempelt.

Die Tür vom Sprechzimmer öffnet sich, und Dr. Baker führt eine bleiche Curly zu einem Stuhl. Über der rechten Augenbraue ist ein Pflaster.

Dr. Baker sagt: »Es ist nicht so schlimm. Sie hat einen Schnitt unter der rechten Augenbraue, den wir mit ein paar Stichen zusammengenäht haben. Vielleicht zeigen sich noch hier und da ein paar Beulen. Ich möchte sie auf jeden Fall am Montag nochmal untersuchen.«

Kenny fällt auf einen Stuhl. »Als ich das viele Blut sah, dachte ich, Curlys ganzes Gesicht sei zerschnitten.«

Der Arzt untersucht sie alle. Von Kennys Arm entfernt er einen Glassplitter. Dann schüttelt er den Kopf und sagt: »Ich hoffe nur, daß ihr alle kapiert, wieviel Glück ihr gehabt habt.«

Jenny fragt, ob sie telefonieren dürfe. Nachdem sie gewählt hat, sagt sie: »Onkel Roy, hier ist Jenny«, sie kämpft gegen die Tränen. »Wir hatten einen Unfall. Niemand ist schwer verletzt. Ein Mädchen hat einen Schnitt im Gesicht. Ich bleibe bei Kennys Familie. Dorthin nimmt uns einer von Kennys Nachbarn mit. Er hat uns auch hierher in die Arztpraxis gefahren.«

Onkel Roy verspricht, am nächsten Morgen nach dem Melken zu kommen, um sie abzuholen.

Jenny nimmt es als selbstverständlich an, daß Onkel Roy

Oma Frieda benachrichtigt, weil sie sich ja sicher Sorgen macht, wenn Jenny um Mitternacht nicht zurückgekehrt ist. Es ist schon 23.00 Uhr vorbei.

Der Mann aus Kennys Nachbarschaft fährt erst Curly nach Hause. Dann fährt er mit den anderen noch einmal an die Unfallstelle. Das Wrack sieht aus, als sei es nicht höher als 50 cm!

Während sie dort stehen und auf das einstige Auto, das mit den Rädern nach oben neben der Straße liegt, starren, fühlt Jenny plötzlich, wie sie jemand umarmt. Sie starrt in das bleiche Gesicht von Onkel Hank. Er war gerade in einer Gastwirtschaft, als jemand hereinkam und erzählte, daß sich das Auto mit den Jugendlichen in der Niggemann-Kurve überschlagen habe. Als er dann dorthin fuhr und das Wrack sah, meinte er, daß da bestimmt niemand lebend herausgekommen sei.

Er bietet Jenny an, sie nach Hause zu fahren; aber sie erzählt von ihrem telefonischen Anruf bei Onkel Roy, und daß somit alles geregelt ist.

Als sie dann beim Haus von Kennys Eltern ankommen, gibt es einen brummigen Empfang von seinem Vater. Obwohl er natürlich froh ist, daß es keine schlimmeren Verletzungen oder gar Tote gegeben hat, fällt es ihm doch sehr schwer, sein schönes Auto zu verschmerzen.

Kennys Mutter nimmt Jenny mit nach oben und läßt sie in Viktorias Bett schlafen.

Es scheint Jenny so, als seien nur ein paar Minuten mit quälenden Träumen vergangen, als sie Stimmen von unten hört. Es ist Sonntag morgen. Sie zieht sich hastig an und geht hinunter.

Kenny sitzt am Küchentisch. Er hat seinen Unfall-Pullover an, weil alle seine Sachen bereits nach Chikago abgeschickt worden sind.

Erschrocken starrt Kennys Mutter Jenny an. »Oh weh, was ist nur mit deinem Kopf passiert?«

Die Kopfhaut auf Jennys Kopf ist geschwollen, als hätte sie einen Hahnenkamm.

Kenny sieht auch noch ganz benommen aus. Er fragt: »Was wird wohl deine Großmutter dazu sagen?«

Jenny lehnt es ab zu frühstücken und geht ins Wohnzimmer, von wo aus sie die Einfahrt übersehen kann.

»Sie sind schon da!« ruft Jenny aus, als sie Onkel Roys Auto einfahren sieht.

An der Haustür fällt Jenny schluchzend in Oma Friedas Arme.

Oma Frieda nimmt Jenny kurz in die Arme, dann richtet sie sich steif auf und sagt ziemlich rauh: »So ist das nun. Du mußt den Schock überwinden. Aber du wirst es schon schaffen, da sonst nichts passiert ist.«

Onkel Roy bietet sich an, Kenny zum Bahnhof nach Merrill zu fahren.

Als sie beide, Jenny und Kenny, sich auf dem Hintersitz von Onkel Roys Auto die Hände halten, um für einige Zeit Abschied zu nehmen, sagt Kenny fast nichts. Er starrt nur teilnahmslos vor sich hin. So kennt Jenny ihn nicht. Immer war er lustig und frohgemut lächelnd, außer der Zeit seiner Lungenentzündung damals. Und in diesem traurigen Zustand soll er nun allein acht lange Stunden im Zug fahren.

Oma Frieda und Onkel Roy bleiben am Bahnhof im Auto, während Kenny und Jenny zum Zug gehen. Sie bleiben in einem Eckchen stehen, halten sich ganz fest mit beiden Händen, bis der Zugführer zur Abfahrt pfeift.

»Weine nicht, Jenny!« sagt Kenny mit fast erstickter Stimme. Er küßt sie noch einmal schnell. »Ich schreibe bald!«

Nachdem der Zug in der Ferne verschwunden ist, geht Jenny langsam zum Auto zurück.

Während der Fahrt nach Hause weint sie fast ununterbrochen leise vor sich hin. Es kommt ihr so vor, als sei sie in ein tiefes, schwarzes Loch gefallen.

Als sie daheim angekommen sind, schaut Oma Frieda sie scharf an. »Jetzt ißt du etwas, und dann gehst du am besten gleich zu Bett. Du weißt, morgen ist Schultag!«

Jenny stöhnt: »Oh, Mama, kann ich morgen nicht daheim bleiben?«

Oma Frieda schüttelt den Kopf. »Ich kann nicht einsehen, warum du zu Hause bleiben sollst. Natürlich bist du am ganzen Körper wund und steif. Aber du kannst wund und steif genauso gut lernen wie hier zu Hause den ganzen Tag Trübsal zu blasen.«

Jenny kämpft beim Waschen gegen die Tränen, während Oma Frieda ihr ein Süppchen wärmt. Dann ißt Jenny einen kleinen Teller Suppe aus. Sie humpelt total zerschlagen die Stiege zu ihrem

Zimmer hinauf und denkt dabei: »Kann sie denn nicht ein kleines bißchen Mitgefühl zeigen?«

Als Oma Frieda in ihr Bett kriecht, schlägt ihr das Herz wie wild. Und sie zittert am ganzen Leibe. »Mein armes, kleines Mädchen! Mein armes, kleines Mädchen!« Wie gerne würde sie es in die Arme nehmen wie ein Zweijähriges. Aber Jenny ist nicht mehr zweijährig, sie ist siebzehn Jahre alt. Und wie bald kommen Probleme in ihr Leben, von denen sie heute noch keinen blassen Schimmer hat, mit denen sie dann aber ganz allein fertig werden muß. »Ich muß sie nicht bemuttern wie ein kleines Baby! Ich muß sie so erziehen, daß sie stark wird. Oh, Vater im Himmel, es wird für Jenny schwer werden, wenn die Stürme des Lebens kommen. Bitte, hilf ihr. Bitte, heile ihren geschundenen Körper. Vor allem aber bitte ich, mach ihr sehnsüchtiges Herz gesund und stark. Wie sehr vermißt sie diesen Kenny. Herr, ich bitte dich, schütze und bewahre auch ihn. Amen.«

So ist aus Oma Friedas Selbstansprache wieder einmal ein Gebet geworden.

***

Am Montagmorgen nach dem Unfall geht Jenny zum Schulbus. Oma Frieda schaut ihr nach. Es sieht so aus, als ob eine von Arthritis geplagte, alte Dame mühsam daherhumpelt.

»Vielleicht hätte ich sie doch besser daheim halten sollen?« denkt Oma Frieda. »Aber Jenny muß lernen, daß das Leben hart ist. Da werden noch viele, viele Tage in ihrem Leben kommen, da sie lieber im Bett bleiben möchte, aber dennoch aufstehen muß, ob ihr danach zumute ist oder nicht. Nein, Frieda, kein falsches Mitleid! Jenny hat es jetzt nicht nötig, wie ein Wickelkind gehätschelt zu werden.«

Als Jenny heute morgen zum Frühstück herunterkam, waren zwar ihre Augen vom Weinen geschwollen; aber die Geschwulst auf dem Kopf war verschwunden. Aber beim Haarekämmen hatte sie eine alarmierende Menge ausgegangener Haare im Kamm.

»Oh, Mama, ich verliere alle meine Haare!« jammerte sie laut.

»Nein, nein!« antwortete Oma Frieda gelassen. »Das ist nur das Haar, das in der Tür eingeklemmt war. Da bin ich ganz sicher, daß du nicht mehr verlierst. Wie geht es dir denn heute morgen?«

»Völlig kaputt«, antwortete Jenny lakonisch. Dann setzte sie sich an den Tisch, um den Haferbrei zu essen. Sie sah sofort, daß er mit einer dicken Schicht Sahne bedeckt war, anstatt der sonst üblichen alltäglichen Milch. Das war wohl Oma Friedas einziges Zugeständnis an Jennys Schmerzen.

So ging es heute morgen, und jetzt steht Oma Frieda am Fenster und sieht zu, wie der Bus kommt und Jenny einsteigt.

Oma Frieda wendet sich um und macht sich an ihre Tagesarbeit. Sie beginnt zu singen:

> »An Jesu Hand läßt's sich so herrlich gehen,
> denn sie führt gut.
> Er hört dein leises und dein lautes Flehen,
> drum habe Mut.
> Ja, an Jesu Hand, da geht es immer gut,
> ja an Jesu Hand geht's gut.
> Kann die Welt uns nicht betrüben,
> wenn wir Jesum innig lieben,
> ja, an Jesu Hand geht es gut.«

Dann betet Oma Frieda bei der Arbeit: »Oh, Herr Jesus, nimm Jenny heute an diesem schweren Tag an deine Hand, führe du sie nicht nur, sondern nimm sie auf deinen starken Arm und trage sie hindurch. Ich bitte dich für sie von ganzem Herzen für meine Jenny. Amen.«

***

In der Schule angekommen, schaut Jenny als erstes nach Peter und Curly aus. Sie sieht beide von ferne im Korridor. Auch sie sehen Jenny auf sich zugehumpelt kommen.

»Na, Jenny, das sieht ja fast so aus, als ob es dir nicht viel besser geht als uns beiden!« ruft ihr Peter schon von Ferne zu. »Mensch, ich kann dir sagen, ich habe bisher noch nicht einmal gewußt, daß es so viele Stellen an meinem Körper gibt, die weh tun können!«

Jenny starrt auf das Pflaster an Curlys Augenbraue und fragt: »Tut es dir sehr weh?«

»Nicht mehr. Gestern hatte ich wahnsinnige Kopfschmerzen. Und wie geht es dir?«

Jenny beginnt, leise zu weinen.

Peter legt seinen Arm um sie und führt sie etwas zur Seite, daß die anderen Kinder vorbeigehen können.

Ein Mitschüler aus ihrer Klasse spottet lauthals: »Ja, so wird's gemacht. Erst fährt man Vaters Auto zu Schrott, und am nächsten Tag ist man aus der Stadt verschwunden!«

Jenny versucht, ihre Tränen wegzublinkern und antwortet direkt: »Kenny wäre gestern sowieso abgefahren. Seine Mutter hatte alle seine Sachen schon längst vorher abgeschickt.«

Peter drückt sanft Jennys Schulter. »Wir wissen das doch, Jenny! Wenn ein paar doofe Grünschnäbel es nicht wissen wollen, laß sie doch plärren! Vor allem aber: Laß du dich nicht unterkriegen.«

In der großen Pause erzählt Jenny die ganze Geschichte ihrer Freundin Pearl, und auch das geht nicht ohne zu weinen.

»Das ist immer noch der Schock!« tröstet Pearl und drückt kräftig Jennys Hand. »Morgen wird es dir schon ein bißchen bessergehen.«

Als Jenny nach Hause kommt, hört sie wenigstens heute nicht den üblichen Satz: »Geh' jetzt und binde deine Schürze um!« Oma Frieda fragt: »Hast du viel Hausaufgaben auf?«

Jenny schüttelt den Kopf.

»Das ist gut, dann kannst du heute zeitig zu Bett gehen.«

»Ja, gewiß!« antwortet Jenny und denkt bei sich: »Wie ich morgens aus dem Bett komme, das kümmert sie kein bißchen!«

Oma Frieda versucht, sich während des Essens ganz natürlich mit Jenny zu unterhalten. Aber Jenny stochert lustlos im Essen herum und bleibt einsilbig. Gerne würde sie schnell nach oben fliehen, aber sie fürchtet heute den beschwerlichen Gang die Stiege hinauf.

Nachdem auch Oma Frieda die Mahlzeit beendet hat, beginnt Jenny, den Tisch abzudecken.

»Oh, laß nur. Das werde ich heute allein machen. Du brauchst nur die Hausaufgaben zu erledigen, die unbedingt sein müssen, und dann kannst du gleich zu Bett gehen.«

Jenny wäscht sich das Gesicht und hat dabei keinen einzigen freundlichen Gedanken für ihre Oma-Frieda-Mama: »Erst zwingt sie mich, zur Schule zu gehen, obwohl ich mich kaum auf den

Beinen halten kann, und jetzt kommt sie auf einmal auf die Mitleidstour.«

Als Jenny sich dann in ihr warmes Bett einkuschelt, wünscht sie sich, sie könnte wie ein Bär einen Winterschlaf halten und erst am Tage des Schulabschlußfestes im Frühjahr wieder erwachen. Bis dahin ist sowieso nichts zu erwarten, außer vielleicht ein Brief von Kenny.

Dienstag und Mittwoch vergehen ohne einen Briefeingang. Jenny schluckt ihre Enttäuschung hinunter.

Auch am Donnerstag kein Brief! Jenny rennt nach oben, um ihre Tränen zu verbergen.

Freitag: Endlich ein Brief! Jenny reißt ihn auf der Stelle auf und liest:

> »Meine liebste Jenny,
> ich hoffe, Dir geht es jetzt schon ein bißchen besser.
> Ich war restlos kaputt, steif an allen Gliedern, und es schmerzte, als ob alle Knochen wund seien. Aber ich mußte am Montagmorgen meine neue Stelle antreten. Dabei konnte ich mich fast überhaupt nicht bewegen.
> Ich arbeite in der Versandabteilung der Garcy-Leuchtkörperfabrik. Die Arbeit ist nicht schwer, aber auch nicht sonderlich interessant. Es ist eben eine Arbeit, um Geld zu verdienen.
> Ray und und ich werden im Wohnheim vom Christlichen Verein Junger Männer in der Wilsonstraße ein Zimmer bekommen, sobald wir genug Geld für die erste Miete gespart haben.
> Ich sehne mich nach Dir wie verrückt. Ich kann Weihnachten fast nicht erwarten.
> Grüße bitte Peter und Curly von mir. Bitte, schreib mir, wie Curly aussieht, wenn man die Fäden gezogen hat.
> Schreib bitte bald.
> In Liebe mit vielen Küssen bin ich   Dein Kenny.«

Jenny will am liebsten gleich die Stiege hinaufgehen, um sich in ihrem Zimmer zu verkriechen, und dann den Brief immer und immer wieder lesen. Aber Oma Frieda steht so erwartungsvoll da, daß Jenny wohl oder übel erst einmal etwas erzählen muß.

So ruft sie ihr ins Ohr: »Er schreibt, daß er mit seiner Arbeit zufrieden ist. Auch er konnte sich am Montagmorgen kaum bewegen, aber er mußte seine neue Stelle antreten.«

Oma Frieda nickt. »Sieh, Jenny, das ist auch ein Grund, warum du unbedingt zur Schule gehen mußtest. So wird es dir im Leben noch viele Male gehen ... «

Jenny hört schon lange nicht mehr zu. Sie liest den Brief noch einmal.

Ihre Sehnsucht nach Kenny ist fast nicht mehr tragbar. Im Geist versucht sie, sich sein Gesicht vorzustellen, und zwar so, wie es aussah, kurz bevor er sie küßte. Aber es gelingt ihr nicht. Diese kostbaren Momente ihres Lebens sind zur Zeit außer Reichweite.

Schließlich beginnt Jenny zu schreiben:

»Lieber Kenny ...«

Aber ihr Füllfederhalter ist fast leer. Seufzend drückt sie den kleinen Hebel hoch, mit dem sie ihn im Tintenfaß nachfüllen kann. Wenn sie nur ihre Gefühle besser in Worten ausdrücken könnte.

Sie starrt auf die kahlen Zweige des Buchsbaums vor ihrem Fenster und dann schreibt sie:

»Ich frage mich, ob Du auch so kaputt bist wie ich. Es kommt mir so vor, als seien Teile von mir abgetrennt und irgendwohin geworfen worden.

Ich gehe zur Schule und spreche mit den andern; aber ich fühle mich innerlich wie abgestorben.

Ich habe nur einen sehnsüchtigen Wunsch, ich möchte in Deinen Armen liegen.«

Jenny muß unterbrechen, um ihre Tränen zu trocknen. Dann fährt sie fort:

»Ich weiß wirklich nicht, wie ich durch diesen Winter kommen soll. Ich liebe Dich so sehr. Ich möchte gerne immer dort sein, wo Du bist.«

Jenny schaut aus dem Fenster und denkt ein Weilchen nach.

Dann liest sie noch einmal, was sie eben geschrieben hat. »Oh nein, so kann ich ihm nicht schreiben!« Sie zerreißt den Brief in lauter kleine Fetzen und wirft ihn in den Papierkorb. Dann holt sie tief Luft und beginnt noch einmal:

>»Lieber Kenny,
ich habe mich über Deinen Brief sehr gefreut.
Große Begeisterung hast Du wohl nicht für Deine neue Stelle? So klingt es jedenfalls für mich. Hast Du Dich inzwischen gut eingearbeitet?
Hast Du schon viel Neues gesehen und erlebt?
Ich wette, Du hast nur einen heißen Wunsch, ein eigenes Auto zu besitzen! Stimmt's?
Fährst Du mit der Elektrischen? Erich hat mir alles darüber erzählt. Und auch noch vieles andere von Chikago. Es muß dort wirklich wundervoll sein.«

Ja, Erich? Jenny merkt auf einmal, daß sie seit dem Unfall keinen Gedanken mehr an Erich hatte. Wahrscheinlich würde er nun auch bald nach Chikago zurückfahren. Erich war ein feiner junger Mann, und sie hat wirklich manche gute Zeit mit ihm verbracht. Aber das weiß Jenny inzwischen gewiß: Mein Herz gehört wirklich nur einem von den beiden jungen Männern.

Es wird dunkel, sie muß sich beeilen, ihren Brief zu beenden. Sie schreibt noch über Peter und Curly und schließt dann:

>»Ich vermisse Dich sehr, aber allmählich gewöhne ich mich daran, daß Du nicht mehr in der Schule bist. Ich hoffe, Du schreibst mir recht oft.
In Liebe –   Jenny.«

Am gleichen Abend kommt Erich mit dem Auto seines Vaters. Jenny fühlt, daß ihr freundliches Lächeln für ihn nur künstlich wirkt.

»Ich fahre morgen wieder zurück nach Chikago«, sagt er und fährt fort: »Kommst Du jetzt mit für eine kleine Fahrt in die Umgebung?«

Jenny nickt. »Warte bitte, ich hole mir nur einen Pullover.«

»Wir werden nicht lange bleiben«, ruft sie Oma Frieda ins Ohr, »nur ein kleiner Ausflug in die Umgebung.«

Während der Fahrt kann sie Erich alles über den Unfall erzählen, ohne dabei wieder weinen zu müssen.

»Was ich davon gehört habe, ist schrecklich. Ihr hättet dabei alle zu Tode kommen können? Ist es wahr, daß das Auto erst gegen einen Felsblock donnerte, ehe es sich überschlug?« fragt Erich.

Jetzt sind Jennys Tränen nicht mehr aufzuhalten. »Wenn du das Auto gesehen hättest, würdest du das glauben. Ich leide immer noch unter dem Schock. Kenny macht sich viel Sorgen, weil Curly am Auge verletzt wurde. Ich traue mir nicht vorzustellen, wie es ihm heute ginge, wenn jemand schwerverletzt worden wäre oder wenn es gar Tote gegeben hätte.«

Auf dem Gipfel eines hohen Hügels hält Erich an, und sie schauen, wie die Sonne untergeht. Ihre goldenen Strahlen tanzen auf den Blättern, die noch immer voller Farbe sind. Es ist ein unbeschreiblich schöner Anblick.

»Dieses Jahr war es hier draußen ein ganz besonderer Sommer«, sagt Erich träumerisch. »Ich wünschte, ich müßte nicht in die Stadt zurück.«

»Du liebst das Landleben? Stimmt's?« fragt Jenny interessiert.

»Ich würde eigentlich sagen, ich liebe die Leute, die auf dem Land leben.«

»Erich . . .«

»Schau dort. Bleib ganz still sitzen.«

Ein Reh steht da, nicht mehr als 30 m von ihrem Auto entfernt.

»Wunderschön!« flüstert Jenny.

Erich legt seinen Arm sanft um ihre Schulter, und ganz langsam dreht er sie zu sich hin.

Als sie ein anderes Auto kommen hören, nimmt Erich seinen Arm zurück, läßt den Motor an, und das Reh verschwindet in leichten Sprüngen im Wald.

»Laß uns nach Hause fahren!« bittet Jenny. Sie denkt, es wird leichter sein, ihm auf der Verandaschaukel zu sagen, was sie ihm heute sagen will.

Als sie dann leise schwingend für einige stille Minuten dagesessen haben, sagt Erich: »Ich hoffe, daß ich in diesem Winter einige Male hier herauskommen kann. Und außerdem können wir uns schreiben.«

»Erich, du bist so ein feiner junger Mann und ich habe dich wirklich sehr gerne . . .«

»Uh – oh – nun kommt es!« neckt er sie, »aber was?«

»Erich, bitte bleib ernst! Wir können uns nicht mehr treffen. Es ist einfach nicht fair von mir, wenn ich dich wiedersehe.«

»Du meinst wegen Kenny? Ich weiß es doch, daß ich nicht der einzige junge Mann in deinem Leben bin. Ich finde, das ist in Ordnung.«

Sie entzieht ihm ihre Hand. »Nein, Erich, es ist nicht in Ordnung; denn ich weiß, wem mein Herz gehört.«

»Jenny, du bist noch zu jung für solch eine endgültige Entscheidung. Du mußt dir selber noch eine gewisse Zeit zugestehen.«

»Erich, es tut mir leid.«

Erich steht auf und faßt sie ganz sanft an den Armen, dann fragt er leise: »Darf ich dir einen Lebewohl-Kuß schenken?«

Sie hält ihm ihr Gesicht entgegen.

In dieser Nacht denkt Jenny, ihre Tränen würden niemals aufhören zu fließen.

Wieder einmal fragt sie sich, warum das Leben so kompliziert sein muß. Ein Teil von ihr möchte am liebsten Erich ermuntern, in seiner Werbung fortzufahren. Sie träumt mit ihm Zukunftspläne; sie möchte so gerne mit ihm weit in die Welt hinausfliegen.

Aber ihr Herz bleibt doch unauflösbar mit Kenny, dem goldigen kleinen Burschen, verbunden.

Die Reise nach Chikago

Wie durch einen Drusch Wassers die lustig züngelnden, gelbroten Flammen eines Feuers verlöschen, ist der in prächtigen Farben schillernde Herbst in Wisconsin auf einmal aschgrau geworden. Das Gras sieht braun aus, und die kahlen Äste der Bäume starren leblos himmelwärts.

Jenny fährt teilnahmslos im Schulbus hin und zurück. Da draußen ist nichts mehr, was ihr Interesse weckt. Wenn sie zum Busfenster hinausstarrt, um nicht mit den anderen reden zu müssen, dann sieht sie doch auch dort draußen nichts; denn sie leidet an einer Migräne des Herzens. Es schmerzt ohne Unterlaß, und kein Mittel hilft.

Ihre Schularbeit erledigt Jenny allerdings stets prompt und gewissenhaft, wenn auch ohne Lust und Schwung.

Die Mitschülerinnen zeigen sich verständnisvoll, versuchen aber immer wieder, Jenny freundlich oder neckend aus ihrem Trübsinn zu befreien, – ohne Erfolg.

Nur Oma Frieda scheint blind für Jennys Kummer zu sein. Sie tut so, als ob sie nichts merkt. Sie plaudert ununterbrochen, mal sind es die Hausbaupläne von Onkel Carl oder die Größe der Kohlköpfe im Garten und so viele Dinge von Haus, Hof, Garten und den zahlreichen Nachkommen, die Jenny nicht interessieren.

Jenny beschäftigt sich mehr und mehr mit Kennys Idee, für sich in Chikago eine Stelle zu suchen. Natürlich macht ihr dieser Gedanke auch Angst. Sie kann sich ein Leben in der Großstadt überhaupt nicht vorstellen. Und was für eine Arbeitsstelle könnte sie dort finden?

Gelegentlich geht Jenny nach der Schule zu Kennys Elternhaus. Dort wird sie immer herzlich empfangen. Es tut ihr einfach wohl, den Gegenständen nahe zu sein, die Kenny täglich gesehen und benutzt hat.

An einem Freitag im Oktober wird Jenny von Kennys Mutter freudestrahlend begrüßt: »Gut, daß du kommst! Ich dachte schon daran, morgen zu euch hinauszufahren, um mit dir und deiner Großmutter zu sprechen.«

Jenny hat noch nie zuvor die braunen Augen von Kennys Mutter so blitzend vor Aufregung gesehen.

»Wie wär's mit einem frischen Zimtbrötchen und einem Glas Milch?« fragt Kennys Mutter und gießt sich dabei selber eine Tasse Kaffee ein.

Dann beugt sie sich vor und spricht eindringlich zu Jenny: »Ich fahre nächste Woche nach Chikago. Mein Neffe Hugo wird mich fahren. Viktoria bekommt wieder ein Baby, verstehst du? So hole ich die beiden älteren Kinder ab, damit sie hierbleiben, bis die Geburt überstanden ist. Würdest du gern mitkommen?«

Einen Augenblick lang ist Jenny sprachlos. Dann platzt sie heraus: »Nichts lieber als das! Würden Sie mich wirklich mitnehmen?«

»Denkst du, daß deine Großmutter es erlaubt?«

Jenny stöhnt: »Oh, ich weiß nicht . . . Wie lange würden wir weg sein?«

»Wir wollen am Freitag fahren und Dienstag wieder zurück sein.«

»So würde ich drei Tage die Schule versäumen müssen«, überlegt Jenny.

»Wie wäre es, wenn ich morgen nachmittag zu euch hinausfahre und mit deiner Großmutter einmal darüber spreche?«

»Würden Sie das wirklich tun?« Jenny springt auf und umarmt Kennys Mutter.

Auch Kennys Mutter drückt das aufgeregte junge Mädchen herzlich und bemerkt dann: »Ich bin noch nicht so alt, daß ich mich nicht mehr erinnern könnte, wie es war, als ich verliebt war.«

Die Busfahrt an diesem Nachmittag scheint Jenny endlos zu sein. Als sie endlich zu Haus ankommt, rennt sie ins Haus, wirft ihre Schulbücher mit solchem Schwung auf den Tisch, daß Oma Frieda erstaunt aufschaut.

»Mama, ich war heute bei Kennys Mutter«, fängt Jenny an, und ihr Herz schlägt so wild vor Aufregung, daß sie es in den Ohren fühlen kann. »Sie hat mich eingeladen, nächstes Wochenende mit ihr nach Chikago zu fahren!«

»Nach Chikago?« fragt Oma Frieda laut.

Jenny legt ihren Finger auf den Mund. Dann erzählt sie so kurz wie möglich Oma Frieda ins Ohr, was geplant ist. Dann umfaßt sie ihre Großmutter und bettelt: »Darf ich mitfahren? Bitte, bitte, laß mich mitfahren?«

Oma Frieda zieht die Stirn kraus: »So etwas Verrücktes habe ich mein Leben lang noch nicht gehört: Einfach abhauen und die Schule schwänzen!«

Ohne auf den Protest einzugehen, fährt Jenny fort: »Kennys Mutter kommt morgen nachmittag zu uns, um mit dir darüber zu sprechen.«

»Hmm, das ändert nichts! – Jetzt reg' dich erst einmal ein wenig ab!« Oma Frieda steht auf, um Holz im Herd nachzulegen. Während sie den Rost schüttelt, um ihn von der Asche zu befreien, brummt sie vor sich hin: »So etwas Verrücktes, nein, so etwas Verrücktes!«

Jenny rennt die Stiege hoch in ihr Zimmer, vor ihrem Bett kniet sie nieder und betet: »Lieber Gott, ich weiß, daß ich immer wieder zu beten vergesse. Ich habe es wirklich nicht verdient, wenn du mich erhörst; aber ich habe noch nie in meinem ganzen Leben etwas so sehr gewünscht, wie diese Fahrt nach Chikago. Ich bitte dich, mach es doch möglich, wenn du irgend kannst, daß Mama ihre Meinung ändert. Amen.«

Am Sonnabend beginnt Jenny ohne Aufforderung, alles auf Hochglanz zu putzen. Sie hat dabei Kennys Wohnung vor Augen, in der alles blinkt und blitzt.

Oma Frieda schaut ihr zu, wie sie die Nickelteile des Küchenherdes auf Hochglanz poliert und denkt: »Nichts treibt die Leute schneller an die Putzarbeit als die Erwartung eines Besuches.«

Dabei schaut sie unter das Geschirrtuch, mit dem der Teig, den sie zum Gehen aufgestellt hat, abgedeckt ist. Dann sagt sie laut zu Jenny: »Während wir uns unterhalten, kannst du schon den Tisch decken und Kaffee kochen.«

Als Jenny draußen das Auto vorfahren hört, springt sie auf und rennt hinaus, um Kennys Mutter zu begrüßen. Dann fügt sie schnell hinzu: »Es sieht ganz so aus, als ob Sie noch viel Mühe haben werden, um meine Großmutter zu überzeugen.«

Dann macht sich Jenny still ans Tisch decken und Kaffee kochen.

Nach der Begrüßung der beiden Frauen, hört Jenny, wie Kennys Mutter sagt: »Wir werden bei meiner Tochter übernachten. Ray und Kenny haben inzwischen eine eigene Unterkunft gefunden, so ist bei meiner Tochter genügend Platz.« Dann fügt sie noch hinzu: »Jenny und ich werden stets beieinander bleiben. Ich meine, es wäre für Jenny sicherlich lehrreich, einmal eine Großstadt kennenzulernen.«

Der Duft des frischgebrühten Kaffees erfüllt den Raum, und Jenny lädt die beiden Frauen ein, zu Tisch zu kommen.

Oma Frieda bietet den frischgebackenen Kuchen an und bemerkt: »Ich frage mich nur, was wohl Jennys Lehrer dazu sagen werden?«

»Sie wissen doch, Frau Verleger, daß Jenny eine gute Schülerin ist. Das kann sie doch problemlos nachholen.«

Dann gleitet die Unterhaltung unmerklich in andere Gebiete über, natürlich wird auch über die gegenwärtige Weltlage mit dem Krieg in Übersee lamentiert. Oma Frieda sagt: »Mir tun die jungen Männer leid. Es war schon schlimm genug, daß sie für ein Jahr zum Militärdienst eingezogen wurden; aber jetzt sind es schon 30 Monate! Warum so etwas? Das sind beinahe drei Jahre!«

Jenny läuft es bei diesen Worten kalt den Rücken hinunter.

Als sich Kennys Mutter verabschiedet, sagt Oma Frieda: »Ich mache Ihnen einen Vorschlag. Ich überlege mir die Sache bis zum Montag. Dann kann Jenny nach der Schule schnell zu Ihnen hinüberspringen und Ihnen Bescheid geben, einverstanden?«

Als Oma Frieda an diesem Abend ihre Haare zur Nacht flicht, sind ihre Gedanken immer noch bei der »Chikago-Reise«. Habe ich jemals erwartet, daß ich solch eine Entscheidung treffen muß? Nein! Nie! Was werden die Leute sagen, wenn ich so etwas erlaube? Schäm' dich, Frieda, ermahnt sie sich selbst, was die Leute denken ist doch wirklich das allerletzte, was du zu berücksichtigen hast. Was ist gut für Jenny? Das ist die einzige Frage, die hier zählt.

Sie sitzt auf ihrer Bettkante und flüstert: »Oh, Vater im Himmel, laß du mich doch wissen, was du willst, das ich tun soll. Woher soll ich wissen, was richtig ist? Ich sehe die ganze Zeit über das liebe Gesicht so traurig dreinschauen. So gerne möchte ich sagen: Ja, fahre mit! Ich möchte, daß du glücklich bist! Aber darf ich meine Entscheidungen von meinen Gefühlen beherrschen lassen? Vater im Himmel, zeige mir deinen Weg! Ich bitte dich darum? Amen.«

Oma Frieda wünscht, sie könne ihre kreisenden Gedanken

abschalten, so wie man das Licht ausschaltet. Aber das geht nicht, sie drehen eine Runde nach der anderen und kommen immer wieder an dem Punkt an: Ich weiß nicht, was richtig und gut für Jenny ist!

Oma Frieda steht wieder auf und geht von Fenster zu Fenster und schaut hinaus, wie der Mond lange, fade Schatten wirft. Das erfrorene, braune Gras wartet sehnsüchtig auf eine weiche, warme Schneedecke, um den Winter verschlafen zu können. Vor uns liegt ein langer, öder Winter. Diese Reise wäre ein Lichtpunkt in der langen Düsternis für meine Jenny.

Sie geht zurück ins Bett. Es scheint so, als ob die Schläfrigkeit sie übermannt. Noch einmal faltet sie die Hände und betet: »Ach, lieber Vater im Himmel, laß mich endlich einschlafen. Ich glaube an dich und vertraue dir, daß du mir zeigen wirst, was richtig ist. Amen.«

Am Sonntagnachmittag legt sich Oma Frieda für ein kurzes Mittagsschläfchen hin. Sie fühlt sich tief enttäuscht. Sie hat fest damit gerechnet, daß Gott ihr durch irgend etwas ein deutliches Zeichen gibt, was sie tun soll, spätestens durch die Predigt in der Kirche an diesem Morgen. Aber es kam nichts.

Sie hat es wohl bemerkt, wie Jenny sie mit ihren Blicken den ganzen Tag über verfolgt.

Beim Essen hat Oma Frieda sie dann schließlich angefahren: »Nun hör endlich auf, mich dauernd anzustarren! Ich komme mir schon wie ein kleiner Vogel vor, den der Raubvogel im Visier hat. Noch weiß ich es nicht!«

Jenny stampft die Stiege hoch und wirft sich aufs Bett. »Sie kann mich nicht lieben, sonst würde sie mich nicht so zappeln lassen. Es macht ihr Freude, mich warten zu lassen! Ich halte diese Spannung einfach nicht mehr aus!«

Als Jenny dann zum Abendessen wieder unten in der Wohnküche erscheint, bittet sie Oma Frieda: »Bitte, Mama, sag mir, wie du dich entschieden hast, bevor ich zu Bett gehe.«

»Ich weiß es nicht«, seufzt Oma Frieda, »ich weiß es einfach nicht!«

Als Jenny sich gewaschen und zum Schlafengehen fertiggemacht hat, streicht Oma Frieda ihrer Jenny sanft über den Rücken: »Ich weiß es jetzt noch nicht; aber morgen früh werde ich es bestimmt wissen, Liebchen.«

Jenny weint, als sie in ihrem Bett liegt. »Meiner Mama ist es doch nicht egal. Sie hat Liebchen gesagt. Es fällt ihr nur schwer, sich zu entscheiden. So kann ich viel besser schlafen, als wenn ich mir einbilde, sie sei nur niederträchtig zu mir.«

Diese Nacht wälzt sich Oma Frieda in ihrem Bett von einer Seite auf die andere und immer wieder, hin und her. Sie kann keine Ruhe finden. Einmal denkt sie: Wenn ich doch nur mit Ellen darüber sprechen könnte! Dann verwirft sie diesen Gedanken wieder: Ach nein, das ist allein meine Verantwortung, die kann mir auch kein Ratgeber abnehmen. Ich muß mich entscheiden. Ich frage mich, was mein Mann wohl gesagt hätte?

Sie duselt ein, schläft sie schon oder ist sie noch wach? Auf einmal steht ihr Albert da, so wie sie ihn so oft gesehen hat. Ganz deutlich sieht sie seine langen Arme aus den Ärmeln herausschauen, und er reibt sich sich seine Hände über dem Küchenherd warm. Sie hört, wie er sagt: »Ich werde es nie vergessen, wie unser Lehrer Tom Blandom zu sagen pflegte, daß ein Tag in einer großen Stadt einem jungen Menschen mehr beibringt als eine ganze Woche Unterricht im Klassenzimmer.«

Oma Frieda setzt sich im Bett auf und stammelt: »Vater im Himmel, ist das deine Antwort? Oh ja, ich will dir vertrauen. Bitte, gib mir nun deinen Frieden über diese Sache. Amen.«

Am anderen Morgen kann sie sich kaum noch an das Geschehen der letzten Nacht erinnern, so tief und fest hat sie geschlafen.

Jenny kommt mit weichen Knien die Stiege herunter.

Oma Frieda rührt gerade die Haferflocken für den Morgenbrei ein und lächelt: »Was meinst du, ob da Platz genug im Auto für meinen alten Koffer ist?«

»Oh, Mama, ich darf mitfahren?«

Oma Frieda nickt, ihre Augen sind feucht.

»Oh, Mama!« schluchzt Jenny und umarmt Oma Frieda. »Ich werde auch bestimmt nicht schwatzen, und ich will überall helfen, wo es möglich ist.«

»Ja, mein Kind, darüber muß ich mit dir noch sprechen«, sagt Oma Frieda, nachdem Jenny sie losgelassen hat. »Du weißt, daß die junge Frau ihr Baby erwartet; aber du hast keine Ahnung davon, wie schwer das gerade in der letzten Zeit vor der Geburt für sie ist. Vermeide es, ihr Umstände zu machen!«

Jenny hört zu und denkt zugleich noch an »Wichtigeres«: Wenn

Grace oder Ruby noch zu Hause wären, so könnte ich es ihnen gleich telefonisch durchsagen. Pearl werde ich es heute in der Schule gleich erzählen!

Kichernd und quietschend tanzen Jenny und Pearl am Montag in der Schule durch den ganzen langen Korridor.

»Wollt ihr Kenny benachrichtigen, oder kommst du als Überraschung?« will Pearl wissen.

»Laß mich mal überlegen: Wenn ich meinen Brief morgen abschicke, kann es gerade noch reichen, vielleicht aber auch nicht.«

»Ich meine, du solltest ihn überraschen!«schlägt Pearl vor.

Jenny umarmt Pearl, bis ihnen die Luft ausgeht: »Oh ja, das mache ich. Ich kann es gar nicht erwarten, bis ich sein erstauntes Gesicht sehe, wenn er mich plötzlich entdeckt.«

***

Die Autofahrt bis Chikago scheint Jenny ewig zu dauern. Sie denkt: »Das habe ich nicht gewußt, daß Chikago so weit entfernt ist!«

Als sie in Portage sind, sagt Kennys Cousin Hugo, daß sie etwa den halben Weg geschafft haben. Er und Kennys Mutter sprechen die Zeit über miteinander; aber Jenny nickt zwischendurch immer mal ein. Sie hat auch die ganze Nacht zuvor vor lauter Erwartungsfreude kaum schlafen können.

Als sie endlich die Vorstädte von Chikago erreichen, meint Jenny, nun am Ziel zu sein. Damit, daß es noch Kilometer um Kilometer durch Straßen mit Wohnhäusern und Läden geht, hat sie nicht gerechnet, bis endlich die Wolkenkratzer am Horizont auftauchen. Als sie näher kommen, rücken die Riesengebäude scheinbar immer mehr zusammen und werden immer höher. Es wird auch deutlich sichtbar, daß sie wirklich nicht sehr gepflegt sind.

Kennys Mutter beginnt, die Straßenschilder laut zu nennen: »Das ist der Sacramento-Boulevard, dort rechts ist der Humboldt-Park. Jetzt mußt du nach der Mozartstraße Ausschau halten. Da mußt du links abbiegen.«

Als sie in die schmale Straße einbiegen, fürchtet Jenny, sie könnten zwischen den parkenden Autos links und rechts der Straße kein Durchkommen finden.

Sie halten vor einem hohen, schmalen, grauen Haus. »Das ist es!« ruft Kennys Mutter freudig erregt aus.

Jenny versucht zu lächeln. Nur noch ein paar Minuten, und sie wird bei Kenny sein.

Sie gehen von der Straße aus nicht durch die große Haustür, sondern zwischen den Häusern hindurch zur Seite des Hauses. In einer kleinen Tür steht Viktoria und wartet bereits auf sie.

»Herzlich willkommen! Kommt rein!« ruft sie ihnen entgegen. Der kleine Arthur versucht eine Begrüßungsverbeugung und das Mädelchen Marianne schaut die Ankömmlinge neugierig und vorsichtig an.

Im Wohnzimmer hämmert dann der kleine Buddy mit einem Teelöffel auf sein Brettchen am Kinderstühlchen.

Jenny begrüßt alle, wenn auch recht schüchtern. Sie schaut sich im Zimmer um und staunt über die hohen Fenster mit Stuckdekorationen über ihnen an der Decke. Die Fenstervorhänge sind braun und auf ihnen große Pflaumen als Muster.

Das Zimmer wirkt fürchterlich eng; aber ebenso wie bei Kennys Zuhause strahlt alles, ist blitzsauber und geschmackvoll eingerichtet.

Auch in der Küche kann Jenny nicht das geringste Fleckchen auf den weißen Schranktüren, Tisch, Stühlen, Küchenherd und Kühlschrank entdecken.

»Ich habe meinen Brüdern gesagt, daß sie zum Mittagessen hierherkommen sollen«, sagt Viktoria und schaut zur Uhr. »Sie sollten etwa in einer halben Stunde da sein.«

Jennys Herz beginnt schneller zu schlagen, dann fragt sie Viktoria: »Kenny weiß doch nicht, daß ich mitgekommen bin?«

»Nein, wahrscheinlich nicht. Mutter und du, ihr habt doch sicher zur gleichen Zeit geschrieben. Ich habe Mutters Brief heute erhalten, so wird er deinen Brief erst heute abend vorfinden.«

Jenny kichert: »Ich habe ihm nicht geschrieben, daß ich komme!«

Sie ist froh, daß sich alle mit den Kleinen beschäftigen oder miteinander plaudern, so daß ihr niemand sonderlich Beachtung schenkt. In froher Erwartung denkt sie: »Nur noch eine halbe Stunde, dann bin ich geborgen in seinen Armen.«

Als Kenny und Ray eintreten, bleibt Jenny im Wohnzimmer, bis sich alle begrüßt haben. Dann schlüpft sie in die Küche und stellt sich hinter Viktorias Mann, so daß Kenny sie zunächst noch nicht sehen kann. Sie schaut zu Kennys Mutter hin und zwinkert ihr zu.

Als Arthur zur Seite tritt, steht sie Kenny gegenüber mit kaum einem Meter Zwischenraum. Für einen Augenblick bleibt er bewegungslos stehen, als ob er seinen Augen nicht traue, dann schnappt er sich Jenny, als wolle er sagen: »Das geht euch alle nichts an!« und führt sie ins Wohnzimmer in eine Ecke, wo die anderen nicht zuschauen können. Nach einigen Küssen, die beide atemlos machen, fragt Kenny vorwurfsvoll: »Warum hast du mir davon nichts verraten?«

»Ich wollte dich überraschen!« kichert Jenny. »Du hättest dein Gesicht sehen sollen! Unbezahlbar!«

Er hält sie so fest an sich gedrückt, daß ihr fast die Luft wegbleibt. »Oh, Jenny, wie habe ich mich nach dir gesehnt, ich kann ja ohne dich nicht leben!«

Sie setzen sich aufs Sofa, halten ihre Hände fest zusammen und Kenny erzählt Jenny von seiner Arbeit und von den Dingen, die er in der Stadt schon gesehen hat. Dann fragt er: »Wie lange bleibt ihr? Werden wir Zeit haben, daß ich dir etwas zeigen kann?«

»Hallo, ihr zwei!« ertönt Arthurs tiefe Stimme aus dem Nebenraum. »Nun kommt schon zu Tisch. Ihr müßt auch etwas essen. Man kann nicht nur von Luft und Liebe leben!« Er klatscht sich auf den Bauch und fährt dann fort: »Wir haben das auch mal versucht, aber es hat nicht funktioniert!«

Nach einer längeren Diskussion entschließen sich die Männer, diesen Abend nicht irgendwohin auszugehen, sondern zusammen in die Innenstadt zu fahren, um einen Blick auf die nächtlich beleuchteten Wolkenkratzer zu werfen.

Während der Fahrt sagt Kenny: »Morgen werde ich mit dir in die Stadt mit der Elektrischen fahren. Ich nehme an, daß meine Mutter auch mitkommt. Dann zeige ich dir Marshall Fields!«

»Was ist das?«

»Ein Einkaufszentrum, und zwar so groß wie eine Stadt!«

Jenny bestaunt die Wolkenkratzer, und Kenny erklärt ihr, wie sie heißen und wo die Scheinwerfer stationiert sind, die alles in ein märchenhaftes Licht tauchen.

Jenny hört still zu, und eine traurige Stimmung schleicht sich in ihr Gemüt. Von dem allen hat ihr Erich Benson an Hand seiner Fotos erzählt. Eigentlich wäre es nun seine Sache gewesen, es ihr zu zeigen. Wo mag er in dieser Riesenstadt wohnen? Dann besinnt sich Jenny aber: Erich lebt in einer anderen Welt als wir, und ich habe mich entschlossen, an dieser anderen Welt keinen Anteil zu haben.

»Hallo, Jenny, wo wandern deine Gedanken hin? Bist du müde?« Kenny zieht sie näher zu sich hin.

»Uh-huh!« Sie lehnt ihren Kopf an seine Schulter und schließt die Augen. »Ich sehe Lichter, Lichter und noch mehr Lichter. Ich meine, so viele Lichter kann die ganze Welt gar nicht haben.«

»Mach deine Äuglein noch einmal auf. Wir sind jetzt auf der Uferstraße. Du kannst in der Nacht vom See nicht viel sehen, aber schau dir einmal die Silhouette der Wolkenkratzer an, wie sie sich dort am Horizont gegen den Himmel abzeichnet.«

»Wunderschön, – wie eine Ansichtskarte!«

Jenny hat noch nie solch eine riesengroße Kirche gesehen wie die, die sie am nächsten Morgen zum Gottesdienst besuchen. Das Gesangbuch ist das gleiche wie bei ihnen daheim, und der Ablauf des Gottesdienstes ist ihr durchaus vertraut.

Die Predigt scheint jedoch über ihren Kopf hinwegzugehen, und anscheinend geht es auch anderen so; denn als der Gottesdienst zu Ende ist, eilen alle hinaus, als ob sie Angst hätten, ihr Braten würde daheim verbrennen.

Nach dem Mittagessen faßt Kennys Mutter an Jennys Stirn: »Du siehst so erhitzt aus; aber offenbar hast du kein Fieber. Wie geht es dir?«

»Ich weiß nicht recht. Mir geht es immer so, wenn ich übermüdet bin, dann brennen mir die Wangen, und im Mund ist alles ganz trocken.«

»Ich meine, für dich ist es besser, ein Mittagsschläfchen zu machen und die jungen Männer allein ins Stadion fahren zu lassen.«

»Da wirst du wohl recht haben«, antwortet Jenny müde, »zumal ich auf das Rodeo auch nicht sonderlich scharf bin.«

»Macht es dir wirklich nichts aus, wenn ich mitfahre?« fragt Kenny.

Jenny streichelt ihm zärtlich die Wange und versichert ihm: »Ganz bestimmt nicht, ich werde schlafen.«

Aber mit dem Einschlafen will es einfach nichts werden. Zuviel geht Jenny seit der Fahrt mit der »Elektrischen« im Kopf herum.

Diese armen Menschen. Wie können sie in solcher Enge, umgeben von soviel Schmutz, überhaupt leben?

Und andererseits gibt es soviel pompösen Luxus. Sie denkt an die Läden, besonders in dem riesigen Einkaufszentrum, kilometerlang ein Geschäft neben dem anderen. Überall sind goldglitzernde Verzierungen, und eine blendende Beleuchtung macht alles verlockend und eindrucksvoll.

Und dann der dunkle große See! Dunstschleier schwebten über dem Wasser, immer in Bewegung, ein Anblick zum Träumen. Trotzdem kann sich Jenny gut vorstellen, wie es im Sommer aussehen wird, dort im großen Park mit grünen Rasenflächen, bunten Blumenbeeten und einem strahlendblauen Himmel über dem Wasser.

Eine Sirene erschreckt Jenny. Welch schauerlicher Ton!

Dann hört sie eine Straßenbahn kommen. Sie hält irgendwo in einiger Entfernung und fährt dann wieder weiter.

Arthur, der Mann von Kennys Schwester, ist Straßenbahnschaffner. Er ging heute früh zur Arbeit, obwohl es Sonntag ist.

Jenny seufzt tief und versucht, ihre Gedanken in ruhigere Bahnen zu lenken. Auch der rasende Herzschlag läßt allmählich nach. Jenny gleitet hinüber in die Traumwelt.

Jenny erwacht, ehe die jungen Männer vom Rodeo im Stadion zurückgekehrt sind. Viktoria schlägt ihr vor, sich lauwarm zu baden. Jenny genießt es richtig, einmal richtig ausgestreckt in einer weißen Badewanne zu liegen, anstatt zusammengekrümmt in der runden Waschwanne, wie sie daheim stets gebadet hat.

Der Dienstagmorgen ist schneller da als gedacht. Jenny denkt immerzu an die sieben Wochen bis Weihnachten, und dann kommen ihr auch gleich wieder die Tränen.

Bei der Rückfahrt vergeht die Zeit allerdings viel schneller. Dafür sorgen schon die beiden Kleinen, Buddy und Marianne. Jenny macht es Freude, die Kinder zum Lachen zu bringen.

Als sie abends daheim ankommen, ist Jenny zum Umfallen müde.

Oma Frieda fragt, ob sie viel Neues gesehen hat.

Jenny versucht, einige der neuen Eindrücke zu beschreiben. Es scheint aber so, als ob Oma Frieda die Menschen, die Jenny kennengelernt hat, mehr interessieren als die Sehenswürdigkeiten der Stadt.

»Kenny bestellt, dir zu sagen, daß er dir sehr dankbar ist, daß du mich hast fahren lassen.«

Oma Frieda lächelt und nickt. »Jetzt ist es auch nicht mehr lange bis Weihnachten, nicht wahr, Jenny?«

Jenny stöhnt. Nicht lange! Es sind sieben lange Wochen!

***

Eines Tages im November kommt Jenny von der Schule heim, nimmt schnell den Brief von Kenny, nickt Oma Frieda nur einen knappen Gruß zu und rennt die Stiege hoch in ihr Zimmer.

»Armes, liebeskrankes Mädchen!« denkt Oma Frieda.

In diesen Tagen kümmert sich Jenny herzlich wenig um ihre Nichten und Neffen von nebenan, obwohl sie es sonst sehr gern hat, wenn Klein-Arne von ihr Liedchen vorgesungen haben will.

Wenn Oma Frieda zusieht, wie Jenny mit ihrer Tante Helen spricht, hat sie immer den Eindruck, als wenn beide nur noch Streitgespräche führen. Es stört sie natürlich, daß sie nicht hören kann, was die beiden wirklich sagen.

Als Oma Frieda Möhren schabt, um sie für einen Eintopf zu richten, betet sie leise: »Oh, himmlischer Vater, das Mädchen hat nur noch Herz und Sinn für diesen Burschen Kenny, sonst zählt in ihrem Leben gar nichts mehr. Ich weiß, daß es von dir kommt, daß sich Männer und Frauen zueinander hingezogen fühlen, aber muß die Anziehung so übermäßig stark sein?«

Oma Friedas Versuche, Jenny auch für ihr Leben und Erleben zu interessieren, finden bei ihr kaum Anklang.

Jenny antwortet stets nur mit einer spärlichen Bemerkung, einer knappen Frage oder auch nur mit einem Lächeln.

Oma Frieda kommt es fast so vor, als ob sie zu einer Wand spräche.

Allerdings an Jennys Schulleistungen ist nichts zu bemängeln. Jennys Zeugnisse sind nach wie vor immer gut, so daß Oma Frieda manchmal schon beinahe der Versuchung erlegen wäre, Jenny dafür zu loben. Im letzten Augenblick bremst sie sich selbst, weil sie nicht will, daß das Mädchen hochmütig wird.

Oma Friedas Hauptsorge ist allerdings, daß in Jennys Leben so wenig Raum für Gott ist.

An einem Sonntag kommt Pastor Zaremba nach dem Gottesdienst zu ihnen und fragt Jenny, ob sie nicht die diesjährige Weihnachtsfeier mit den Kindern gestalten möchte.

Oma Frieda ist überglücklich. So würde Jenny sich doch mehr mit der Weihnachtsbotschaft und somit auch mit göttlichen Dingen befassen müssen.

Während des Strickens schaut Oma Frieda zu Jenny hinüber, die mit ihrem Material am Tisch sitzt und mit blitzenden Augen arbeitet.

Nach einem Weilchen kommt Jenny zu Oma Frieda und ruft ihr ins Ohr: »Weißt du was, ich werde die meiste Zeit den Kleinsten für kurze Sprüche und kleine Liedchen einräumen. Die großen Kinder mögen es sowieso nicht, lange Passagen auswendig zu lernen. Mit ihnen singe ich dann zusammen als Kinderchor.«

»Das hört sich gut an, Jenny. Ich sehe die ganz Kleinen immer besonders gerne, wenn auch mal etwas schiefgeht«, sagt Oma Frieda und lacht Jenny aufmunternd zu.

»Was meinst du, kann der kleine Arne auch schon ein Liedchen singen? Er ist erst zwei Jahre alt.«

»Am besten ist es wohl, du fragst Tante Helen«, antwortet Oma Frieda gelassen.

Dann beginnt Jenny, sich ein neues Kleid für Weihnachten zu schneidern. Auch das ist für sie hilfreich, damit die Zeit bis dahin kürzer wird.

Sie bestellt sich von einem Versandhaus einen leuchtend hellroten Kunstseidenstoff und einen Schnittmusterbogen.

Aber als sie anfängt, stellt sich bald heraus, daß die Arbeit sehr viel schwieriger ist, als sie ursprünglich annahm. Immer und immer wieder muß sie die zusammengenähten Teile auftrennen und noch einmal von vorn anfangen. Dabei nimmt der Kragen derart Schaden, daß sie ihn ganz neu aufzeichnen und ausschneiden muß.

So kommt es eines Abends dazu, daß Jenny das angefangene Kleid in die Ecke wirft und enttäuscht nicht mehr weitermachen will.

Oma Frieda schaltet sich ein: »Kind, du bist heute abend nur zu müde. Es klappt bestimmt besser, wenn du es ein andermal noch einmal versuchst.«

Am nächsten Abend will Jenny am liebsten gar nicht erst anfangen, so sehr graust ihr vor der mühsamen Trennarbeit, die nun als erstes erledigt werden muß. Sie macht sich selbst Vorwürfe: »Warum habe ich ausgerechnet diesen Schnitt ausgesucht!«

Aber als sie die begonnene Arbeit genauer betrachtet, stellt sie fest, daß alle Teile bereits aufgetrennt, ordentlich gebügelt und in der rechten Reihenfolge daliegen.

»Oh, Mama! Vielen Dank!« ruft sie laut. »Du weißt gar nicht, wie mir grauste, alles Stück für Stück wieder aufzutrennen.«

Oma Frieda lächelt, nickt und zwinkert ihr zu – eine Mischung von Ausdrücken, die in Jenny immer eine Welle der Zuneigung auslöst.

Froh und gewissenhaft macht sich nun Jenny an das Zusammennähen der Einzelteile.

Sie dankt und denkt: Wie liebevoll und verstehend kann Oma Frieda sein! Jenny kommt sich richtig schlecht vor, wenn sie daran denkt, wie oft sie sich über Oma Frieda geärgert und sie im stillen beschimpft hat.

Als Jenny eine wichtige Naht sauber und korrekt fertig genäht hat, zeigt sie es Oma Frieda. Sie nickt, als wolle sie sagen: »Siehst du, ich wußte doch, daß du es kannst!«

***

Montagmorgen, 8. Dezember 1940, – Jenny steigt wie alle Tage in den Schulbus. Ein Tohuwabohu empfängt sie. Es scheint so, als ob alle zu gleicher Zeit rufen, schreien und ihre Ansicht zum besten geben wollen. Jenny versteht nichts. Wortfetzen wie »Pearl Harbor« und »Bombenvolltreffer auf Schiffe« schwirren durch die Luft.

Jenny setzt sich neben Carol, eine ihrer Klassenkameradinnen, und fragt sie: »Sag' mal, was soll die ganze Aufregung? Worum geht es eigentlich?«

»Weißt du das wirklich nicht? Die Japaner haben durch einen überraschenden Bombenangriff auf Pearl Harbor unsere ganze Flotte fast vernichtet. Alle Kriegsschiffe sind getroffen, viele sind gesunken. Präsident Roosevelt wird heute eine Ansprache halten und die Vereinigten Staaten werden doch wohl Japan den Krieg erklären.«

Krieg! Jenny verschlägt es die Sprache. In ihrem Inneren brodelt es. Eine tiefe Abscheu gegen Japan, Hitler und alle, die mit diesem blöden Krieg zu tun haben, kommt in ihr hoch.

An diesem Morgen bringt der Direktor ein Radio mit in die Aula, und alle hören die Ansprache von Präsident Roosevelt.

Den ganzen Tag über drehen sich alle Gespräche um den Krieg.

Zwei Lehrer, die Reserveoffiziere sind, müssen sofort einrükken.

Spike, der mit Jenny und Kenny damals mit in den Autounfall verwickelt war, hat zwei Brüder in Pearl Harbor bereits im Militärdienst. Er und seine Angehörigen warten nun dringend auf eine persönliche Nachricht von ihnen.

Als Jenny nach Hause kommt, bittet sie Oma Frieda, doch jetzt sofort ein Radio zu bestellen, damit es schon da ist, wenn die Elektrizitätsgesellschaft ihr Haus an die Überlandleitung anschließt. Auch Onkel Roy ist einverstanden.

Am 11. Dezember erklären Deutschland und Italien den Vereinigten Staaten den Krieg.

Die ganze Stadt Rippensee nimmt teil, als die Nachricht eintrifft, daß Lee, ein Bruder von Spike, gefallen ist.

Der andere Bruder Chuck ist schwer verwundet.

Alle Familien, die Söhne im Militärdienst haben, fürchten sich vor der schrecklichen Nachricht: »Es tut uns leid, Ihnen mitteilen zu müssen . . . «

Ganz neue Wörter beginnen das amerikanische Alltagsleben zu beherrschen: »Zuteilungsschein«, »Unterseeboot«, »Fallschirmjäger« usw.

Aber auch die beiden Wörter »tauglich« und »zurückgestellt« bekommen auf einmal fast für jede Familie ein ungeheures Gewicht.

Würde sich Kennys mangelnde Körpergröße, er ist nur 1,62 m groß, jetzt als ein Segen herausstellen?

Am 22. Dezember unterzeichnet Präsident Roosevelt ein neues Gesetz, nach dem sich jeder Mann im Alter von 18 bis 64 Jahren registrieren lassen muß.

Jenny betet inständig, daß der Krieg vorübergeht, ehe Kenny eingezogen wird. Sie kann den Gedanken, daß er Soldat werden muß und zum Kriegsdienst eingezogen wird, einfach nicht ertragen.

Kleinkrieg

Aber erst einmal wird es Weihnachten. Heiligabend in der Kirche. Die Kerzen flackern in der Zugluft. Der Duft von Wachs und Tannengrün erfüllt den ganzen großen Raum. Die Kirche ist heute voll besetzt, kein einziger Platz ist mehr frei.

Die Kinder sind aufgeregt, flüstern, kichern und schubsen sich gegenseitig, so daß Jenny ziemlich Mühe hat, bis sie sie alle in den ersten drei Kirchenbänken plaziert hat.

Pastor Zaremba spricht ein paar einleitende Worte und überläßt dann Jenny mit einem vertrauensvollen Lächeln die Fortsetzung des Weihnachtsgottesdienstes.

Zwischen Liedern und kurzen Gedichten und Verschen wird nun von den Kindern die Weihnachtsbotschaft von der Geburt Jesu neu erzählt.

Jennys kleiner Neffe Arne singt einen Vers des Liedes »Ihr Kinderlein kommet ...« Dann spielt er mit den anderen Knirpsen in seinem Alter auf den teppichbelegten Stufen vor dem Altar. Als er aufgefordert wird, nun den zweiten Vers zu singen, weigert er sich: »Nein, ich habe schon gesungen!« Standhaft bleibt er bei seiner Weigerung, da hilft auch Jennys freundliches Zureden nicht.

Nach der Weihnachtsfeier gibt es die übliche Belohnung in Tüten mit Lebkuchen, Bonbons und Nüssen.

Die Erwachsenen begrüßen einander; denn zu Weihnachten sind immer auch viele auswärtige Besucher in der Kirche.

Manch einer sagt zu Oma Frieda: »Das war eine besonders schöne Weihnachtsfeier. Auf das Mädchen können Sie wirklich stolz sein!«

Oma Frieda nickt nur freundlich dazu.

Auch Jenny bekommt viel Lob von allen Seiten, aber sie mag heute keine längeren Gespräche führen, sie zieht es schnell nach Hause; denn heute kommt Kenny!

Kenny und seine Familie waren in der Kirche von Rippensee zur dortigen Weihnachtsfeier. Nun aber muß Kenny jeden Augenblick eintreffen. Der Weihnachtsbaum ist schon fertig geschmückt. Jenny möchte aber die Kerzen nicht zu früh anzünden, damit sie nicht schon so weit abgebrannt sind, wenn Kenny eintrifft.

Scheinwerferlicht in der Einfahrt bringt ihren Herzschlag in Aufruhr. Ehe jemand klopfen kann, schießt Jenny zur Tür und reißt sie auf. Da steht Kenny mit seinem einmaligen Lächeln vor ihr. Ein schneller Begrüßungskuß für Jenny, dann wendet er sich Oma Frieda zu.

Jenny zündet schnell die Kerzen auf dem Weihnachtsbaum an. Oma Frieda schaut noch ein kurzes Weilchen zu, dann sagt sie: »Ihr Kinder werdet wohl noch nicht so schnell müde sein. Viel Freude. Aber für mich ist es Zeit, zu Bett zu gehen.«

Kaum war Oma Frieda verschwunden, da nimmt Kenny seine Jenny in die Arme und flüstert ihr zu: »Die Zeit bis Weihnachten war dieses Jahr schier endlos!«

»Wir können uns auch setzen«, erklärt Jenny. Ihr ist vom Küssen ganz schwindlig geworden. Alles um sie dreht sich im Kreis.

Kenny zieht den Schaukelstuhl nahe herbei, setzt sich hinein und nimmt Jenny auf den Schoß.

»Das Kerzenlicht ist wirklich romantisch schön; aber ist es nicht gefährlich? Kann nicht der Baum leicht Feuer fangen?« fragt Kenny.

»Ach was, das ist uns noch nie passiert. Wir lassen den Baum nie allein, wenn die Kerzen brennen. Und wir haben überall echte Kerzenlichter, auch an den großen Tannenbäumen in der Kirche und in der Schule!«

»Mir macht das richtig Angst!« antwortet Kenny.

Jenny lacht herzlich in sich hinein: »Das glaube ich nicht, Kenny; es gibt nichts, was dir Angst machen könnte!«

Jenny rutscht von seinem Schoß hinunter. Sie geht hinaus, um ihr Weihnachtsgeschenk für Kenny zu holen.

Als sie zurückkommt und es ihm hinhält, schaut er das Päckchen an und dann Jenny. »Ich tippe auf ein Hemd!« sagt er und grinst sie freundlich an.

Jenny schüttelt den Kopf und sagt: »Du darfst noch einmal raten!«

»Warum soll ich raten, wenn ich es aufmachen kann!« Kenny wickelt es aus. »Ein Bademantel! Hurra, den kann ich gut gebrauchen. Wir müssen nämlich durch einen langen Korridor zum Badezimmer gehen.«

Kenny gibt ihr einen Dankeschön-Kuß, dann holt er aus seinem Mantel das Päckchen für Jenny.

Jenny packt es aus und öffnet das rote Kästchen. Mit zitternder Stimme ruft sie begeistert aus: »Oh, Kenny, eine Uhr! Ist die aber schön! Einfach wundervoll!«

Kenny hilft ihr mit dem Anlegen des Armbandes und zeigt ihr, wie man die Zeiger stellt. »Ich habe sie erst heute nachmittag gekauft. Gefällt sie dir wirklich?«

»Ja! Ja!«

»Na, du übst wohl schon für unsere Hochzeit!« neckt er sie.

»Na klar, warum auch nicht!« gibt sie schlagfertig zurück.

Kenny küßt sie wieder. Dann sagt er zärtlich: »Ich wünschte wirklich, wir könnten heute schon unsere Verlobung feiern; aber glaub' mir, es würde dich in falschen Verdacht bringen, wenn wir uns plötzlich vor deiner Schulentlassung verloben würden.«

»Kenny, die Hauptsache ist doch, daß wir beide wissen, wie es um uns steht, nicht wahr?«

»Heute abend kann ich leider nicht länger hierbleiben. Meine Mutter möchte mich heute abend daheim haben; aber sie hat gefragt, ob du morgen nachmittag zu uns kommen kannst. Wir haben allerhand Verwandte zu Besuch, und du kannst auch noch den Abend über dableiben, wenn es deine Großmutter erlaubt.«

»Ich denke schon, daß sie einverstanden ist. Wir sind zum Mittagessen bei Tante Olga und Onkel Carl ins neue Haus eingeladen. Dort kannst du mich dann abholen.«

Kenny steht auf, zieht sich den Mantel an, dann sagt er mit vor Erregung heiserer Stimme: »Oh, Jenny, stell dir vor, wir werden miteinander noch viele, viele Male Weihnachten feiern. Geh' nun schlafen und träume von unserem eigenen Weihnachtsbaum.«

Als Jenny am nächsten Tag Kennys Großmutter kennenlernt, versteht sie plötzlich, warum er so kleinwüchsig ist. Die kleine Frau ist höchstens 1,25 m groß und fast genau so breit. Sie hört zwar sehr gut; aber kann nur noch wenig erkennen, so trübe sind ihre Augen.

Im Wohnzimmer bewundert Jenny den Weihnachtsbaum von Kennys Familie. »So etwas habe ich noch nie gesehen – silber und blau!« Viele winzigkleine elektrische blaue Lichter glühen im dunklen Tann, und die silbernen Kugeln glitzern und sprühen blaue Lichtstrahlen als Widerschein zurück.

Es ist ein Tag voller Gelächter und vieler Späße. Es ist kurzweilig, und die Zeit vergeht wie im Fluge; aber Jenny hätte die ganze Zeit viel lieber in Zweisamkeit mit Kenny verbracht, und sie sieht es ihm an, daß es ihm genauso geht.

»Nur noch zwei Tage!« sagt er, als er sie nach Hause fährt. Am Sonntagmorgen muß er wieder zum Zug, um nach Chikago zurückzufahren.

»Nur noch zwei Tage!« denkt Jenny, als sie sich an diesem Abend in ihr Bett kuschelt. »Dann noch fünf Monate bis zu meiner Entlassung von der Oberschule! Wie soll ich nur über diese Ewigkeit hinwegkommen?«

Kenny und Jenny nutzen die zwei verbliebenen Urlaubstage für allerhand gemeinsame Aktivitäten. Sie fahren Schlitten, treffen alte Schulkameraden, besuchen Jennys Cousinen Grace und Ruby. Zusammen lachen sie vor dem warmen Holzofen und träumen und plaudern ganz zwanglos von ihrem späteren Eigenheim und ihren Kindern.

»Ich habe auch schon darüber nachgedacht«, beginnt Kenny ein ernsteres Gespräch, »ob es nicht ganz klug wäre, wenn ich mich freiwillig zum Militär melde, ehe sie mich einziehen. Dann habe ich es hinter mir und kann mir auch noch etwas aussuchen.«

Jenny hängt sich ihm an den Hals, als wolle sie ihn um jeden Preis festhalten, damit er sich nicht auf der Stelle melden kann. »Bitte, Kenny, denk' nicht weiter darüber nach. Vielleicht ist der Krieg bald vorüber, und du brauchst dann überhaupt nicht mehr zum Militärdienst.«

Es ist für beide qualvoll, sich zu verabschieden, wenn man weiß, man wird sich nun fünf lange Monate nicht mehr sehen.

»Vielleicht kommst du doch zu Ostern nach Hause?« schlägt Jenny zaghaft vor.

»Wenn wir heiraten wollen, muß ich mein Geld zusammenhalten«, antwortet Kenny. »Wenn ich Ostern komme, muß ich wenigstens einen Tag unbezahlten Urlaub nehmen, und für die Fahrkarte geht ein ganzer Wochenlohn drauf.

Jenny verzieht das Gesicht und macht ein Schmollmündchen: »Warum sind wir nicht als Kinder reicher Eltern auf die Welt gekommen?« Sie schluchzt leise und schaut dem Auto hinterdrein, wie es langsam den Hügel hochfährt und dann oben über der Kuppe verschwindet.

Als sie dann das Licht ausknipsen will, um zu Bett zu gehen, sieht sie Kennys weißen Schal auf dem Stuhl liegen. Sie drückt ihn an sich und atmet den Duft von Kennys Rasierwasser ein.

Am anderen Morgen hält sie den Schal immer noch festumklammert in der Hand.

***

Am 1. Januar nimmt Oma Frieda den Kalender von der Wand und steckt ihn in den Küchenherd.

Dann hängt sie den neuen Kalender auf. Dabei seufzt sie: »Nicht einmal mehr fünf Monate. Dann wird Jenny aus der Schule entlassen. Sie wird in die Welt hinausziehen und irgendeine Arbeitsstelle übernehmen. Dabei kann sie immer noch nicht selbständig denken, nicht einmal ihre Wäsche nimmt sie mit nach oben, wenn ich es ihr nicht ein paarmal sage!«

Oma Frieda seufzt noch einmal tief, nimmt ihren Strickstrumpf und setzt sich in den Schaukelstuhl. Sie sinniert über die letzte Zeit. Immer, wenn sie Jenny irgendeinen Auftrag gibt, endet es in einer kleinen Katastrophe.

Sagt sie Jenny, daß sie einen Eimer Wasser holen soll, ist es so, als ob Jenny die Schwerhörige sei und nicht Oma Frieda.

»Ich werde aufwaschen«, hatte sie ihr gesagt, »und du kannst inzwischen einen Eimer Wasser holen.« Das ist doch ein freundlicher Vorschlag, und Jenny nickt dann gewöhnlich auch ihr Einverständnis; aber anstatt des Wassereimers nimmt sie prompt ein Buch zur Hand, setzt sich hin und beginnt zu lesen.

Nach einer Weile erinnert Oma Frieda freundlich: »Vergiß nicht, das Wasser zu holen!« Sie mag einfach nicht dauernd schimpfen.

Eine halbe Stunde vergeht, eine Stunde ist rum. Jenny sitzt und liest.

Oma Frieda macht sich zur Nachtruhe fertig, löst ihren Dutt auf und flicht den Zopf. Immer noch fehlt das Wasser.

»Jetzt gehst du aber sofort das Wasser holen!« ertönt es jetzt etwas strenger. »Ich lasse dich mit aller Arbeit in Ruhe und bitte dich nur um eine Kleinigkeit, und du schiebst es Stunde um Stunde vor dir her. Wie willst du mit solchem Verhalten auf einer Arbeitsstelle zurechtkommen? Wenn du nicht einmal eine Kleinigkeit prompt erledigen kannst, um die ich dich bitte, schaffst du es im Leben nie, die Aufträge deiner Arbeitgeber zu erfüllen!«

»Ich gehe ja schon, das Wasser holen!« ruft dann Jenny laut, wirft ihr Buch hin, schnappt den Wassereimer, stößt mit ihm an den Türrahmen, und brummelt vor sich hin: »Es ist doch zum Heulen, keine Minute läßt sie mich in Ruhe!«

Oma Frieda kann sich an viele solcher Auftritte erinnern, und fragt sich immer wieder: »Was mache ich bloß falsch? Wie kann ich das Problem lösen?«

»Ich komme mir wirklich wie ein totaler Versager vor«, sagt sie eines Tages zu ihrer Tochter Ellen am Telefon. »Ich frage mich ernstlich, wie dieses Mädchen je im Leben zurechtkommen soll? Gott weiß, daß ich mein Bestes versucht habe, ihr ein bißchen Verantwortungsbewußtsein beizubringen.«

»Oh, Mama! Sie wird es bestimmt schaffen. Denk doch nur daran, wie gut sie mich im Sommer hier vertreten hat?« antwortet Ellen.

»Hmmm. Na ja, aber ich weiß wirklich nicht, wie das werden soll. Vielleicht wird es wirklich besser, wenn sie allein verantwortlich ist. Aber keins von euch Kindern ist so zerfahren und unzuverlässig gewesen, vielleicht Hank ausgenommen.«

Ellen am anderen Ende muß sich das Lachen verkneifen. »Mama, ich will dir mal was sagen: Wir waren alle kein bißchen anders! Das hast du nur vergessen! Und wir waren so viele, da konntest du nicht auf jedes einzelne Kind so aufpassen.«

Oma Frieda seufzt einen tiefen Seufzer der Ergebung: »So ähnlich hat es Clara mir schon mal erklärt. Aber es sieht fast so aus, als ob man es mir immer wieder sagen muß. Ich hoffe nur, daß ihr wirklich recht habt.«

Jedesmal, wenn der Schulbus oben auf dem Gipfel des Hügels ankommt, so daß Jennys Daheim in Sicht kommt, bekommt sie Magenkrämpfe. So regen sie Oma Friedas immer wiederkehrende Ermahnungen auf.

Jenny traut sich fast nicht, die Haustür zu öffnen, weil sie weiß, daß Oma Frieda ihr bestimmt, noch ehe sie den Mantel ausgezogen hat, zurufen wird: »Jetzt geh' und binde dir deine Schürze um!« Und so geht es dann regelmäßig weiter: »Sieh', du machst da eine Pfütze. Du hast dir den Schnee von den Überschuhen wieder nicht abgekehrt!« – Oder: »Laß deine Sachen nicht hier herumliegen, nimm sie mit nach oben!« – »Fang gleich mit den Schulaufgaben an!« – »Hebe die Fäden auf, wenn du mit dem Nähen fertig bist!« – »Sitz nicht stundenlang müßig herum!«

Jenny empört sich innerlich: »Ich bin ihr völlig egal. Sie ist nur daran interessiert, daß alles wie am Schnürchen läuft. Was ich fühle und denke, wie es mir geht, kümmert sie überhaupt nicht. Ich muß nur tun, was sie befiehlt, und zwar sofort und auf der Stelle!«

Und: Es ist noch sooo lange, bis es endlich Frühling wird.

Jeder Januartag erinnert neu daran, daß es Winter ist. Wenn Jenny morgens erwacht, kann sie ihren Atem deutlich sehen.

Die Nacht über legt Oma Frieda immer Holz im Ofen nach, damit das Haus nicht zu sehr auskühlt.

Abends legt Jenny die Sachen bereit, die sie am nächsten Morgen anziehen muß. Nach dem Aufstehen schnappt sie das Bündel, rennt hinunter, um sich in der warmen Wohnküche zu waschen und anzuziehen. Die Eisentür vom Küchenherd öffnet sie dabei, um genug Wärme abzubekommen.

Obwohl Kenny nicht mehr in der Schule ist, legt Jenny doch immer noch Wert darauf, nicht zweimal nacheinander dieselbe Kleidung zu tragen. Sie pflegt Haut und Haar intensiv und dreht die Haare zur Nacht in Lockenwickler ein.

Wenn Oma Frieda bei Jennys Abendtoilette zusieht, sagt sie bestimmt gelegentlich wieder einmal: »Wie kann ein Mensch mit solchen Dingern auf dem Kopf ruhig schlafen?« Oma Frieda schüttelt den Kopf.

Jenny zuckt wohl zusammen, wenn solche Kritik ertönt, macht aber wortlos weiter. Sie bemüht sich, solche Frisuren zu tragen, die keine Lockenwickler an den Seiten brauchen, und hinten und oben auf dem Kopf sind sie für sie beim Schlafen kein Problem.

An einem Morgen, etwa in der Mitte des Januars, zuckt Jenny morgens beim Anziehen zusammen, weil sie plötzlich von Schmerzen rund um den Brustkorb und auf der linken Schulter überfallen wird.

»Nur nicht wieder eine Rippenfellentzündung!« denkt sie erschrocken. Sie hatte früher einmal, als sie noch nicht zur Oberschule ging, wegen dieser üblen Krankheit wochenlang zu Hause bleiben müssen.

Oma Friedas Diagnose lautet aber: »Schwächezustand«; aber

auf jeden Fall kein Grund, deswegen nicht zur Schule zu gehen.

Jenny zieht sich fertig an, die Schmerzen kommen und gehen, und sie hofft, im Laufe des Tages würden sie ganz verschwinden. Auf dem Weg zum Bus zieht sie sich ihren Schal fest über Mund und Nase. Aber die Eiseskälte, etliche Grad unter Null, macht ihr das Atmen auch unter dem Schal schwer.

Sie fällt in einen Sitz im Schulbus und über dem allgemeinen Lärm von Lachen und Erzählen bemerkt niemand, daß Jenny vor Schmerzen weinen muß. Sie versucht, ganz flach zu atmen, denn je tiefer sie Luft holt, desto schlimmer wächst der Schmerz.

»Warum in aller Welt bin ich nicht daheim geblieben?«, fragt sie sich immer wieder. Aber sie weiß die Antwort sehr wohl. Wenn es Sommer wäre, und sie könnte sich in ihrem Zimmer aufhalten, wäre alles anders. Aber jetzt, da es oben eiskalt ist, kann sie nur in Oma Friedas Bett liegen und muß den ganzen Tag das Geschwätz von Oma Frieda und Tante Helen anhören und was ihr noch schlimmer dünkt, das ständige Summen und leise Singen von Oma Friedas Lieblingsliedern. Mit Schmerzen in die Schule fahren war da immerhin noch vorzuziehen.

Während des Posaunenblasens in der Schule ist es am schlimmsten. Sie kann die Arme nicht heben und hätte fast die Posaune fallen gelassen. Herr Speidel ruft sie erst entschieden zur Ordnung, merkt dann aber doch, daß Jenny vor Schwäche wirklich unfähig ist, mitzumachen. So erlaubt er ihr, nur zuzuhören und zu üben, wenn es ihr wieder besser geht.

Daheim stellt dann Oma Frieda kategorisch fest, daß es keine Rippenfellentzündung ist, erlaubt Jenny aber, daß sie daheim bleiben darf, bis es ihr wieder bessergeht.

Jenny gibt keine Antwort. Sie ißt ganz wenig. Dann kriecht sie in Oma Friedas Bett, um dort zu bleiben, bis Oma Frieda zu Bett geht. Dann zieht sie sich Oma Friedas schweren, alten Morgenrock über den Schlafanzug an, und schleicht so warm verpackt langsam die Stiege hinauf in ihr Zimmer. Trotzdem schüttelt sie sich auf dem ganzen Weg vor Kälte.

Die meiste Zeit des nächsten Tages bleibt Jenny in Oma Friedas Bett. Sie liegt ganz still mit einem Ohr auf dem Kopfkissen, und das andere Ohr hält sie sich mit einem Finger zu.

Jenny möchte gerne beten. Aber ihre häßlichen Gefühle gegenüber Oma Frieda hindern sie innerlich daran. Sie weiß wohl, daß es nicht recht ist und fühlt sich schuldig und schafft es doch nicht, dagegen anzukämpfen. Sie kommt sich vor wie ein Hund, der den Schwanz zwischen die Hinterbeine klemmt.

Manchmal schläft Jenny ein wenig ein. Aber dann fällt ihr der Arm herunter, mit dem sie sich das Ohr zuhält, und wenn sie Oma Frieda vor sich hin singen hört, ist sie gleich wieder hellwach und hält sich das Ohr zu.

Nachdem Oma Frieda ihre Morgenarbeit geschafft hat, steckt sie den Kopf durch die Schlafzimmertür, um nach Jenny zu sehen. Sie liegt da mit dem Gesicht zur Wand, die Zudecke über den Kopf gezogen, so ist es wohl besser, sie nicht zu stören.

Oma Frieda nimmt ihren Strickstrumpf, setzt sich in den Schaukelstuhl und beginnt zu stricken. Eigentlich wollte sie ja heute spinnen, aber das Geräusch des Spinnrades könnte Jenny stören. Auf keinen Fall möchte sie dem armen kranken Mädchen die Lage verschlechtern.

Dann beginnt Oma Frieda, still zu beten: »Vater im Himmel, was kann ich für Jenny tun? Zeige du mir, wie ich ihr helfen kann. Der Arzt, bei dem wir mit Roys Auto waren, weiß auch nichts. Nur Bettruhe hat er verordnet, sonst nichts. Herr Jesus, kann es heute nicht auch so sein, wie wir es von dir in der Bibel lesen? Sobald du einen berührt hast, war er sofort heil und gesund.« Oma Frieda schüttelt den Kopf. »Ich verstehe das nicht, himmlischer Vater. Du bist doch immer noch derselbe Gott? Kannst du es nicht genauso jetzt mit Jenny tun?«

Das Feuer! Konnte es sein, daß sie vergessen hatte, Holz nachzulegen, ehe sie sich im Schaukelstuhl niederließ? Sie erhebt sich schwerfällig, geht zum Küchenherd und legt, so leise wie möglich, drei Stück Holz auf die restliche Glut.

Als Jenny zum Essen aufsteht, schaut Oma Frieda sie forschend an: »Geht es dir ein bißchen besser?«

Jenny nickt, ißt schnell ihre Suppe und geht wortlos wieder ins Bett.

Ein Weilchen später kommt Roy in die Wohnküche und sagt zu seiner Mutter: »Ich muß morgen nach Phillips fahren. Wenn du mitkommen willst, kannst du Nora besuchen. Helen und die Kinder lasse ich bei Helens Schwester.«

»Es ist schon so lange her, daß ich bei Len und Nora war. Das wäre ja wirklich großartig. Schrecklich gerne käme ich mit. Aber kann ich Jenny allein lassen? Wir wollen sehen, wie es ihr morgen geht.«

Zusammengekauert vor der Ofentür versucht Jenny, Oma Frieda zu überzeugen, daß sie mitfahren muß. »Mir geht es schon viel besser!« ruft sie laut und betet still: »Himmlischer Vater, laß Großmutter morgen mitfahren. Ich weiß, daß meine Bitte selbstsüchtig ist; aber trotzdem wird Großmutter der Besuch bei Len und Nora bestimmt Freude machen.«

Oma Frieda ändert ihren Entschluß, mitzufahren oder daheim zu bleiben, im Laufe des Tages dreimal; aber schließlich fährt sie dann doch mit.

Jenny ist glücklich. Obwohl der Schmerz immer noch über die Schulter und die Rippen flutet, steht sie auf und möchte gern irgend etwas unternehmen.

Lesen ist zu beschwerlich, weil man dabei die Arme zum Halten des Buches hochhalten muß.

Aber es ist auch schon schön, daß sie liegen kann, ohne sich dauernd die Ohren zuhalten zu müssen. Sie hört das Knistern des Feuers im Küchenherd und den Wind, der um die Ecken des Hauses pfeift und manchmal an einem Fensterladen rüttelt.

Wie wäre es mit Musik? Das ist die richtige Idee! Jenny zieht sich Oma Friedas Morgenrock an und schlüpft in die dicken, wollenen Socken. Dann geht sie nebenan in Onkel Roys und Tante Helens Wohnzimmer. Dort steht ein Grammophon.

Als erstes legt sie die Platte auf »Das Mädchen, von dem ich immer träume«. Ganz langsam dreht sie die Kurbel, um das Grammophon aufzuziehen. Das Kurbeln schmerzt Jenny sehr; aber sie beißt die Zähne zusammen. Dann setzt Jenny vorsichtig die Nadel auf die Grammophonplatte.

Oh wie schön ist es, diese liebliche Melodie zu hören!

Jenny läßt sich in dem schönen weichen Klubsessel nieder, der hier in Onkel Roys und Tante Helens Wohnzimmer steht. Jenny lehnt sich zurück und denkt an Kenny. Dabei lächelt sie still vor sich hin. Wie schön wäre es, wenn sie gerade jetzt seine Worte hören könnte: »Jenny, ich liebe dich!«

Allzuschnell ist die Platte abgelaufen. Jenny muß das Grammophon neu aufziehen. Das bereitet Schmerzen.

Was kommt als nächstes dran? Jenny kramt im Plattenvorrat. Marschmusik! Das muntert auf.

»Vielleicht ist im Briefkasten, vorne an der Einfahrt, ein Brief von Kenny?« fragt sich Jenny ganz still in Gedanken. Aber sie kann es bei dem eisigen Wind nicht wagen, bis dorthin zu gehen. Oma Frieda würde sicher explodieren, wenn sie es erführe.

»Wenn ich aber nur Kennys Brief nehme und die andere Post dalasse, dann merkt es keiner, daß ich draußen war«, überlegt Jenny weiter.

Sie hört kaum noch auf die Musik, die aus dem Grammophontrichter schallt, so intensiv ist sie mit dem Vielleicht-Brief von Kenny aus Chikago dort vorn in dem Briefkasten an der Einfahrt beschäftigt.

»Ich werde mich ganz warm anziehen, alles, was ich habe, übereinander!« – »Ja, aber man sieht doch meine Spuren im Schnee!«

»Ich muß den Brief jetzt haben!« – » Aber Oma Frieda hat mir einmal gesagt, daß es zum Erwachsenwerden gehört, wenn man sich in Geduld übt!«

Jenny legt eine neue Platte auf und kurbelt das Grammophon unter Schmerzen wieder an.

»Das Erwachsenwerden ist mein Hauptziel. Ich werde also jetzt wie ein Erwachsener handeln, ich gehe nicht hinaus, ich warte und übe mich in Geduld«, sagt Jenny still und entschlossen zu sich selbst.

Während die Liebeslieder erklingen, denkt Jenny: Ja, so wird es bei Kenny und mir ein Leben lang sein. Er wird mir beistehen und mich verstehen, und ich werde ihn in seinen Plänen unterstützen und immer für ihn dasein.

Wenn nur die Platten nicht so schnell abgespielt wären! Dauernd muß Jenny aufspringen, die Platte umdrehen und das Grammophon unter starken Schmerzen neu aufziehen. Jenny kommt es so vor, als ob ein Lied gerade erst begonnen hat, da hört sie schon wieder das Endkratzen der Nadel.

Plötzlich ist sie einfach zu erschöpft, um weiterzuspielen. Sie räumt schnell die Platten weg, kriecht wieder zurück in Oma Friedas Bett und beginnt, erbärmlich zu schluchzen.

***

Am Montag geht es Jenny besser, so daß sie wieder zur Schule fahren kann.

Besondere Freude macht es ihr, in der großen Pause im Leseraum die »Gute Hausfrau«, eine Illustrierte mit Artikeln über sinnvolle Haushaltführung, zu lesen. Sie liest alles darin, prägt es sich ein, einschließlich der Tips für Säuglingspflege, obwohl sie denkt, daß bis dahin noch ein sehr weiter Weg sein wird.

Besonders fasziniert ist sie von den neuen Waschmaschinen, die da beschrieben werden. Sie kann es sich nicht recht vorstellen, daß es bald Maschinen geben soll, in die man die Wäsche nur hineinzufüllen braucht, um sie dann nach einiger Zeit gewaschen wieder herauszunehmen. Nicht einmal eine Wringmaschine ist dann mehr erforderlich. Und andere Maschinen sollen das Trocknen besorgen, und der Artikel verspricht, daß die Wäsche, die man aus dem Trockner nimmt, weicher ist, als wenn sie draußen im Wind getrocknet wäre.

In der Englischklasse bekommen sie die Aufgabe, eine Kurzgeschichte zu erfinden. Jenny denkt viele Stunden darüber nach. Dann schreibt sie eine Erzählung über ein frischvermähltes junges Ehepaar. Erst haben sie sich gestritten. Aber nach dem ein Mißverständnis aufgeklärt ist, gibt es Versöhnung und ein glückliches Ende.

Heimlich hofft sie, eine gute Note zu bekommen. Es wird noch besser, sie bekommt die bestmögliche Note!

Pearl liest die Geschichte und gibt sie begeistert an die Mitschülerinnen weiter.

Immer wieder kommen andere Mädchen auf Jenny zu und sagen ihr, sie solle einmal Schriftstellerin werden.

Jenny denkt viel darüber nach. Sie hätte schon große Lust, sich Geschichten auszudenken; aber der Beruf hat einen Haken für Jenny. Sie müßte dann die Manuskripte auf der Schreibmaschine tippen. Und das ist ja ausgerechnet das Fach, das ihr so gar nicht liegt.

Darüber hinaus hat sie keine Ahnung, wie man es anstellen muß, um seine Geschichten gedruckt und veröffentlicht zu bekommen.

So lenkt Jenny ihre Gedanken immer wieder in die andere Richtung: Erst einmal will sie heiraten und eine gute Hausfrau und Mutter werden. Das erscheint ihr am wichtigsten zu sein.

Trotzdem erfüllt es Jenny mit großer Freude, so von den anderen

Mädchen bestaunt zu werden. Sie nimmt innerlich einen Anlauf, um Oma Frieda davon zu erzählen.

Oma Frieda ist gerade dabei, ihre Blumen zu gießen. Jenny sagt ihr dicht ins Ohr: »Meine Mitschülerinnen sagen, ich solle Schriftstellerin werden.«

»Hmmm!« brummt Oma Frieda ungeduldig. »Ich meine, es wäre besser, du würdest deine Zeit nutzen, um etwas Ordentliches zu lernen, anstatt verrückte Geschichten zu erfinden!«

Dabei greift Oma Frieda einen Trieb der Begonie, die sie gerade begossen hat, knipst ihn mit den Fingern ab und wirft in weg.

Jenny stampft mit dem Fuß auf den Boden, so tief ist sie von Oma Friedas Reaktion enttäuscht und innerlich verletzt. Dann schreit sie: »Genau das ist es, was du mit mir ständig tust! Immer, wenn jemand eine Leistung von mir anerkennt, dann kommst du und knipst es ab und wirfst es weg, genauso, wie du es eben mit der Blume gemacht hast! – Du kannst es einfach nicht ertragen, wenn ich mich über irgend etwas freue!«

Oma Frieda tritt überrascht einen Schritt zurück und starrt in das ärgerliche Gesicht Jennys. Dann sagt sie: »Ich verstehe überhaupt nicht, worüber du dich aufregst!«

Jenny ist so in Fahrt, daß sie sich nicht mehr bremsen kann, sie denkt auch nicht mehr daran, daß man sie im ganzen Hause hört, wenn sie so laut spricht, sie schreit: »Alles, was ich von dir zu hören bekomme, ist immer nur etwas, was ich falsch mache. Sonst hast du mir überhaupt nichts zu sagen.« Jenny kommen die Tränen, sie muß zwischendurch schluchzen, fährt dann aber fort: »Ein einziges Mal muß ich doch auch einmal irgend etwas richtig machen. Ich habe mein ganzes Leben lang noch nie ein Lob von dir gehört. In Zukunft soll es mir gleich sein, was ich tue, es ist sowieso nie gut genug für dich!«

Oma Frieda stolpert ein paar Schritte rückwärts und setzt sich dann auf die Kante ihres Bettes. Erst einmal muß sie tief Luft holen, so hat Jennys Ausbruch ihr den Atem verschlagen. Dann greift sie Jennys Ärmel und zieht sie auf einen Stuhl nahe zu sich hin.

In Jennys Augen lodern noch die Flammen des Zorns und der bitteren Enttäuschung, und sie sprudelt weitere Worte des Ärgers heraus: »Ich kann doch nichts dafür, daß ich geboren bin. – Ich bin doch nicht schuld daran, daß meine Mutter gestorben ist. – Ich weiß es ja, daß ich nie so vollkommen sein werde wie sie! Aber warum habe ich bei dir keine Chance, ein einziges Mal etwas richtig zu machen? Andere Leute mögen mich, nur du nicht!«

Oma Frieda ist hilflos, sie stammelt: »Ich weiß nicht, . . . ich habe nie gemerkt, daß du solche Gedanken hast. Ich habe mich redlich bemüht, dich so zu erziehen, daß du nicht eingebildet und hochmütig wirst – und nicht so liederlich.« Nun kommen auch Oma Frieda die Tränen, und sie schreit jetzt auch: »Oh, Jenny, wenn du nur wüßtest, wie sehr mir daran gelegen ist, daß man dich gern hat!«

Jenny lacht künstlich und schluchzt dann noch einmal: »Das sagst du so einfach daher, und ich soll es glauben; aber du hast eine komische Methode, mir zu zeigen, daß es wahr ist!«

Jenny springt auf und rennt nach oben.

Oma Frieda ruft ihr bittend nach, doch zurückzukommen.

Aber Jenny will es nicht hören. Sie ist von dem einen Satz »Du könntest deine Zeit besser nützen, etwas Ordentliches zu lernen, anstatt verrückte Geschichten zu erfinden!« zutiefst verletzt. Die Worte haben sich regelrecht in ihre Seele eingefressen, daß sie nur noch weinen und jammern kann: »Nicht ein einziges Wort darüber, daß die Lehrerin mich mit der höchsten Note ausgezeichnet hat, nicht ein Wort, daß sie es mir gönnt, daß den anderen Mädchen meine Geschichte gefällt!«

Jenny liegt auf ihrem Bett und weint und weint, bis einfach keine Träne mehr vorhanden ist.

Dann dreht sich Jenny zur Seite und starrt auf die Tapete: Weiße Tausendschönchen auf korallenrotem Grund. Jenny hat diese Tapete sehr gerne. Sie erinnert sich, wie sie sie zusammen ausgesucht haben und dann zu dritt, Oma Frieda, Tante Helen und sie, das Zimmer austapeziert haben. Und die Tapete paßt so gut zu den Schlafzimmermöbeln ihrer Mutter, die sie nach dem Tod ihres Vaters bekommen hat.

»Ich könnte wetten, daß mein Zimmer das schönste im ganzen Lande ist!« hatte sie damals ausgerufen, als Oma Frieda zum Schluß noch weiße Rüschengardinen am Fenster aufgehängt hatte.

Oma Frieda hatte genickt, gelächelt und mit den Augen gezwinkert, alles zur gleichen Zeit, und Jenny wußte, was das bedeutet, daß nämlich auch Oma Frieda glücklich und zufrieden ist.

Jenny kommt so manche Erinnerung an Situationen in den Sinn, bei denen sie diese Mischung aus Nicken, Lächeln und Augenzwinkern bei ihrer Großmutter erlebt hat, wenn sie zum Beispiel in einen Raum tritt, in dem sich ein Teil ihrer großen Familie versammelt hat. Oder, wenn sie zum Gottesdienst kommt und Bekannte begrüßt.

Jenny überwallte bei dem Anblick dieser einmaligen Geste stets eine Welle der Liebe zu Oma Frieda.

Und nun hat sie ihr so viele böse Worte ins Gesicht geschleudert. Bestimmt ist ihre Oma-Frieda-Mama nun verletzt und quält sich mit den Gedanken, warum Jenny ihr das angetan hat. Jenny weiß doch, daß Oma Frieda sie eigentlich liebhat. »Aber warum nur, will sie es mir nie zeigen?«

Unterdessen sitzt Oma Frieda zusammengesunken in ihrem Schaukelstuhl und betet gequält: »Was habe ich nur gemacht, Gott im Himmel, zeige mir meine Fehler! Jenny schaut mich an, als ob sie mich haßt. Oh, du mein Gott, hilf mir, hilf mir, ich weiß nicht mehr weiter.«

Sie schluchzt ganz erbärmlich in ihre Schürze und hört im Geist immer wieder Jennys ärgerliche Worte und sieht vor sich das zornige Gesicht des jungen Mädchens.

»Sie ist ein dummes, kleines Kind! Wie kann sie sich nur einbilden, daß ich mich um ihr Wohl und Wehe nicht kümmere! Ich habe sie doch wirklich lieb. Wie kann sie aber in dieser Weise zu mir sprechen! Das ist doch ungezogen! So haben meine eigenen Kinder nie zu mir gesprochen! Das hätte ich auch nie geduldet. Ich sollte sie sofort herunterrufen, damit sie sich entschuldigt.«

So denkt Oma Frieda, putzt sich die Nase, trocknet sich die Tränen; aber sie hat einfach nicht die Kraft, Jennys Entschuldigung durchzusetzen.

Oma Frieda steht auf und legt Holz aufs niedergebrannte Feuer im Küchenherd. Dann setzt sie die Suppe fürs Abendessen auf den Herd und überlegt: »Vielleicht laß ich das dumme Kind jetzt besser in Ruhe und spreche erst einmal mit Ellen darüber.«

Oma Frieda deckt den Tisch, und als die Suppe heiß genug ist, ruft sie durch das Heißluftrohr über dem Küchenherd: »Jenny, das Abendessen ist fertig!«, so wie sie es immer tut.

Jenny antwortet wie gewöhnlich mit dem Stampfen auf den Fußboden, daß sie die Nachricht vernommen hat; aber sie beeilt sich nicht hinunterzugehen. Sie legt die Stirn an die eiskalte Fensterscheibe und überlegt, wie sie sich verhalten soll.

Auf dem Weg nach unten kommt sie dann zu dem Entschluß: »Ich warte einfach ab, wie Mama sich verhält.«

Als sie in die Wohnküche tritt, sieht Jenny, daß Oma Frieda bereits die Suppe ausgeschöpft hat, Dampf steigt aus ihrem Teller auf. Gleich wird sie sagen: »Paß auf, die Suppe ist heiß!«

Oma Frieda setzt sich zu Tisch und sagt laut: »Paß auf, die Suppe ist heiß!«

Ich bin doch kein Baby, daß ich das nicht selber sehe, denkt Jenny, und es läuft ihr ein Schauer über den Rücken, wenn sie hört, wie Oma Frieda ihre Suppe schlürft. Am liebsten würde sie den Löffel hinwerfen, laut schreien und irgendwohin rennen.

Schließlich schiebt sie ihren Stuhl heftig zurück und ruft: »Ich muß mal!«

Sie geht nicht den üblichen Weg durch die Küche von Onkel Roy und Tante Helen, um aufs Häuschen außerhalb des Hauses zu gelangen. Bestimmt haben sie nebenan gehört, wie Jenny sich vorhin aufgeführt hat. Und nun will Jenny es nicht riskieren, auch noch von Onkel Roy oder Tante Helen ausgeschimpft zu werden.

Nun sitzt sie in ihrem dunklen Fluchtort, weint, schluchzt und friert.

Am liebsten möchte ich sterben, wenn es nur schnell gehen würde, denkt Jenny verzweifelt.

Dann fällt ihr aber Kennys lächelndes Gesicht ein, die Weise, wie er ihr immer zuzwinkert. Und sie hört ihn flüstern: »Jenny, ich liebe dich!«

Mit einem entschiedenen Seufzer steht sie auf, schlägt die Tür hinter sich zu und geht zum Haus zurück.

Nur noch ein paar Monate! Ich werde sie irgendwie überleben.

***

Der Winter scheint dieses Jahr kein Ende zu nehmen. Jeden Tag, nach dem Essen, wäscht Jenny das Geschirr ab, holt frisches Wasser herein, bringt das Schmutzwasser hinaus und beginnt dann sogleich mit ihren Schulaufgaben. Wie sehnt sie sich danach, daß es endlich etwas wärmer wird, daß sie wenigstens die Schulaufgaben oben in ihrem Zimmer machen kann.

Es ist nicht allzu schlimm für Jenny, wenn Oma Frieda strickt. Dabei singt sie wenigstens nicht. Und wenn sie singt, fällt Jenny so laut ein, daß sie Oma Frieda nicht mehr hört.

Sobald aber Oma Frieda zu Bett geht und zu beten anfängt, flieht Jenny, so schnell sie kann, nach oben in ihre kalte Kammer, oder sie steckt sich in jedes Ohr einen Finger. Sie möchte nichts von Oma Friedas Gebeten wissen. Ab und zu nimmt sie dann einen Finger heraus, um zu hören, ob Oma Frieda endlich aufgehört hat. »Woher in aller Welt nimmt sie nur all den Stoff, für was sie alles betet?« fragt sich Jenny und hat nur einen Wunsch: Der Frühling kommt bestimmt keinen Tag zu früh für mich!

Oma Frieda denkt immer wieder über die Frage nach: »Wie kommt Jenny nur auf die absurde Idee, daß ich an ihrem Leben keinen Anteil nähme? Kann das dumme Kind denn nicht sehen, wie schwer ich arbeite, damit es immer sauber angezogen ist? Wie ich spare, wenn es um Dinge für mich geht, nur damit es etwas Neues haben kann? Kann Jenny denn nicht verstehen, daß ich nur schimpfe, weil ich ihr Bestes will? Es ist doch Jennys Gewinn, wenn sie zu einer verantwortungsbewußten Persönlichkeit erzogen wird!« Diese Gedanken und Fragen kreisen beständig in ihrem Kopf, und Oma Frieda sieht einfach keinen Ausweg.

Oma Frieda schüttet das Abwaschwasser in den Schmutzwasserkübel, trocknet die Abwaschschüssel aus und hängt sie an ihren Platz an der Wand. Sie ist sich noch nicht sicher, was sie heute tun wird; aber sie möchte die Spannung zwischen Jenny und ihr irgendwie beenden.

Oma Frieda schließt leise die Tür zur Nachbarwohnung und setzt sich in ihren Schaukelstuhl, jedoch ohne ihr Strickzeug zur Hand zu nehmen. Sie weiß, daß Jenny durch ihr Schimpfen und die Verweigerung der Anerkennung für ihre Geschichte zutiefst verletzt wurde. Sie weiß aber auch, daß sie stets nur das Beste für Jenny gewollt hat.

Nur noch einige Wochen, dann ist das Ziel erreicht. Jenny ist achtzehn Jahre alt, die Oberschule ist abgeschlossen, und Jenny wird ihre Heimat und ihre Oma-Frieda-Mama für immer verlassen.

Oma Frieda betet im Flüsterton: »Oh, Vater im Himmel, was habe ich nur angerichtet! Nie habe ich mir auch nur im Traume einfallen lassen, daß meine Jenny sich einbilden könnte, daß ich sie nicht liebhabe. Was habe ich denn falsch gemacht? Ich habe ihr doch nur geholfen, gut zu werden.«

Oma Frieda nimmt die Brille ab, lehnt sich zurück und läßt ihren Tränen freien Lauf. Im Geiste sieht sie wieder das zornige Gesicht ihrer Enkeltochter vor sich.

Wieder denkt sie daran, Ellen anzurufen, um mit ihr darüber zu sprechen. Aber Ellen würde zwar zu taktvoll sein, um ihr direkt ins Gesicht zu sagen: »Ich habe es dir doch schon einmal erklärt!« Aber letzten Endes käme doch wieder nur dasselbe dabei heraus: »Wir waren auch nicht besser. Nur du hast auf uns nicht so sehr aufgepaßt!«

»Nein, himmlischer Vater, ich frage niemand, diese Sache bleibt zwischen dir und mir«, sagt Oma Frieda kurz entschlossen, »du wirst mir zeigen, wie ich die Sache wieder in Ordnung bringen kann. Bitte, zeige mir, was ich zu tun habe. Amen.«

Sie steht auf, um Holz im Küchenherd nachzulegen. Dabei schüttelt sie den Kopf: Wie soll Gott einer Person, der er so viele Kinder anvertraut hat, und die immer noch nicht weiß, wie man Kinder erzieht, plötzlich zu Hilfe kommen?

Jenny kommt Oma Frieda kein bißchen entgegen. Sie sorgt die ganze Zeit über für gehörigen Abstand, obwohl es ihr durchaus nicht entgangen ist, daß Oma Frieda unter der Spannung sehr leidet.

In der Englischklasse fragt der Lehrer plötzlich mitten in Jennys Grübelei hinein: »Wer kann mir das Wort Ambivalenz erklären?«

Jenny durchzuckt es wie ein Blitz: »Wenn jemand weiß, was ambivalent ist, dann bin ich es.« Aber Jenny möchte nicht gerne ihre eigene gespannte Lage als Beispiel preisgeben.

Niemand antwortet, und der Lehrer fragt noch einmal: »Weiß denn keiner von euch, was das Wort Ambivalenz ausdrücken will?«

Da niemand antwortet, streckt Jenny ihre Hand empor und sagt dann: »Es bedeutet, daß dasselbe Ding oder dieselbe Lage von einer Person gleichzeitig ganz unterschiedlich eingeschätzt wird.«

»Das ist richtig, Jenny Verleger«, antwortet der Lehrer und fährt fort: »Kannst du uns ein Beispiel dafür nennen?«

»Nun ja, ich zum Beispiel möchte mir nach dem Schulabschluß unbedingt eine Stelle in Chikago suchen; aber gleichzeitig möchte ich meine Heimat hier um keinen Preis verlassen.«

Die Diskussion in der Klasse geht weiter ihren Weg; aber Jenny bleibt mit ihren Gedanken an der Ambivalenz, an ihrer Zwiespältigkeit in Herz und Gemüt, hängen. Es hilft zwar nur wenig, wenn man die Bedeutung des Wortes Ambivalenz weiß; aber keine Ahnung hat, wie man mit dieser Doppelwertigkeit umgehen kann, wie man sie in den Griff kriegt, ohne daß sie einen fix und fertig macht.

So sehr sie sich wünscht, endlich nach Chikago zu ziehen, um bei Kenny zu sein und ein neues Leben beginnen zu können, so sehr tut es ihr weh und die Tränen beginnen gleich zu fließen, wenn sie daran denkt, Oma Frieda allein zurücklassen zu müssen. Zwar ist sie nicht allein im Haus; aber sie hat niemand, der von ihr abhängig ist, keinen, für den sie kochen und waschen muß. Keiner ist mehr da, auf den sie täglich wartet und – den sie ausschimpfen kann. All die Jahre hat Oma Frieda nur für sie beide gelebt.

Andererseits weiß Jenny: »Ich kann hier nicht bleiben! Es geht nicht! Oma Frieda wird sich bestimmt nie mehr ändern. Sie wird weiter an mir herumnörgeln, immer neue Kleinigkeiten finden, die ich falsch mache und sich sofort irgend etwas einfallen lassen, was schlecht ist, wenn nur von irgendeiner Seite ein Lob laut wird.«

Die Schulglocke läutet, jeder beeilt sich hinauszukommen. Langsam trottet Jenny hinterher. Nur noch zwei Monate! Ich werde es überleben!

An diesem Abend versucht Oma Frieda, eine Unterhaltung mit Jenny anzufangen.

Aber Jennys Antworten kommen nur einsilbig. Sie macht ihre Arbeit im Haushalt und erledigt schnell ihre Schulaufgaben.

Nachdem sie sich zur Nacht fertiggemacht hat, gibt sie Oma Frieda einen flüchtigen Gutenachtkuß auf die Wange. Dann eilt sie nach oben in ihr Zimmer, um Kenny einen langen Brief zu schreiben.

Oma Frieda hat nicht so oft geschimpft wie sonst.

Jenny hat es wohl gemerkt und ist sehr dankbar dafür. Aber als sie dann in ihrem warmen Bett kuschelt und zu beten versucht, sieht sie doch immer wieder nur, wie Oma Frieda sie mit zusammengezogenen Augenbrauen vorwurfsvoll und ohne Verständnis ansieht.

Auch Oma Frieda sitzt an diesem Abend auf ihrer Bettkante und versucht zu beten. Aber es wollen ihr einfach keine Worte kommen. Es kommt ihr so vor, als müsse sie Gott um Vergebung für ihr Verhalten Jenny gegenüber bitten. Dann denkt sie aber: »Das ist doch Unsinn. Was habe ich denn getan? Ich habe doch immer nur ihr Bestes gewollt.«

Es schüttelt sie vor Kälte. Sie wickelt sich die Zudecke um die Schultern. Und dann betet sie: »Himmlischer Vater, ich bin wirklich total durcheinander. Es ist so, als stehe meine eigene Welt auf dem Kopf. Ich kann einfach nicht annehmen, daß alles, was ich jahraus, jahrein für dieses Kind getan habe, falsch gewesen sein soll. Aber ich weiß auch, daß du alles mit ganz anderen Augen siehst und daß auch alles, was wir in bester Absicht tun, falsch sein kann.« Oma Frieda stöhnt, dann atmet sie noch einmal tief durch und schließt: »Wenn ich etwas falsch gemacht habe, so vertraue ich dir und glaube fest daran, daß du es mir zeigen wirst. Amen.«

Entscheidung

Im März kommt eine von Jennys Klassenkameradinnen angerannt und fragt: »Ich habe gehört, du willst nach dem Schulabschluß nach Chikago ziehen, hast du denn schon eine Arbeitsstelle?«

Jenny schüttelt erstaunt den Kopf.

»Meine Schwester Patricia hat in Chikago als Haushälterin eine gute Anstellung. Da sie jetzt aber heiraten will, hat ihre Chefin sie gefragt, ob sie ihr nicht eine Nachfolgerin empfehlen kann. Wärst du daran interessiert?«

Jenny notiert sich sogleich die Adresse von dieser Patricia in Chikago, und ein reger Briefwechsel beginnt.

Patricias Chefin ist eine geschiedene Frau Winston, die den ganzen Tag über berufstätig ist und ein sehr schönes Haus in dem Vorort Sokie besitzt, erfährt Jenny von ihr.

Jenny bekundet im nächsten Brief ihr Interesse, und die Antwort kommt genau einen Tag vor ihrem Geburtstag, am 31. März.

Frau Winston sagt zu, daß Jenny die Stelle antreten kann.

Kennys Mutter hat Pearl und Jenny zum Geburtstagskaffee eingeladen. Jenny brennt darauf, ihr die Neuigkeit mitzuteilen.

»Ich will dir mal etwas sagen, Jenny«, erklärt Kennys Mutter, und ihre braunen Augen sprühen vor Aufregung Feuerfunken. »Ich beabsichtige, Viktoria und ihre Familie zu besuchen. Vielleicht können wir zusammen mit dem gleichen Zug fahren. An welchem Tag ist denn die Schulabschlußfeier?«

»Am 14. Mai«, sagen beide Mädchen zugleich.

»Und wann planst du abzufahren?«

Jenny fährt zusammen. Sie ist erschrocken. Diese Frage führt ihr die Endgültigkeit ihrer Entscheidung vor Augen. »Jaaa, ich habe darüber noch gar nicht nachgedacht. Vielleicht in der darauffolgenden Woche.«

Als sie nach Hause kommt, erzählt Jenny gleich Oma Frieda von den neuen Reiseplänen.

»So bald schon«, sagt Oma Frieda leise. »Ich hatte gehofft, du würdest wenigstens noch einen Monat hierbleiben.«

»Patricia, die Vorgängerin auf meiner künftigen Arbeitsstelle, möchte möglichst schnell aufhören, damit sie ihre Hochzeit vorbereiten kann. Wenn ich diese Stelle haben will, darf ich nicht zögern.«

Oma Frieda nickt, ohne dabei aufzuschauen: »Ja, ich weiß.«

Und am Abend betet sie: »Himmlischer Vater, ich bin trotzdem immer noch nicht fertig, das Kind ziehen zu lassen. Besonders jetzt ist es nicht gut, weil zwischen uns beiden solch eine Spannung herrscht. Ich dachte doch immer, daß ich froh sein würde, wenn die Schule endlich fertig ist und sie auf eigenen Füßen stehen kann. Aber sie ist noch immer so flatterhaft wie vor zwei Jahren. Wie kann sie auf diese Weise ihre Stelle halten?« Der dicke Kloß in Oma Friedas Hals wird größer bei dem Gedanken: »Und so, wie es jetzt ist, wird sie ihre Heimat und mich mit der Überzeugung verlassen, daß ich ihr das Leben durch meine Ermahnungen schwermachen wollte.«

***

Am 18. April ist Oma Friedas Geburtstag. Es ist Sonnabend, also schulfrei. Jenny steht von ganz alleine etwas früher auf. Sie will Oma Frieda beim Putzen helfen, damit sie fertig sind, wenn die ersten Gäste kommen.

Tisch und Stühle sind zusammengeschoben, und Jenny wischt gerade den Fußboden auf, als ihr Onkel Carl hereinkommt.

»Herzlichen Glückwunsch zum Geburtstag!« ruft Carl laut, nimmt seine Mutter in die Arme und überreicht ihr ein Sträußchen frischgepflückter Primeln, die er für sie im Wald gesucht hat.

Oma Frieda ist überrascht und ruft: »Dieses Jahr ist der Frühling sehr zeitig, wenn es zu meinem Geburtstag schon Primeln gibt!«

Carl nickt und dann grinst er freundlich und erklärt: »Ich verzieh mich besser gleich wieder, denn hier sieht es so aus, als ob ihr beide keine Zeit für mich habt.«

»Aber nein, Carl, setz dich bitte. Wir werden es schon noch schaffen. Ich rechne damit, daß die Mädchen kommen werden. Helen hat schon einen Kuchen gebacken«, lädt Oma Frieda freundlich ein.

Jenny putzt indessen weiter. Sie stellt sich dabei Oma Frieda vor, wie sie sich wohl fühlen würde, wenn es ihr so ginge wie Carl heute, daß sie irgend jemand besucht und trifft die Betreffenden mitten in der Putzarbeit an.

Jenny bemerkt auch, wie Oma Friedas Augen zu leuchten beginnen, wenn Carl von seinen Plänen für dieses Frühjahr erzählt. Sie hört so gespannt zu, daß sie sogar von ihrem Strickstrumpf vergißt.

Jenny lächelt still vor sich hin, während sie die abgewischten Stühle wieder an ihren Platz stellt. Sie sinniert dabei: »Wenn ich eines Tages einmal Söhne haben werde, will ich es auch genauso machen wie Oma Frieda, mir Zeit für sie nehmen, ihnen zuhören, wenn sie Pläne schmieden, und so an ihrem Leben teilnehmen.«

So etwa um zwei Uhr sitzen sie dann alle – Oma Frieda, Ellen, Marti, Berta, Olga, Helen, und Jenny – um den großen runden Tisch in Helens Wohnzimmer zum Kaffeetrinken.

Jenny beobachtet, wie Oma Frieda lächelt, wenn ihr jemand etwas laut zuruft; aber sie weiß, daß Oma Frieda von dem, was hier am Kaffeetisch gesprochen wird, nur ganz wenig wirklich versteht.

Trotzdem fühlt Oma Frieda sich als Mittelpunkt des Tages richtig wohl und nimmt durch ihren interessierten Gesichtsausdruck und ihr zufriedenes Lächeln an allem regen Anteil. Später, wenn alle Gäste gegangen sind, wird sie sicher wieder sagen: »Solch ein Tag strengt mich mehr an, als wenn ich das ganze Haus geputzt hätte!«

Jenny schaut sich die Runde der Frauen am Tisch an. Sie alle sind irgendwie ein wichtiger Teil ihres eigenen Lebens.

Dann denkt Jenny aber auch: »Oma Frieda wird nie einsam sein, auch wenn ich nicht mehr hier bin.«

Jenny bemerkt in den Augen von Tante Marti eine tiefe Traurigkeit, obwohl sie herzlich lacht, wie es schon immer ihre Art war. Tante Martis Söhne Artur und Paul sind zum Militärdienst eingezogen worden. Ihre Tochter Ruby arbeitet und wohnt in Milwaukee.

Auch Tante Ellen spricht davon, wie sehr sie ihre beiden Töchter Grace und Myrtle vermißt.

Obwohl Tante Berta noch kleine Kinder daheim hat, sind die älteren auch schon weggezogen.

So ändert sich in jeder Familie dauernd etwas. Jenny sinniert: »Es gibt doch wirklich nichts Beständiges. Ich bin kein Ausnahmefall.«

Tante Helen bringt den Geburtstagskuchen mit sieben Kerzen auf einer Seite und drei Kerzen auf der anderen.

Unwillkürlich kommen Jenny die Tränen, so daß sie nichts mehr richtig erkennen kann, als sie alle anstimmen: »Zum Geburtstag wünschen wir Glück und Heil und Segen . . . « und sie fragt sich, ob sie wohl zum letzten Mal an Oma Friedas Geburtstagsfeier teilnimmt.

Beim Tischabdecken kommt Tante Olga mit einem Stapel Geschirr zu Jenny an die Abwaschschüssel. »Na, du siehst ja so aus, als ob du gleich losheulen wirst«, sagt sie und fragt: »Was ist denn los mit dir?«

Jenny muß erst einmal kräftig schlucken, dann wischt sie sich mit dem Handrücken über die feuchten Augen. »Es kann sein, daß ich das letzte Mal in meinem Leben an Oma Friedas Geburtstagsfeier teilnehmen konnte.«

Tante Olga drückt Jenny kräftig den Arm. Dann sagt sie gelassen: »So, so. Vielleicht hast du recht. Vielleicht bist du wirklich das letzte Mal persönlich mit dabei. Aber du weißt doch, daß es nicht die Kilometer der Entfernung sind, worauf es ankommt!«

Jenny sieht fragend zu ihrer kleinen Tante hinunter.

»Wenn zwei Leute nichts miteinander verbindet, können sie nebeneinander am Tisch sitzen und sind doch weit voneinander entfernt. Und umgekehrt ist es doch genauso. Stimmt's?«

Nachdenklich wäscht Jenny weiter ab. Ja. Das ist wahr! Bloß Tante Olga hat keine Ahnung, wie weit Oma Frieda und Jenny gerade jetzt voneinander entfernt sind.

Tante Olga nimmt ein Geschirrtuch und kommt zum Abtrocknen dicht zu Jenny hin. Dann sagt sie so, daß es die anderen nicht hören können: »Jenny, laß dich in den letzten Wochen deines Hierseins nicht von deinen Gefühlen beherrschen. Veränderungen gehören zum Leben. Wenn wir etwas Neues gewinnen wollen, müssen wir auf etwas Altes verzichten lernen. Wir können nicht beides zugleich haben.«

An diese Worte muß Jenny denken, als sie abends zu einem Spaziergang zur alten Brücke unterwegs ist. Wieder einmal hat ihr Tante Olga, wie schon viele Male zuvor, durch ein kurzes Wort zurechtgeholfen. Bei Jenny ist es heute so, als ob man einen Topf kurz vor dem Überkochen vom Herd zieht. Tante Olga hat ihr geholfen, die Gefühle, die sie zu überwältigen drohen, auf das rechte Maß zurechtzustutzen. »Wir müssen auf etwas verzichten lernen; denn wir können nicht beides zugleich haben.« Das ist der Satz, der Jenny eine neue Perspektive eröffnet.

Wenn Jenny in den letzten Wochen nicht soviel Näharbeit hätte, würde die Zeit sicherlich noch schleppender vorangehen. Nun aber hilft ihr die dringende Arbeit, ständig auf Trab zu bleiben.

Oma Frieda ist einverstanden, daß sie Tante Helens Nähmaschine herüberholen. Jenny improvisiert und kombiniert die verschiedenen Schnittmusterbogen miteinander.

Manchmal klappt es auf Anhieb, ein andermal muß Jenny ihr Werk immer wieder auftrennen und neu zusammennähen. Manchmal mehr als einmal hintereinander, so daß sie fast mutlos wird.

Das bringt sie in solche zeitliche Bedrängnis, daß sie im stillen überlegt, ob sie Oma Frieda um Erlaubnis bitten soll, ausnahmsweise am Sonntag nähen zu dürfen. Es klingt ihr aber in den Ohren, was Oma Frieda einmal dazu gesagt hat: »Gott weiß ganz genau, was er uns gebietet. Er will ja immer nur unser Bestes. Wenn er einen Tag ausgesetzt hat, damit wir unseren Alltagstrott unterbrechen, dann hat er einen guten Grund dafür. Wir nutzen uns selbst am meisten, wenn wir uns danach richten, ob es uns in den Kram paßt oder nicht.« Oma Frieda hat eben ihre festen Grundsätze, die ihr Leben bestimmen. Sie ist nicht gesetzlich; aber die nach der Bibel ausgerichteten Lebenslinien machen ihr manche Entscheidung leicht, und für ihre Mitmenschen wird sie dadurch im voraus berechenbar.

Also läßt Jenny ihre Frage nach der Sonntagsnäherlaubnis lieber gleich sein.

Auf der Heimfahrt von der Schule denkt Jenny am Montag nur noch daran, daß sie die meiste Zeit des Abends mit Trennen verbringen wird. Als sie zur Tür hereinkommt, tönt es ihr schon wieder entgegen: »Geh' jetzt und zieh' erst einmal deine Schürze an!«

Jenny denkt: »Wieso bin ich eigentlich traurig, Oma Frieda zu verlassen? Ich hasse diese Befehle!«

Sie beißt die Zähne fest zusammen und fragt sich innerlich: »Liebe ich sie oder hasse ich sie? Was ist mit mir los? Oma Frieda ist meine Mama. Sie tut alles für mich, damit ich leben kann und vorwärtskomme. Sie wird nicht einmal eine Apfelsine essen, ohne mir den größeren Teil davon abzugeben. Sie hängt nasse Wäsche in eiskaltem Wetter für mich auf die Leine, bügelt und legt alles für mich sorgfältig zusammen. Sie macht Rührei geradeso, wie ich es gern habe. Sie läßt die gekochte Milch für meinen Haferbrei extra durch ein Sieb laufen, weil ich die Sahnehaut nicht mag. Es gibt fast nichts, was Oma Frieda nicht macht, wenn sie weiß, daß ich es gerade so und nicht anders gern habe.«

Das ist die eine Seite. Jenny muß es anerkennen. Aber wie leidet sie unter der anderen Seite. Sie kann es fast nicht ertragen, mit Oma Frieda zugleich am Tisch zu sitzen. Es gibt nichts, was Oma Frieda tut, was Jenny nicht stört und nervös macht. Wie haßt sie es, wenn Oma Frieda mit ihren Latschen über den Linoleumboden schlurft. Oma Friedas Gangart kann Jenny verrückt machen! Und wie sie mit dem Geschirr rappelt, wenn sie es aus dem Schrank holt oder wegstellt!

Auch diesmal springt Jenny mitten in der Mahlzeit auf, weil sie ihre ablehnenden Eindrücke so quälen, daß sie es einfach am Tisch mit Oma Frieda nicht mehr aushält.

Oma Frieda ruft ihr nach: »Ich werde heute abwaschen, damit du mit dem Nähen vorankommst. Aber erst machst du deine Schulaufgaben! Verstanden?«

Jenny hat nicht viel auf, nur eine kurze Zusammenfassung in englischer Literatur. In einer halben Stunde ist alles erledigt. Sie klappt das Heft zu und verstaut es in der Schultasche.

Mit Mißvergnügen sieht sie nun die ganze Trennarbeit vor sich, als sie zum Schrank geht, um das verkorkste Kleid zu holen. Sie hat es am Sonnabend mißlaunig zusammengekrumpelt und in den Schrank geworfen. Und was findet sie nun im Schrank vor? Einen sauberen Stapel mit allen Einzelteilen, aufgetrennt und gebügelt, fertig, um sie erneut zuzuschneiden und zusammenzunähen. Wieder einmal hat Oma Frieda es für sie alles in mühsamer, sorgfältiger Arbeit fertiggemacht.

Jenny kommen die Tränen – unaufhaltsam.

Oma Frieda steckt den Kopf um die Ecke und ruft: »Warum in aller Welt heulst du denn jetzt? Ich dachte, du würdest dich freuen.«

Jenny umarmt Oma Frieda heftig und ruft: »Oh, Mama, wie danke ich dir! Ich dachte, ich müßte den ganzen Abend trennen. Nun ist alles fertig, und ich kann gleich mit Nähen anfangen. Vielen, vielen Dank, Mama!«

Oma Frieda drückt Jenny nur kurz und sagt dann: »Jetzt mach dich ans Nähen, daß du nicht die halbe Nacht damit zubringst!«

Diesmal geht Jenny sorgfältig zu Werke: Sie mißt genau und heftet die Teile vorher zusammen, ehe sie mit dem Zusammennähen auf der Nähmaschine beginnt. Und zu ihrer großen Freude hat sie nun sofort den vollen Erfolg. Sie jauchzt laut.

Während der Näharbeit entwirft sie im Geist einen Brief an Kenny. Jetzt ist es schon warm genug, daß sie oben in ihrem Zimmer schreiben kann. Heute abend würde sie ihm alles schreiben. Sie würde ihm einmal sagen, wie schrecklich schlecht sie sich Oma Frieda gegenüber benimmt und daß sie manchmal sogar Haßgefühle produziert. Die Last ihrer Schuld ist ihr einfach zu schwer, sie muß sie sich heute von der Seele schreiben.

Als sie dann in ihrem stillen Kämmerlein sitzt, kommen ihr die Worte wie von selbst:

»Lieber Kenny,
ich weiß, mein Brief wird für Dich ein Schock sein; aber ich kann es einfach nicht mehr aushalten und muß es Dir mitteilen.
Ich habe eine große Schuld auf mich geladen. Du denkst, ich sei freundlich und liebevoll; aber in Wirklichkeit bin ich gehässig und niederträchtig. Ich habe furchtbar häßliche, ja haßerfüllte Gefühle gegenüber meiner Großmutter, wenn sie bestimmte Dinge tut oder auch nur ausspricht. Oft habe ich Lust, bestimmte Gegenstände an die Wand oder auf den Fußboden zu werfen oder einfach wegzulaufen.
Kannst Du Dir das vorstellen? Du weißt, wie selbstlos meine Großmutter ist und wie sie stets alles tut, was in ihren Kräften steht, um anderen zu helfen.
Heute sollst Du nun endlich erfahren, wer ich wirklich bin. Ich bin ein furchtbarer Mensch, aber ich kann nicht mehr weiter mit meiner Lebenslüge leben.«

Jenny überliest, was sie geschrieben hat. Plötzlich sieht sie Kennys Gesicht vor sich, geschockt und angeekelt.

Jenny beginnt, erbärmlich zu schluchzen. Es ist wie ein Zusammenbruch. Sie wirft sich auf ihr Bett, vergräbt ihr Gesicht im Kopfkissen.

Nein! Sie kann den Brief nicht abschicken, wenn es auch die reine Wahrheit ist. Wenn Kenny mich nicht mehr liebt, muß ich sterben, geht es ihr durch den Kopf.

Sie steht auf, versucht, ihr Weinen zu unterdrücken, nimmt den Brief und reißt ihn in viele kleine Teile, die sie in den Papierkorb fallen läßt. Dann setzt sie sich hin und fängt noch einmal an:

»Lieber Kenny,
nur noch ein Monat, und dann werde ich bei Dir sein! Wie freue ich mich schon jetzt. Ich habe viel Arbeit mit dem Nähen. Dadurch geht die Zeit auch etwas schneller rum. Meine Großmutter hat heute eine wunderschöne Überraschung für mich bereitet . . .«

Im Bett versucht Jenny dann zu beten. Sie bekennt Gott, wie leid es ihr tut, daß sie so und nicht anders gewesen ist. Dann zählt sie alles auf, was ihre Oma-Frieda-Mama alles Gutes für sie getan hat.

Aber sie bekommt die Enden nicht richtig zusammen. Ihre Gedanken fahren dahin wie ein Wildwasser mit immer neuen Stromschnellen.

Schließlich bedauert sie sich selbst: »Ich bin ein einziger Fehler von Anfang an. Für jedermann bin ich nur eine Riesenbelastung. Es wäre viel besser, ich wäre gar nicht auf der Welt!«

Ein einziger kleiner, leiser Hoffnungsschimmer bricht dann in ihrem Inneren auf: »Irgendwo, irgendwann, irgendwie werde ich vielleicht einmal eine Antwort finden, warum ich manchmal so bösartig sein muß.«

Vielleicht bekommt man die Antwort, wenn man näher zu Gott kommt? So wie Oma Frieda. Oder so, wie die Leute in den Büchern von Grace Livingston Hill, die sie gelesen hat. Ja, es muß einen Weg geben, daß man so wie diese Leute stets nahe mit Gott in Verbindung ist. Man müßte Gott richtig liebhaben können, anstatt ihn nur zu fürchten, weil man so voller böser Gefühle ist.

»Ja, großer Gott im Himmel, ich möchte dich lieben! Ich möchte es so sehr, aber habe so Angst vor dir. Ich bin so böse im tiefsten Innern, und du bist vollkommen und so unendlich gut. Ich begreife es, daß du dich ekelst, wenn du mich ansiehst. Aber ich werde ganz intensiv versuchen, mich zu bessern. Ich fange gleich morgen an. Bitte, bitte vergib mir, daß ich heute so abscheulich war. Amen.«

Jenny schüttelt sich, seufzt tief, dreht sich auf die Seite, holt tief Luft und denkt noch einmal: Eines Tages werde ich vielleicht mit einem Lächeln an Gott denken, anstatt nur immer in Furcht.

***

»Hallo Mama!« ruft Roy laut. »Ich habe gestern gehört, daß diese Woche noch der Stromanschluß kommen soll.« Dann fängt er auch gleich zu planen an: »Ich muß es noch einmal durchrechnen, aber ich denke, dann kaufen wir uns auch eine elektrische Melkmaschine. Dann brauchst du dir keine Sorgen mehr zu machen, wenn du wegen des schlechten Wetters morgens nicht helfen kannst.«

»Gut. Es wird ja auch allmählich Zeit. Die Elektrizitätsgesellschaft hat uns ja den Anschluß schon jahrelang versprochen«, antwortet Oma Frieda und gießt einen Eimer Milch in das über der Milchkanne ausgespannte Tuch. »Ich las auch einen Artikel über einen elektrischen Milchkühler. Sie schreiben, daß die gekühlte Milch bedeutend länger frisch bleibt.«

Roy lächelt breit. »Ja, da kommen allerhand Veränderungen auf uns zu. Ich werde versuchen, den Generator, der unseren Strom erzeugt, zu verkaufen. Dafür will ich mir einen Traktor anschaffen.«

»Oh, ein Traktor würde dir bestimmt sehr viel helfen!« Aber leise fügt Oma Frieda hinzu: »Ich hoffe nur, daß du nicht auch gleich die Pferde abschaffen willst?«

Roy beugt sich dicht an ihr Ohr und ruft hinein: »Oh nein, Mama! Die Pferde brauche ich immer noch, um Baumstämme im Wald abzuschleppen, und auch hier und dort gibt es für die Pferde immer noch etwas zu tun. Ganz ohne Pferde würde mir die ganze Landwirtschaft komisch vorkommen.«

Jenny sitzt gerade beim Frühstück, als Oma Frieda vom Stall hereinkommt und ihr die Neuigkeit über den Stromanschluß mitteilt.

»Jetzt kommt er endlich! Und ich bin schon fast auf dem Weg, das Land zu verlassen!« jammert Jenny.

Nachmittags, nach der Schule, folgt Jenny Oma Frieda auf Schritt und Tritt, um ihr die neusten Dinge über ihre Abreise ins Ohr zu rufen: »Kennys Mutter hat gesagt, daß uns ihre Schwester

Minni mit dem Auto zum Bahnhof bringt. Sie holen mich hier ab. Unser Zug fährt von Tomahawk ab.«

Oma Frieda nickt und antwortet nur einsilbig, so daß Jenny sich durchaus nicht sicher ist, ob sie alles gehört und verstanden hat. Es kommt immer wieder vor, daß Oma Frieda dann nicht recht hinhört, wenn sie etwas nicht wissen will.

Und so geschieht es prompt am nächsten Abend, daß Oma Frieda ihr Strickzeug beiseite legt und Jenny fragt: »Hast du mit Onkel Roy schon vereinbart, wann er dich zum Bahnhof bringt?«

Jenny könnte gleich wieder platzen, sie schluckt ihren Ärger hinunter und schreit in Oma Friedas Ohr: »Ich erzählte dir doch gestern, daß mich Kennys Tante hier abholt. Du weißt doch, daß Kennys Mutter mitfährt.«

»Du brauchst nicht gleich so aufsässig zu sein, junge Dame!« zischt Oma Frieda Jenny an. »Ich habe nur eine ganz normale Frage gestellt.«

Jenny kauert sich vor Oma Friedas Schaukelstuhl, nimmt ihre beiden Hände und schaut sie bittend an. Bei den wenigen Stunden, die ihnen noch bis zum Abschied geblieben sind, möchte Jenny auf jeden Fall neue Bitterkeiten vermeiden. Sie möchte schöne Erinnerungen mitnehmen. »Oh, Mama, kannst du dich nicht erinnern, wie ich dir gestern hinterhergelaufen bin, um dir alles zu erklären. Du warst gerade beim Essenkochen. Hast du es ganz vergessen?«

Oma Frieda seufzt: »Ich habe wohl nicht richtig zugehört. Ich kann auch das ganze Geplapper unmöglich alles richtig verfolgen und behalten.« Es sieht so aus, als ob sie gleich losweinen wird. »Es wäre sicherlich nicht alles so verwirrend, wenn deine Mutter nicht gestorben wäre. Sie hätte dir viel mehr beigebracht, als ich es konnte.«

Einen Augenblick besinnt sich Jenny, ehe sie antwortet: »Mama, ich würde lügen, wenn ich sagen würde, ich hätte mich nie nach meiner Mutter gesehnt. Aber du hast mir wirklich alles beigebracht, was im Leben wichtig ist. Niemand, auch nicht meine Mutter, hätte mir besser zeigen können, wie man selbstlos liebt.«

Oma Frieda werden die Augen feucht. So etwas zu hören, macht ihr keinerlei Schwierigkeit.

Jenny fährt fort: »Und du hast mir auch gezeigt und gelehrt, daß Arbeit Freude macht und nicht etwas ist, vor dem man sich möglichst drücken sollte. Denk nur an den Winter, als wir die große Flicken-Steppdecke geschneidert haben. Du ließest mich jedes einzelne Flicken selber aussuchen und hast es dann zusammengenäht. Du hast mich exakt nähen gelehrt!«

Oma Frieda nimmt ihr Strickzeug, was soviel bedeutet wie »Nun reicht's aber! Ich habe mich lange genug aufs Zuhören konzentriert.« Sie nickt und lächelt ein wenig, dann sagt sie: »So gibt es wenigstens einige Dinge, die ich nicht falsch gemacht habe!«

»Ach es gibt noch so vieles, was ich gern meiner Mama erzählen möchte«, denkt Jenny, steht auf und macht sich fertig zur Nacht.

Auch Jenny belastet die Erinnerung an den bösen Wortwechsel noch immer sehr.

Am Sonnabend entschließt sich Jenny, zum Fluß hinab zu spazieren. Sie geht über die aufgeweichten Wiesen bis zu dem Platz am Fluß, von dem aus Kenny über die Felsblöcke hinübersprang, damals, als er das erste Mal mit dem Fahrrad hier zu ihr zu Besuch kam. Es kommt ihr so vor, als sei es schon viele lange Jahre her.

Je intensiver Jenny an Kenny denkt, desto mehr regt es sie innerlich an. »Wie schön wird es sein, wenn ich ihn jeden Tag sehe!« denkt sie still. Und laut ruft sie aus: »Es ist Frühling!« Sie hat den langen, einsamen Winter tatsächlich überlebt. Jetzt ist der heißersehnte Frühling wirklich da!

Jenny geht langsam Schritt vor Schritt über den umgestürzten Baumstamm, auf dem man den Bach kurz vor der Einmündung in den Fluß überqueren kann. Onkel Roy hat ihr erzählt, daß der Baum schon dort lag, als Jenny noch nicht geboren war. Somit ist es höchstwahrscheinlich, daß auch ihre eigene Mutter hier schon viele Male hinübergegangen ist.

Jenny läuft den Hügel hinauf und dann den alten ausgetretenen Kuhpfad am Flußufer entlang. Unter den Haselnußsträuchern schaut sie nach den ersten Veilchen aus. Die zarten grünen Blätter haben sich schon entfaltet; aber noch ist keine Blüte zu sehen. Traurig macht sie sich auf den Heimweg.

Oma Frieda sitzt auf der Verandaschaukel, sonst ist niemand im Hause. So setzt sich Jenny zu Oma Frieda auf die Schaukel.

»So werde ich dieses Jahr keine Veilchen zu sehen bekommen!«

stellt sie traurig fest. »Allmählich kommt eins zum anderen, das ich hier verlasse, und wohl nirgends finden werde.«

»Es hat keinen Sinn, über so etwas zu grübeln und zu trauern«, antwortet Oma Frieda ungeduldig. »Es ist dein freier Entschluß, es zwingt dich doch niemand, von hier wegzugehen.«

»Aber was sollte ich machen, wenn ich hierbliebe?«

»Oh, das weiß ich auch nicht«, seufzt Oma Frieda. »Ich kann dich nicht festhalten, du mußt nun dein Leben selbst in die Hand nehmen. Ich habe Gott gebeten, mich solange am Leben zu erhalten, bis du deinen Schulabschluß hast. In wenigen Tagen ist die Schulabschlußfeier.«

»Aber du wirst noch lange leben, Mama!«

Oma Frieda läßt ihren Strickstrumpf in den Schoß sinken. »Ich hoffe es. Solange ich noch irgend jemand nützlich bin, möchte ich auch gerne noch leben; wenn ich aber anderen nur noch zur Last bin, möchte ich doch viel lieber heimgehen. Das erbitte ich mir täglich von Gott.«

»Mama, hast du keine Angst vorm Sterben?«

»Oh nein, Jenny! Glaub mir, wenn man Jesus so gut kennt wie ich, freut man sich, zu ihm zu kommen. Ich meine, das Sterben ist so, als ob man von einem Raum in den anderen hinübergeht, und in dem anderen Zimmer wartet Jesus auf mich!« Oma Friedas Gesicht strahlt. »Und ich werde Papa wiedersehen und deine Mutter und meine Schwester Anne und meine Mutter . . .«

Jenny sinniert still vor sich hin: »Wird das je in meinem Leben auch so sein, daß Sterben auch für mich nur ein Gang durch eine offene Tür in eine bessere Welt ist? Werde ich jemals Jesus so gut kennen? Oh ja, es wäre zu schön, ihm stets so nahe zu sein!«

Auch Oma Frieda ist für einige Augenblicke ganz in ihre eigenen Gedanken versunken. Außer dem Knarren der alten Schaukel ist nichts zu hören. Dann blickt Oma Frieda auf, nimmt wieder ihr Strickzeug zur Hand, und die Nadeln beginnen wieder, ihr Lied von Oma Friedas fleißigen Händen zu klappern.

»Ich kann es mir gar nicht recht vorstellen, wie es sein wird, wenn ich dich nicht mehr mit viel Mühe morgens aus dem Bett holen muß. Und wieviel Kummer hat mir jeden Morgen deine Trödelei gemacht. Hier und dort, in jeder Ecke fandest du immer noch etwas Unnötiges, daß dich nur aufhielt, so daß du schließlich zum Bus rennen mußtest.«

Jenny rückt noch etwas dichter an Oma Frieda heran und sagt laut in ihr Ohr: »Aber weißt du, Mama, auch du hast mir oft Kummer gemacht.«

»Ja, ich vermute schon, daß du dich oft über mich geärgert hast. Aber warum eigentlich? Das war überflüssig! Du brauchtest mir doch nur zu sagen, was dir nicht gefällt und dich so wütend macht.Ich wollte ja immer nur dein Bestes.«

Jenny macht eine wegwerfende Handbewegung. »Ach Mama, wie oft habe ich es versucht, dir zu sagen, wenn du immer und immer wieder dieselbe Anweisung gibst: Du sagst immer das gleiche, ich weiß es schon, ehe du es aussprichst, aber deswegen hat sich doch nie etwas geändert.«

Oma Frieda läßt noch einmal ihr Strickzeug sinken, sieht Jenny scharf an und fragt: »Was habe ich denn immer und immer wieder gesagt?«

Jenny lacht laut auf; aber es klingt gar nicht froh, sondern eher wie ein Seufzer. »Na ja, eins war zum Beispiel der Satz: Jetzt geh' und zieh' dir deine Schürze an!, den du mir immer zuriefst, kaum daß ich einen Fuß über die Schwelle gesetzt habe.«

Oma Frieda nickt. »Ja, das kann sein; denn es ist nicht einfach, Flecken aus dem Kleiderstoff zu beseitigen. Weiter, was habe ich denn noch die ganze Zeit über gesagt?«

Jenny fällt gerade kein weiteres Beispiel ein, obwohl sie genau weiß, daß es noch eine ganze Reihe solcher Sätze gibt, die sie immer zur Weißglut gereizt haben, weil sie immer schon im voraus wußte, welchen Befehl Oma Frieda in der betreffenden Situation geben würde.

Jenny winkt mit der Hand ab: »Mama, das ist jetzt ja auch nicht so wichtig! Du weißt, es gibt Schlimmeres, womit du mich maßlos traurig gemacht hast.«

Oma Frieda hält die Schaukel mit dem Fuß an und schaut Jenny intensiv an, so, als ob sie kein Wort von Jennys Beschwerde verpassen wolle.

Jenny läßt ihren Blick in die Weite schweifen – über die rotbraune Lehmstraße hinauf bis zum Hügel und über die Wiesen und Felder, die schon ganz zart zu grünen beginnen. Dann holt sie tief Luft. Sie weiß es genau: Wenn es je einen passenden Augenblick gibt, um über diese Dinge zu reden, dann ist es gerade jetzt.

»Mama, warum mußte ich immer seufzend unter dem Druck

meiner Minderwertigkeit durchs Leben gehen? Wenn mich jemand einmal ein bißchen aufgemuntert hat, weil er auch an mir ein klein wenig Gutes fand, hast du es stets schnell ungültig gemacht, indem du den Finger drohend aufhobst, um mir zu zeigen, wo ich irgendwo eine Schlechtigkeit begangen habe.«

Jennys Stimme klingt hart und scharf, als sie nun endlich einmal aussprechen kann, wie sie die Jahre über unter den seelischen Verletzungen gelitten hat. »Nie habe ich in all den Jahren ein einziges Lob von dir gehört. Aber, wenn es etwas zu tadeln gab, warst du immer sofort dabei!« Jenny will so gerne noch mehr sagen; aber die Erinnerung überwältigt sie derart, daß sie fürchtet, sie müsse weinen und könne nimmer aufhören.

Jenny hört Oma Frieda stöhnen. »Ja, mein liebes Kind, dafür sind die Mütter auf der Welt da! Sie sind dafür verantwortlich, ihren Kindern die Fehler zu zeigen!« Oma Frieda legt ihre Hand auf Jennys Hand. »Kannst du das nicht einsehen? Ich konnte dich doch nicht stolz werden lassen! Eine hochmütige Person hat niemand gern.«

»Mama, denkst du wirklich, daß ich stolz bin?« Jetzt kommen ihr doch unaufhaltsam die Tränen und laufen die Wangen hinunter. »Ich habe doch immer nur von mir gedacht, daß ich völlig wertlos bin. Du hast mir doch immer sehr deutlich zu verstehen gegeben, daß es kein einziges Ding gibt, das ich richtig mache.«

Jenny fühlt, wie die Schaukel zittert. Sie schaut hinüber zu Oma Frieda und sieht, daß auch sie weint.

»Ich habe immer gedacht, und ich denke es heute noch . . .« Oma Frieda sucht ihr Taschentuch. Dann schaut sie mit ihrem tränennassen Gesicht Jenny an. »Ich dachte, ich tue das einzig Richtige. Nie habe ich dich absichtlich verletzen wollen, Jenny. Das weißt du doch auch, Jenny? Nicht wahr?«

Ein Spätzchen tschilpt im Fliederbusch, und in der Ferne hört Jenny ein Auto über die Eisenbrücke rumpeln.

Oma Frieda putzt sich die Nase.

Jenny schluckt einen Seufzer hinunter und fährt dann aber fort: »Wenn ich ein Zeugnis nach Hause brachte und in allen Fächern ausgezeichnet stand, allein in Maschineschreiben genügend. Dann war das die einzige Note, die dich interessiert hat.«

Oma Frieda schüttelt den Kopf. »Wir haben bei unseren Kindern immer sorgfältig darüber gewacht, daß wir sie nicht loben, damit sie nicht stolz werden. Wir haben uns auch stets gefürchtet, sie spüren zu lassen, wie sehr wir sie liebhaben. Sonst könnten sie die Ehrfurcht verlieren und uns nicht mehr gehorchen.«

Jenny sieht in zwei um Verständnis bettelnde Augen und hält es nicht mehr aus. Sie muß wegsehen.

»Bei dir ist alles ganz anders«, fährt Oma Frieda fort. »Bei meinen anderen Kindern hatte ich immer einen Rückhalt durch meinen Mann. Und sicherlich war da auch vieles, was die Kinder taten, das ich gar nicht wahrnehmen konnte. Aber bei dir hatte ich die ganze Last der Verantwortung allein zu tragen. Alle schauten zu und jeder wollte wissen, wie das mit der Erziehung der alten Oma wohl ausgehen würde. Ich konnte nie allein entscheiden, immer schauten mir deine Eltern über die Schultern.«

Jenny hat schwer zu schlucken. Oma Friedas hilflose Seelenqual erinnert sie an ein tödlich verwundetes Tier. Was nun? Jenny hat sich ihre jahrelange Not endlich von der Seele geredet, sie ist sie los; aber fort ist sie nicht. Jetzt hat sie Oma Frieda.

Still fleht Jenny: »Gott helfe mir!«

Tief aus ihrem Innern kommen Jenny gewisse Erinnerungen: Oma Frieda fischt sie aus einer Gruppe Kinder heraus und hat dabei auf ihrem Gesicht diese unnachahmliche Kombination aus Nicken, Lächeln und Augenzwinkern. – Oma Friedas herzliches Lachen. – Oma Friedas besondere Art, mit hilflosen, kleinen Babys umzugehen. – Oma Friedas friedvoller Gesichtsausdruck, wenn sie im Schaukelstuhl sitzt und strickt.

Und in einer plötzlichen Aufwallung ihrer Gefühle wendet sich Jenny Oma Frieda zu, umschlingt sie mit ihren Armen und drückt sie herzlich ab. Sie fühlt, wie Oma Friedas steife Haltung allmählich nachläßt und sie Jennys Umarmung erwidert.

»Oh, Liebchen, du drückst mir ja die Luft ab!« ruft sie lachend aus, obwohl aus dem Lachen untergründig ein Seufzer der Erleichterung zu hören ist.

Jenny läßt sie los, hält aber ihre Hände fest umschlungen, um Oma Frieda ihr Gefühl, das sie in Worten nicht auszudrücken vermag, zu übermitteln.

Oma Frieda schüttelt sich. »Brrr . . . es ist kalt hier draußen. Was hältst du davon, wenn wir uns eine heiße Tasse Tee bereiten?«

Jenny nickt, und sie gehen beide zusammen ins Haus.

Oma Frieda legt im Küchenherd Holz nach, zieht den Wasserkessel auf die vordere Herdplatte. Sie geht zum Küchenschrank und sagt über die Schulter: »Jetzt geh' und zieh' dir deine . . .«

Sie unterbricht sich, dreht sich um, und ihre Blicke treffen sich.

Jennys aufkeimender Mißmut verschwindet sofort. In drei Schritten ist sie bei Oma Frieda und umarmt sie, und der ganze Raum ist von beider Gelächter erfüllt.

***

»Jenny! Zeit zum Aufstehen!«

Oma Friedas laute Stimme dringt in Jennys Kuschel-Welt. Sofort schwingt sie ihr linkes Bein aus dem Bett und trampelt die Antwort »Verstanden!« auf den Fußboden. Dann zieht sie ihr Bein wieder zurück unter ihre Zudecke. Sie blinzelt zu den goldenen Sonnenstrahlen, die auf ihrer Rüschengardine vor dem Fenster tanzen. Durch das Fenster sieht sie die jungen, glänzenden Blätter des Buchsbaums, die im Morgensonnenschein auf- und nieder-wippen.

Dann überfällt sie der Gedanke wie eine kalte Dusche: »Mein letzter Morgen daheim!«

Morgen früh wird sie in der Wohnung im Mietshaus einer Großstadt aufwachen. Die Erinnerung an die dunkle, schmale Straße, in der Kennys Schwester Viktoria wohnt, weckt in ihr keine frohen Gefühle. Aber sie wird Kenny treffen. Das ist alles, was zählt!

Oma Frieda rührt unterdessen die Haferflocken in das kochende Wasser und überlegt bei sich selber: »Soll ich sie nochmal rufen? Bestimmt trödelt sie wieder heute morgen.«

Obwohl ihr der Hals weh tut und sich ihr immer wieder die Augen mit Tränen füllen, muß sie doch lächeln, wenn sie daran denkt, daß diese allmorgendlichen Hochspannungen nun endgül-tig zu Ende sein werden. Sie wird nicht mehr hilflos zuschauen müssen, wie Jenny völlig konfus herumrennt, um ihre Schulsachen zu sammeln, und dann schließlich zum wartenden Schulbus zu rennen. Vorbei für immer!

Die Zukunft schaut Oma Frieda wie eine gähnende Höhle an: Nichts Konkretes ist zu erkennen, nur lauter Dunkelheit in einem großen Loch! Niemand, für den man kochen muß. Niemand, auf den man wartet. Es kommt keiner mehr nach Hause. Das ist das erste Mal seit über fünfzig Jahren, daß es niemand gibt, der auf ihre Arbeit angewiesen ist.

Wie mag es im Innern von Jenny zugehen? Ob sie auch weint? Vielleicht wünscht sie sich nun doch, da es ernst wird, sie könnte ihre Entscheidung rückgängig machen?

Oma Frieda gießt sich eine Tasse Kaffee ein und setzt sich an den Küchentisch. Sie lächelt still vor sich hin: Nein, Jenny wird ihren Entschluß nicht ändern! Warum sollte sie auch?

Oma Frieda hat so viele junge Menschen erlebt, die sich ineinander verliebt haben. Sie hat diese strahlenden, vertraulichen Blicke gesehen. Sie hat beobachtet, wie die Augen der Verliebten voller Bewunderung den anderen wie verzaubert anschauen.

Aber diese zwei, Jenny und Kenny, haben doch noch etwas ganz Besonderes, etwas Tiefes, das sie verbindet und das verspricht, dauerhaft zu sein.

Bald werden Jennys Gedanken an ihre Heimat in den Wäldern von Wisconsin verblassen. Das neue Leben wird sie ganz einnehmen. Sie ist ja noch jung und hat weitoffene Augen für alles Neue. Und sie brennt ja so sehr darauf, diesen blauäugigen jungen Mann, den sie so liebhat, endlich wiederzusehen.

Oma Frieda schließt die Augen für ein stilles Gebet. Alles übergibt sie ihrem himmlischen Vater. Er wird jeden von ihnen so führen, daß ihnen alles zum Besten dient.

Nun, liebe Leser, würden Sie sicher gern wissen wollen, wie es weitergeht.

Der nächste Band dieser Reihe ist schon geschrieben, aber noch nicht veröffentlicht. Edition VLM bleibt »am Ball«! Sie erfahren in den Katalogen oder in Ihrer Buchhandlung, ob der nächste Band lieferbar ist.

Soviel wollen wir Ihnen schon verraten: Frau Jeanette Gilge ist nun schon beinahe zehn Jahre Witwe und ist nach einem erfüllten Großstadtleben im Alter wieder in die Wälder von Wisconsin heimgekehrt. Direkt am Steinsee, wo sie sich einmal bei der Schlittenparty die Frostbeulen geholt hat, hat sie sich niedergelassen. Von Ruhestand kann keine Rede sein. Sie schreibt nicht nur, sondern ist auch in der christlichen Frauenarbeit stark gefordert und viel unterwegs.

Für den, der es noch nicht gemerkt hat, sei angemerkt, daß die Jenny dieses Buches die Verfasserin selbst ist.

Ihr
Verlag der Liebenzeller Mission, Lahr

Jeanette Gilge
Frieda
160 Seiten, Bestell-Nr. 07 2342

Eine warmherzige Liebes- und Familienge-
schichte um die Jahrhundertwende aus dem
Pionierleben in den USA im Norden von
Wisconsin. Das harte Leben in der Einsam-
keit wird sehr eindrücklich beschrieben –
aber auch der wachsende Glaube von Frie-
da – heraus aus Zweifel und Anfechtungen.
Ihr Mann ist Holzfäller und kommt nur am
Wochenende nach Hause. Durch die Rit-
zen der Blockhütte kriecht die Kälte, wenn man nicht die ganze
Nacht durchheizt. Frieda hat vier kleine Kinder, der Älteste,
Albert, ist erst fünf Jahre alt.
Eine eindrückliche Familiengeschichte für Alt und Jung aus einer
besonderen Zeit.

Jeanette Gilge
Vergib mir, Mutter
216 Seiten, Bestell-Nr. 07 2346

»Vergib mir, Mutter« ist eine in sich ab-
geschlossene Fortsetzung der Erzählung
»Frieda«, die sich im Norden von Wiscon-
sin/USA abspielt. Die Erzählung beruht auf
wahren Begebenheiten.
Die älteste Tochter von Frieda, die drei-
zehnjährige Ellen, wünscht sich viel freie
Zeit zum Träumen, zum Nachdenken über
sich selbst und das ganze Leben. Ihre Mut-
ter erwartet jedoch wieder ein Baby. Sie sieht ihre Träume
zerrinnen. Deshalb betet sie, daß das Baby sterben möchte. Als es
aber tatsächlich stirbt, fühlt sie sich schuldig. Ihre Mutter hilft ihr
diese Last abzulegen, indem sie ihr Gottes Liebe und Vergebung
klarmacht.

Jeanette Gilge
Nur Mut, Mutter
215 Seiten, Bestell-Nr. 072351

Dieser Band erzählt von der Oma und Witwe Frieda Verleger und ihrem süßen Pflegebaby.
Es war ihrer Tochter Emmis letzter Wunsch, bevor sie starb, daß ihre Mutter die kleine Jenny aufzieht. Mutter Frieda kostet dieses eine Kind mehr als ihre dreizehn eigenen Kinder. Verborgene Gründe – im Menschlichen und in den Zeitumständen – werden offenbar und durch den Aufblick nach oben geordnet. Bei der Silbernen Hochzeit ihrer Tochter Ellen bekommt Mutter Frieda einen Herzinfarkt. Sie überlebt, denn sie hat noch eine Aufgabe zu erfüllen.

Margarete von Oertzen
Nur Liebe trägt
224 Seiten, Bestell-Nr. 072341

Die Verfasserin verstrickt zwei spannende Handlungsgänge miteinander: Einmal Elfriede von Schönholz, ihre Heirat, ihre Familie, die Verstrickungen ihres Mannes wegen seiner Spielleidenschaft und den Spannungen in der gutsherrlichen Großfamilie.
Zum andern der Lebensweg eines katholischen Paters, seine Erkenntnisse und Bekenntnisse, die ihn zum Märtyrertod in China im Boxeraufstand führen.

Bitte fragen Sie in Ihrer Buchhandlung nach diesen Büchern!